禍 わざわい

小田雅久仁 著
ODA MASAKUNI

王華懋 譯

各界戰慄好評

「簡直是『侵蝕』文藝的異次元文學！如沉積在讀者體內的、光滑迷人的肉體感覺！彷彿是大衛柯能堡×伊藤潤二×安部公房的結合，這位作家毫無疑問地將成為文學界的『禍』。」

小島秀夫　遊戲設計師、《死亡擱淺》製作人

「遭受《禍》的噩夢侵襲的我，迷失在永遠的萬花筒中。」

伊藤潤二　恐怖漫畫家、《漩渦》作者

「這種想像力，已臻極致。」

恩田陸　推理作家、《蜜蜂與遠雷》作者

「小說最初讓人聯想張草早期的極短篇，後來看又覺得就是很日式的古典怪談風格，捕捉日常生活的枝微末節，哪怕最普通的小事都可以變得陌異而恐怖，同時對現實有所指涉。」

邱常婷　小說家

「太可怕了，閱讀起來會感到心神跟作者合而為一的神奇作品。」

柯孟融　《咒》導演

「想像力拔群，文筆優美，恐怖異色和怪奇幽默的篇章同樣精采有趣，更重要的是讀後餘味久久不散，教人省思。」

陳浩基　推理作家

「恐怖感其實是一種極為私密的個人體驗，讀了《禍》之後，讓我幾度輾轉難眠，彷彿內心懼怕的恐懼再次被挑起。」

廖士涵　《粽邪》導演

「我願意沉浸在這無比舒適的地獄裡。」

《小說新潮》總編輯M

「我不是在讀故事，而是被故事吞噬了，如今，我無法從故事中回到現實來……」

新潮社製作部S

「若你對恐怖小說有所顧慮，別擔心。一旦開始閱讀，無論是恐怖還是瘋狂，你都將超越這些層次，直接進入故事深處，並難以自拔地深陷其中。歡迎來到世界的深淵。」

新潮社編輯部責任編輯M

「每一篇都很濃密，想像力驚人，從開頭絕猜不到最後會如何收尾，作者的神發想令人嘆為觀止！」

王華懋　本書譯者

目次

食書

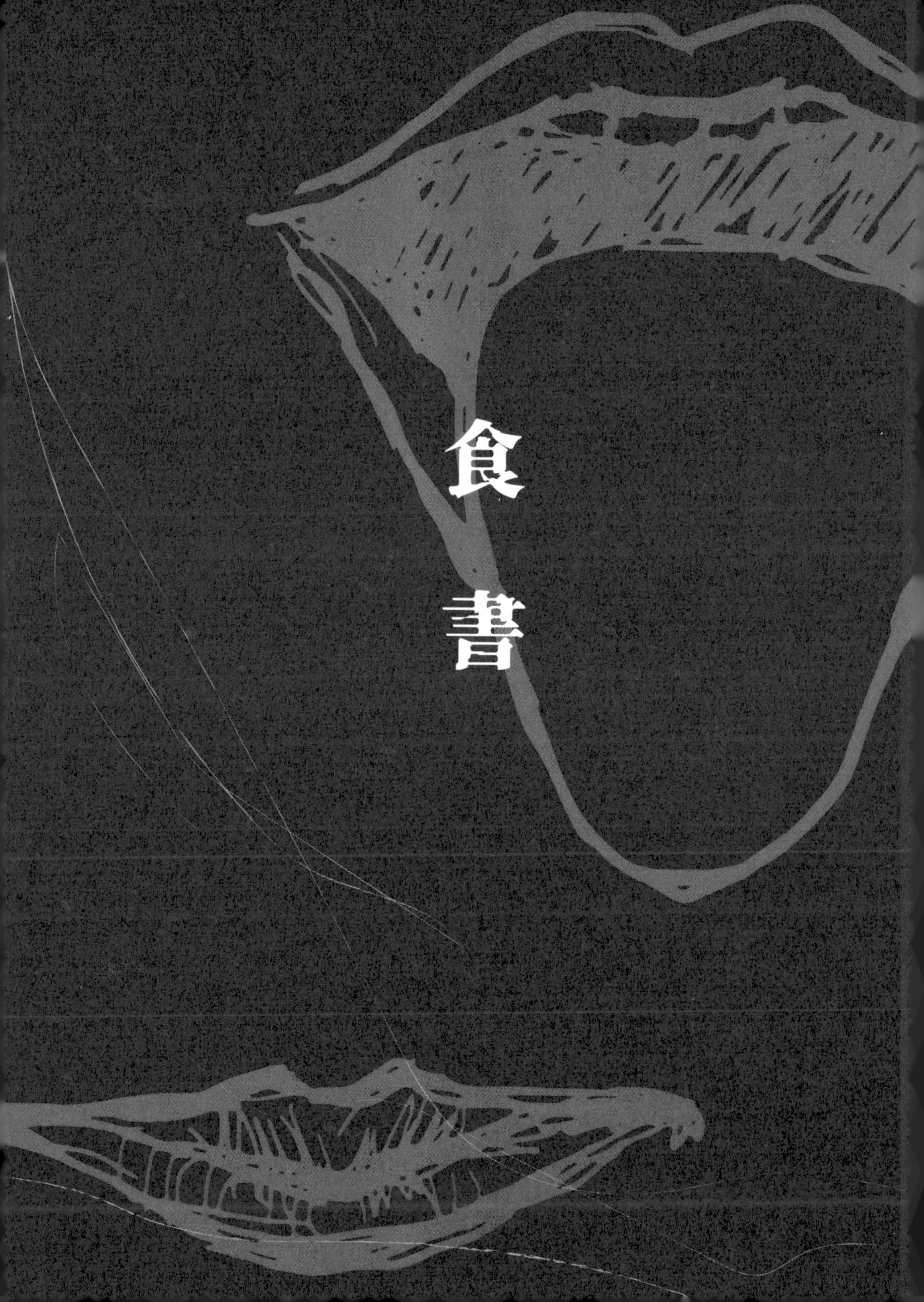

一

可能是自小腸胃不佳，為此吃了許多苦，我經常夢見到處尋找廁所的夢。而且千辛萬苦總算找到，不是穢物漫溢、髒得無處落腳，就是便器小得和茶盞沒兩樣，要不然就是沒有隔板，得面對陌生人奮力解放。我幾乎要想，下次讓我找到像樣的廁所，就要在那裡紮根定居，一步也不離開。

這麼說來，大學交往的女友說過，每次進公廁，看到馬桶蓋蓋著，都讓她毛骨悚然。白白淨淨、城府深密、沉默不語的馬桶。女友好像是害怕掀開它的那一刻。裡面會有什麼？會冒出什麼來？那種恐懼也不是不能明白。馬桶吞噬人類見不得光的醜惡排泄物，亦即承接著人類的羞恥黑暗面，確實稱得上通往深不可測的地下世界入口。每一個孩童應該都幻想過：屁股不慎落入馬桶裡卡住，拚命掙扎之間，手不小心壓到沖水把手，整個人被吸進去，漂流到恐怖的黑暗異界。

然而，小雪紛飛的二月某日，我沒有在某間廁所被沖進地下，甚至連馬桶蓋都沒有掀起，便遭遇了連夢裡都不曾遇到過的荒謬情況，踏入再也無法回頭的世界。

前年離婚後，我就在H市租公寓一個人住。公寓徒步十分鐘的地方，有一家整潔的購物中心「天空之門」，裡面有一間稱不上大，也不算小的「永文堂書店」，我因為小說家這個職業使然，即使沒有要買書，仍三天兩頭往這家店跑。從早到晚待在家裡就像是塞在書縫間奄奄一息，但即使我已經受夠了書本，卻還是忍不住抱著一縷希望頻繁探訪，期待邂逅觸動心弦的書名、裝幀或書腰宣傳。

有些人好像只要在書店待久一點，便意就會找上門來。據說奇妙的是，女人占了多數；但身為男人的我有時也會忍不住投奔永文堂旁邊的廁所，因此似乎也不能說是不關己事。購物中心的廁所比自家的要乾淨許多，還有免治馬桶，這或許也加劇便意，推了我的肚子一把。而且最近我還養成了一個怪毛病，那是叫多功能廁所嗎？我就是想去有輪椅標誌的那種隔間。它的好處在空間寬敞，只要看到無人使用，我就忍不住要推門入內，進去享受一下小小的奢侈。就是這個怪毛病害慘了我。

推開沉重的滑門，裡面約有三坪大，左邊是洗手臺，右邊是尿布臺，正面是馬桶。既然門能打開，裡面當然應該是空的，沒想到居然有人。一個女人坐在馬桶上。是個四十開外的胖女人，身上蟲蛹般的米黃色風衣蓋到膝蓋處，繃得緊緊的。無論是否情願，我都與她迎面相對了。雖然應該相隔四、五步的距離，感覺卻像迎面碰上，當頭撞個正著。

為什麼我嚇一跳的當下，沒有立刻把門關上？一方面當然是單純驚嚇過度，身體反應不過來，但不光是這樣而已。該說是不幸中的大幸嗎？女人雖然坐在馬桶上，但並非正在排泄，因此少了目擊不該看的景象的急迫性。

女人放下馬桶蓋坐在上面。膝上不知為何攤著一本書。不知道是什麼書，總之是一本精裝書。我反射性地斷定：原來她是在看書？若是女子褪下內褲，讓我不小心窺見私密處的黑影，一定會像彈簧一樣當場跳開，但沒想到她是在看書……瞬間，我鬆了一口氣。不過這也太古怪了。又不是一早占用廁所看報的臭老爸，怎麼會有人刻意挑在購物中心冷冰冰的廁所裡看書？

令人費解的還不只這一樁。女子略低著頭，眼睛盯著書頁，看也不看我一眼。她應該聽見開門聲了，難道就那麼沉迷於文字嗎？我正感到訝異，下一秒只聽見尖銳的一聲「劈啦」，女子撕下了書頁。動作迅雷不及掩耳、行雲流水，一頁紙完整地脫離了書本。我一陣心驚。可能因為我好歹也是個鬻文為生的人，所以從未有過撕書這種粗暴的發想，就如同我從來不曾想過要去拔誰的指甲一樣。

接著女人用右手將那頁紙捏起，搓揉成一團。還以為她要隨手拋開，沒想到她接著把揉成一團的紙塞進了口中，山羊似的沙沙咀嚼起來。人在吃紙。我張口結舌，在許多應該出聲的時間點錯失了機會，但是在這種狀況下攀談，實在太不妥了。當作沒這回事，默默離開才是上策。

正當我這麼想的刹那，女人霍然抬頭。終於和她對上眼了。女人的下巴定住了。半張的口中仍有著潔白紙頁的身影。她頂著一張素顏，皮膚就像泥田般油亮黯沉。一頭褐色短髮毛躁蓬亂，凌亂的分線處髮根就像吸飽了墨汁般漆黑。她穿著陳舊的淡灰色運動褲，底下是髒兮兮的白色運動鞋。也就是三更半夜菸抽光了，情非得已出門買菸那種有些邋遢、被生活消磨得精疲力竭的穿扮。但她買的不是菸，而是書。女人的腳邊掉著永文堂的藍色塑膠袋。

總之得說點什麼才行。可以順理成章地關上門，順利離開這裡的話語。然而我脫口而出的，卻是蠢到不能再蠢的話：

「呃……那個……門沒鎖，所以……」

女人兩眼暴睜，驚愕地以右手掩口。我以為她是為自己的怪異行為感到羞恥，想要把紙吐出來，沒想到印著幾條橫紋的短脖子像蛇腹般「咕嘟」起伏了一下。一看就知道有東西穿過那裡落下了胸腹。不，是什麼東西很清楚，是紙。女人把紙吞了下去。這時我終於發現，她膝上攤開的書，從開頭好像已經被吃掉了許多頁。

女人默默無語，彷彿把我的話也一起嚥了下去。她繼續坐著，目光訝異地打量著我，彷彿要上下搜遍我的全身。可能是睡眠不足，她的眼白充血，黑瞳泛著一層黏膩的油光，眉間的皺紋愈來愈深，不斷地向上延伸，彷彿額頭隨時都會左右裂開來。她的目光也愈來愈凶狠。雖說有些太慢了，但好似隨時要張牙舞爪撲上來。

「我以為沒人……抱歉……」我結結巴巴，退後一步。

我正慌忙要關門，女人倏地抄起永文堂的袋子，意外迅速地站了起來。她把袋子和書一併夾在腋下，橫眉豎目，毫不猶豫地朝這裡走來，一把揪住關到一半的門。我被嚇到驚慌失措地再退了兩、三步。女子粗魯地推門衝出來，大步逼近我胸前。她在我的鼻尖揮舞著食指，聲音粗礪地吼著：「我不曉得你想幹嘛……」這時她突然哽住，彷彿吃到了飛蟲似的，轉頭刺耳難聽地嗆咳起來。

可能是本來要發作的情緒隨著咳嗽噴濺一地，她的氣勢與身體似乎在一眨眼間萎靡下去。不過，這女人才是想幹嘛？明明就是不鎖門的你不對吧？不，她一定以為自己鎖門了，深信絕對是眼前的男人以骯髒的手段撬開了門鎖。

我開始擔心起旁人的目光。疑似在等女友上廁所的年輕人朝我們投來好奇的目光。另一邊推著購物車的老太婆也停下腳步，伸長了脖子看好戲。我裝出倒楣被怪女人糾纏的樣子，皺起眉頭，準備匆匆離開廁所前。這時肩膀被人從後方猛力抓住，扳過身去。

「絕對不可以吃！」女子說，幾乎要咬上我的耳垂。

比起驚嚇，我更是一陣惱火，聲音從腦門拔高而出：「嗄？」同時甩開她的手。

「只要吃過一頁……」女人賣關子地壓低了聲音，「就回不去了。」

女人丟下這話，幾乎是小跑步地穿過我旁邊，拐過永文堂反方向的轉角消失了。宛如肇事逃逸。

我錯愕地怔愣在原地，幾乎想賣弄地擺出更誇張的錯愕神情。只要吃過一頁就回不去了？她是在說書嗎？考慮到剛才的狀況，應該是在說書吧。剛才到底是怎麼一回事？我納悶著，再次查看廁所裡面。四處查看，依然沒看見任何被吐出來的紙。她真的吃下去了嗎？吃了好幾頁精裝書？掀開馬桶蓋，只看見清澈的水微微顫動。馬桶蓋的餘溫猶在。

這時，我忽然想起我是想大號才過來這裡的。我鎖上門，褪下底褲，坐到馬桶上。然而肚腹滯塞，什麼都拉出不來。我想像肚子裡塞滿了紙團的樣子，漸漸覺得這個想像意外地貼切。打出娘胎到現在，我實在讀過太多書了。過多的文章堆積在肚子裡，現在已經累積到喉嚨邊，我就快淹死在紙堆裡了。因為這樣，不管讀到什麼都覺得似曾相識。應該是全新的知識，百年前就已經厭倦了；應該是第一次讀到的故事，千年前就已經煩膩了。

二

就在已經不值得開心的無趣三十八歲生日當天，恭子打電話來了。三十七歲生日的時候她也打過電話，所以我猜她可能會打，結果不出所料。不過女人這種生物，都會在前夫生日時特地聯絡嗎？不可能。因為是恭子才會這樣。她會把你推到天邊遠，再拉回來一點點。她不想把與我的婚姻視為徹底的失敗。即使稱不上無可取代的回憶，也想把它視作無可改變的人生一幕，收藏在心裡吧。不過我自己也是一樣的。沒想到她一開口就說：

「恭喜！你追上太宰了。」

我有些驚訝。雖說已經離婚了，但也只有小說家的妻子才說得出這種話。太宰治，三十八歲了還跑去跟女人殉情，天才作家竟是如此不像話嗎？被恭子這麼一說，我確實和太宰過世時同歲了。忘了什麼時候，我們聊過這個話題：三十五歲追上芥川龍之介，四十五歲追上三島由紀夫，七十二歲追上川端康成。雖然一點都不羨慕，不過曾經有個年代，作家就是要死了才風光。三年前我已經踩過芥川的背，這次輪到太宰了。可是怎麼說呢？太宰不管是尚未追上、追及或是超越，都讓人羞恥萬分。踩上他的背，感覺他會發出古怪的慘叫。

「不，我才沒追上他。太宰永遠都那麼讓人羞恥。」我說。

「哈哈。」恭子乾笑，就像在說「講這種話的你才羞恥」。

接著我們言不及義地閒聊了一會，不過感覺總有些古怪。恭子浮躁地聊著冷暖不定的春季天氣、即將升小三的女兒近況，但好像把最重要的話捏在手心藏在身後沒亮出來。接著該說果然嗎？她在恰到好處的時機，將刺耳的話投進我的耳裡：

「最近你好像都沒出書。」

我正戒備著她可能就快提起這件事，果真就來了。然而也不是說不出所料，就能夠爽快回擊。

「嗯。你很清楚嘛。」我裝傻說。

恭子當然會引頸長盼，時刻關注。我的新作雖然不到寶槌那麼厲害，揮一揮就會掉出一堆財寶，但好歹還是能擠出一些扶養費。女兒還要十三年才滿二十歲，這段期間，就算以血淚代替筆墨，我都非得繼續寫下去不可。

儘管如此，我已經一年半沒有新作品了。搬出一家三口生活的S市公寓前，我出了短篇集《拖行人》，自此就再也沒有出書了。那是我的第一本怪奇小說集，但我內心自負每一篇都惡魔色彩十足，精采紛呈。評論家的評價相當不錯，銷量也足堪自慰。但或許就是這樣，反而適得其反。只要寫出好作品，下一次就更痛苦。每爬上一階，腳下就變得更不穩固，空氣也變得更加稀薄，必須推陳出新的野心化成重擔壓在肩上。換言之，我陷入寫作瓶頸的原因，並非這一兩天才突然開始滋長的。如今不管我怎麼寫，文字一落筆，文章便跟著死去。不，文章這東西本來就全是死物。或許我只是從不能醒來的夢中清醒，從不該治癒的病中痊癒罷了。

最近我連打開電腦都得費盡辛苦。至於打開稿件檔案，已經不僅辛苦，而是到了明確感到痛苦的地步。就彷彿打開自己的棺材般，可怕極了。裡面是一片沙漠。白茫茫一片恍惚的沙漠。倒在路上的最後一段文字，在無涯的空白前默然失聲，無法吐出下一段話，就此斃命。這就是我。死在最後的文章就是我。無法寫作的我，如今像被寫下的詞句般稀薄，如文章一樣乾涸，同文字一樣瘠瘦。

「喂？你在聽嗎？」恭子說。

「咦？」我回神，「什麼？」

「問你下一本什麼時候出啦。」

「下一本喔……」我搪塞地笑，拖延時間。

我大可以對前妻逞強，說我正在創作乾坤一擲的曠世巨作。這並非全是謊言。因為只要吞噬我的這片巨大灰色浪濤退去，或許我就能夠重振旗鼓，以鮮活的文筆繼續寫下那所謂的大作。可是——

「唔，錢的話，暫時還過得去……」我刻意曝露毫無防備的蒼白肚皮，轉移話題。

「又沒問你這個。」

「不是在問這個喔？」

「又要來這招？」

轉移話題是我的興趣，恭子的興趣則是拉回話題。但問題是，我偏離的並不只有話題而已。正因為偏離了正常的謀生之道，我才會依靠編造故事糊口，同時更是偏離了正常的家庭關係，才會一個中年男子蟄居在陰暗潮濕的兩房公寓裡，像隻被灑了鹽巴的蛞蝓般痛苦翻滾。

「唔，我只是先一步預測到底是要聊什麼……」

「正常對話好嗎？」

「正常對話喔？要怎麼做？」

「很簡單啊，我問什麼，你就答什麼。」

「不，這意外地很難呢。喏，這陣子怎麼寫怎麼卡……」

「是喔……？」她含糊地附和。

沒有更進一步追問。恭子當然也明白，寫作和小孩子寫功課不同。

「噯，總有辦法啦。等到火燒屁股的時候……」

「你不是說過，就算火燒屁股，也寫不出傑作？」

「以前的我說過這種名言？」

「以前的你說過很多。」

「以前的你也是。」

「或許吧……對了，你都有好好吃嗎？」恭子忽然說。

短暫的一瞬間，我覺得她問了個極度詭異的問題。這完全是恭子會問的稀鬆平常的一句關心，然而聽在我的耳中，卻彷彿放到最後一刻才出招的、別有心機的一擊。為什麼要問這種問題？有好好吃嗎？吃什麼？當然，恭子這個問題並沒有特別的意思，就只是在關心我而已。或只是在扮演關心前夫的溫柔女子。

「嗯，有啊，才剛吃而已。」自己回應的聲音，帶著令人不自在的自嘲音色。

三

坐在馬桶蓋上偷偷摸摸吃書的那個女人，帶著混濁的雙眼，如牛馬般耷拉蠕動的下巴，與「咕嘟」一聲起伏的頸喉……自此之後，這一幕再也無法從我的腦海中抹去了。我總是不知不覺間停下正在忙活的手，不斷反芻著那個女人的模樣，一分鐘甚至是一小時過去都渾然不覺。換言之，寫不出文章的小說家米蟲般的生活，被那次奇異的經歷揪住了脖子，就像繫在木樁上的笨狗般原地打著轉，困在更沒生產性的軌道上了。

只要吃過一頁，就回不去了。

這是什麼意思？會沒辦法從哪裡回去？難不成她是在說，因為太好吃了，會欲罷不能嗎？我查了一下紙張的成分，纖維素、半纖維素、紙力增強劑、膠、填料、染料……這哪國食材啊？沒一樣能勾起食欲。我聽說過江戶時代遇上大饑荒時，人們會把紙泡水搓開食用，但這完全是兩回事。人又不是山羊，有辦法吃下揉成一團的紙嗎？不，有辦法。只要有那個意思，就做得到。事實上那個女的就做到了。她理所當然地把紙團丟進嘴裡。那個女的做得到，沒道理自己做不到。不知為何，我漸漸冒出這樣的想法。這一定沒什麼的。是只要虛心跨出一步，就能輕易跨越的一條線。這樣的界線俯拾皆是。

比方說，迎面走來一名陌生美女，冷不防伸手握住她的手如何？只要倏地伸出手，握住就行了。不會遇到任何反抗——在握住之前。比方說，眼前一名男子背對自己在等電車，朝他的背猛力一推如何？不會遭到任何非議——在男子墜落月臺之前。這類每個人都做得到，卻又沒有人做得到的事，化成一條隱形的線圍住世界，遏止世界崩壞。吃書的行為，會不會也是這類行為之一？從架上抽出一本書，翻開，撕下一頁，揉成一團，一口咬上去，世界是否就是從這瞬間開始崩壞？不，如果這樣說太誇張，把世界的崩壞代換成我的日常的崩壞好了。所以那個女人才會那樣說。

這麼說的話，從我目擊的時候，那個女人的日常已經崩壞了。如何崩壞？只要吃過書，就會發生什麼無可挽回的事？不知道。就只是美味到不行嗎？只會嚴重上癮到在書店買了書，甚至等不及回家再吃嗎？不，不曉得為什麼，我不這麼認為。但如果真的會變成那樣，豈不是我求之不得的事嗎？如果我身陷的這種宛如時間淤泥般難以忍受的日常會崩壞，反而是值得展臂擁抱的狀況吧？不，等等，我在想什麼？荒唐也要有個限度。那個女人只是腦袋有問題。那女人的行為，完全就是瘋女人會做的瘋事，為何正常的我非去模仿不可？但就算寫不出東西，僅憑一個破天荒的行動，就能讓世界一口氣撥雲見日……真的有這種事嗎？

這樣的躊躇持續了兩星期之久，我終於做出一個明快的結論：吃吃看就知道了。沒錯，試著吃上一頁就知道了。然後只要明白那根本不是人該吃的東西，這件事就結束了。不用再想女人的事了。也不會再想要吃紙了。只會再度重啟我與日常，以及最重要的——與小說有氣無力的戰鬥而已。這才是人生的正道。

好，既然決定了，打鐵趁熱。要是拖到明天，不曉得又會如何轉變心意。不，別說明天了，連一小時後自己會是什麼心情，我都無法預料。現在就吃。立刻就吃。十分鐘內一定要吃。我望向幾年前恭子送給我的電波鐘。下午四點二十六分。好，四點三十六分以前一定要吃。到時候還沒吃我就會死。為什麼會死？難道我就像青蛙一樣，屁眼塞了炸藥嗎？不，中毒好了。我中了名字落落長、每次聽到名字都好像有點不同的毒。這種毒別名「Logos」——也就是「話語」。沒錯，我被「話語」所毒害，連骨髓裡都變得漆黑。毒性漸強，十分鐘後，我就會像被碎紙機絞過一般，身心分崩離析，每一口呼吸吐的不是血，而是吐出遭分解的零碎自我，逐漸崩壞。最後只剩下坯土般的一堆話語。解毒劑只有一個，那就是翻轉思考。沒錯，就是書。不是讀書，也不是寫書，而是吃書。吃下應該不能吃的書，這種伴隨著「Pathos」——「情感」的破壞性行動，讓我得以超克「話語」，回歸「話語」以前的存在。除了這麼做以外，我沒有其他存活之路了。

啊，只剩九分鐘了。得先挑一本書才行。玄關有個紙箱，我把不值得再讀、甚至更糟的完全不值得讀的書，總之是這類不值得占據空間，等著丟掉的書都丟在裡面。如果要吃，當然要吃這些其中一本吧。看看箱子裡，大概堆了四、五十本。有一般書籍、小開本，也有文庫本。當然，不管哪一本看起來都不是特別好吃。但我非吃下其中一本不可——如果不想死的話。

我把書疊在一起看著書背，挑選即將淪為凶行犧牲的一本。每一本都……不，等等，那本怎麼樣？不，這才該等一下，為什麼我會覺得要挑那一本？每一本不是都一樣嗎？雖然外表不同，但內容物都是紙張和墨水。相較於其他本，那一本有什麼特出之處嗎？但我的目光確實不經意地被它吸引了。我從它身上感覺到一股幽微的水潤及柔軟。也就是不知怎地，我覺得比起其他的書，它似乎更柔滑一些，更容易吞嚥。

我伸手拿起那本書。是小說。書名是《深夜的大樓》。封面似乎是用魚眼鏡頭拍的，是一張聳立在夜色中的扭曲高樓大廈。看看破了一半的書腰，上面寫著「發生在大樓的五篇奇妙的故事」。是不認識的新人中篇集。書腰上並排著文壇大老們的推薦詞，但我一次都沒有讀過。我瀏覽過開頭的幾頁，只是文體不合胃口，就把它拋開了。看看封底，貼著二手書店的標價。我要吃不曉得誰摸過的二手書嗎？看看時鐘。四點三十二分。只剩四分鐘了。就吃它吧。翻開目錄，並列著中篇標題。〈鴿子〉、〈隔壁戶〉、〈魔女〉、〈鷹架〉、〈樓梯〉。每一個看起來都索然無味且乾燥。若硬要挑出一個，果然還是〈魔女〉嗎？總比啃〈鴿子〉或〈鷹架〉要來得好吧。知道有女人登場，就能期待有一些滋潤。

我讀了一點〈魔女〉的開頭。

「通知

近日多次發現有人在大樓走廊和階梯小便，

若住戶有任何線索，請聯絡三〇二號的理事飯塚。

比留丘櫻花大樓管理委員會」

電梯旁的布告欄張貼了這樣一張公告。

還附了照片，混凝土走廊上有一灘清晰的水漬。

八成是小孩子惡作劇吧。當時我這麼想。

我想起來了。就是這一直換行、像兔子大便般散漫的文體害我分心，看沒幾頁就放棄了。但我現在不能讀它。文體是次要的，不重要。反倒是一直換行，墨水比較少，或許對腸胃比較友善。

看看時鐘。四點三十四分。只剩下兩分鐘了。就先撕下一頁吧。我用力攤平書本，就像要把書背掰成兩半。這淒慘的可怕觸感是怎麼回事？大戶老爺在掰開未經人事的女傭大腿時，就是這種感覺嗎？話說回來，書本咬牙切齒般的呻吟好刺耳。我長年生活在書本圍繞中，卻從來沒聽過如此刺激神經的聲音。原來只要有那個心，每一本書都能發出如此痛徹心腑的哀嚎嗎？就算是不要的書，身為寫作者，還是希望不要再有下一次了。

書背好像完全脫離了。與其一點一點慢慢撕，我覺得像那女人那樣一氣呵成地狠心撕下會比較順利。實際上我也順利成功了。我用右手把紙頁揉成一團。只是順著手指動作揉起而已，紙頁卻溫馴地蜷成了一團，就好像知道自己即將被吃掉，死心認命地任憑摧折。我真的要吃這種東西嗎？沒錯。不知為何，我甚至開始覺得它恰恰好就該放進嘴裡。可是女人的聲音在耳邊再次響起：

只要吃過一頁，就回不去了。

我又看了一眼時鐘。四點三十五分四十二秒、四十三秒、四十四秒……你快死了！快吃！我豁出去，把紙團塞進嘴巴裡。紙團沙沙進入口中。咬下去。瞬間，大腦遭受到來自下方的劇烈衝擊。身體是不是浮起了一些？出了什麼事？世界劇烈傾斜，天旋地轉，就好像意識纏繞在看不見的軸心上。而且整個視野開始變得白茫、閃爍。我撐不住了。坐不住了。我忍不住閉上眼睛，雙手撐在榻榻米上。我以為我這麼做了，但手沒有碰到榻榻米，而是划過空中。為什麼？地板到哪裡去了？還是我就像金龜子一樣四腳朝天，在半空中掙扎……？

四

……手碰到東西了。是光滑堅硬的物體。這是什麼？我身邊有這樣的東西嗎？難道是玻璃？我不知不覺間爬到窗邊了嗎？不對，不是玻璃。我戒慎恐懼地睜開眼睛。這是什麼？是手。我的左手。旁邊是紙。有字。吃了紙，就會看到字嗎？看到寫在紙上的字？

通知

近日多次發現有人在大樓走廊和階梯小便，

若住戶有任何線索，請聯絡三〇二號的理事飯塚。

比留丘櫻花大樓管理委員會

不對。不是。我一陣心慌，抽回了手。不光是字而已，文章底下還有照片。是某處大樓走廊的照片。啊，我知道了，是管理委員會的布告欄。電梯旁邊有一塊綠色毛氈底的布告欄，我的手撐在上面覆蓋的壓克力板上。

我回過神來，東張西望。這裡是哪裡？我怎麼會在這種地方？我的住處呢？住處？我怎麼會在乎這種事？我不是剛下班回家嗎？這有什麼問題？眼前是一座米黃色門面的電梯。果然是一如往常的電梯。回頭一看，後方是一片不鏽鋼製的信箱，昏暗地反射著頭頂的螢光燈。忽地，其中一個信箱吸引了我的目光。

六〇六號　堀田

我怎麼會注意到它？走近那個信箱。這字我有印象。跟我的筆跡一模一樣。倒不如說，這名牌就是我寫的，當然是我的字。沒錯，我是堀田，這還用說嗎？堀田好和，三十七歲，在一家老字號文具公司上班。和妻子祥子結婚，今年邁入第八年，兒子遼佑五歲，正值可愛的年紀。二個月後，家裡還會再添一名新成員。

我再一次望向布告欄的照片。照片裡的走廊上，有一灘略為泛黑的水漬。這就是小便的痕跡嗎？八成是小孩子惡作劇吧。

電梯下來了。我進入電梯廂，按下六樓。漫不經心地看著樓層顯示板，想像在大樓走廊隨地便溺的人。如果不是小孩子，或許是醉鬼。大樓禁止養寵物，但也有不少人偷養，所以也有可能是狗。失智老人的可能性也得列入考慮。祥子會怎麼說？她消息很靈通，或許從鄰居那裡聽說了某些八卦。

抵達六樓了。走出電梯，經過走廊，果然從剛才就一直有股難以言喻的奇妙感覺，令我耿耿於懷。該說是自己的意識很單薄嗎？總覺得記憶各處相當模糊。剛才我想到祥子和遼祐，卻無法清楚地想起他們的長相，這是為什麼？我喝醉了嗎？看看手錶，超過晚上十一點半了。果然喝了一些嗎？沒錯，我喝酒了。和古川、東山在一杯三八〇圓均一價的居酒屋喝了酒。古川和東山……又想不起他們的長相了。我是不是哪裡不對勁？

不管這個，為什麼我會覺得剛剛把什麼東西放進嘴裡了？怎麼說，好像把一個放在掌心上的圓形物體拋進口中……實際上，嘴裡還殘留著銳角扎刺各處的奇妙觸感……

……塊狀物強硬通過喉嚨，消散在虛空中。與此同時，某種更巨大的、潮汐般充盈全身的事物猝然同時消退，肌膚一陣慄然。

不知不覺間，我正盯著自己的右手看。驚訝抬頭。是我的住處。一如既往、陰氣沉沉的三坪房間。近旁掉著書背脫落、書頁被撕破的《深夜的大樓》，宛如慘遭蹂躪的女子般，一副落花流水之態。當然了。這裡是我的住處。可是剛剛那是怎麼回事？我去了哪裡？我人癱坐在小房間裡，只有意識飛去了某個陌生的大樓。我乘上電梯，經過六樓的走廊。堀田？確實，我在短暫的時間裡，似乎變成了一個叫堀田好和的上班族。住在六〇六號，家裡有妻子和兒子。

怎麼回事？不，也就是這麼回事。所以那個女人才會吃書。甚至不惜躲在廁所裡。我的胸口劇烈悸動起來。耳底怦怦作響。這麼說來，應該塞進嘴裡的紙怎麼了？不見了。我用舌頭搜尋口中每一處，卻遍尋不著。果然是吞下去了嗎？吞下那種東西不會有事嗎？但胃沒有不舒服的感覺。可能是因為興奮，指頭微微顫抖，只有這樣而已。

一個意象湧上心頭。鐵柵欄。以文字寫成的一切書籍，每一行文字化成了一根根鐵條，化為柵欄阻擋在讀者眼前。文章這個鐵柵欄，隔絕了讀者與書中的故事世界。儘管如此，就在上一刻，我穿過那些鐵柵欄，直接沉浸在故事世界裡了。我化身為截然不同的另一個人，突然出現在陌生大樓的電梯廳裡。不是以眼睛閱讀，而是透過吃掉它。

不，或許過去的我，是藉由閱讀來做到這件事的。我在少年時期最為熱中於閱讀，貪婪地看遍各種小說，當時的我或許就像剛才那樣，天經地義一般直接沉浸在作品當中。然而自己也開始寫作之後，就宛如蜈蚣某天突然思考起自己是如何走路的，不知不覺間再也做不到了。我從此看不到鐵柵欄另一頭廣袤的豐饒世界，變得只能注視著眼前的鐵柵欄。

話說回來，那個女人是怎麼知道**這件事**的？一般人會想到要吃書嗎？不可能。那個女人遇上了人生跨不過去的坎，失去理智，在幾近瘋狂的忘我激情驅使下，為了讓自己窒息而死，撕下手邊的書本內頁往嘴裡塞，結果歪打正著發現了這件事。這種事有可能嗎？不能說不可能。但，有必要在那個女人身上尋找**這件事**的起源嗎？就如同我是從那個女人身上學到**這件事**，或許那個女人也只是從別人身上有樣學樣。這個可能性更要大多了。但問題是，只是看到有人這麼做，怎麼會想去做一樣的事？聽到別人說會發生這樣的事，想要親身體驗而吃了書嗎？或許是，或許不是。難不成**這**就像集體歇斯底里，是會傳染的？就像現在的我這樣，目擊到別人吃書，這個欲望就會刻畫在腦中，宛如被鎖鏈一點一滴地拉過去，遲早也會招架不住要去吃書。

不管怎麼樣，有一件事可以確定。那就是我正明確地渴望盡快吃到下一頁。現在就想回到那裡，回到感覺隨時都會發生某些奇妙的事、可以再次親身感受故事世界的那棟大樓裡。驚訝回頭，看到那排不鏽鋼信箱的瞬間，我覺得自己的意識久違地緊繃起來。不光是信箱，布告欄、電梯、走廊，所有的一切都是那麼地緻密、色彩濃豔、輪廓鮮明。相較之下，看看這一灘死水的房間。即使像這樣望著，房間本身也像是褪下來癱軟在地上的黯慘古老記憶。待在這種地方，能發生什麼事？這個房間肯定是企圖要把寫不出作品的小說家永遠豢養在這灘淤泥裡。

我撿起吃了一頁的書。我想吃下後續。差點就要照平常的習慣翻開來讀，這絕對不行。不吃就沒有意義了。沒辦法得到那種體驗。我一口氣撕掉下一頁，用右手搓成一團。看來我很快就上手了。丟進口裡。來自下方的衝擊再次造訪，但勁道比剛才弱了幾分。一樣感到眩暈，只是沒有剛才那麼明確。視野漸漸泛白……

五

……又來到了一樣的電梯廳。不過不是同一天，是另一個深夜。距離我第一次在布告欄看到「小便事件」的公告後，過了兩個月左右。

後來似乎也沒有得到揪出小便犯的可靠線索，但從布告欄的後續公告來看，大樓各處有愈來愈多疑似遭人小便的痕跡。新的痕跡總是在清晨被發現，由此推測，犯人似乎是刻意三更半夜跑到公共區域小便。祥子說犯人一定是惡搞為樂，我也這麼認為。就和明明不缺錢卻愛順手牽羊一樣，是這類行為吧。明明有廁所，卻偏要在牆邊小便。而且戶外路邊還不行，非得是一旦被抓包會惹得身敗名裂、自己居住的大樓裡面。犯人一定是渴望那種胸口刺痛的悖德感。

熱愛美劇刑警片的祥子分析說：

「犯人一定是男的，二十到三十多歲，而且是個啃老族。」

「根據祥子警探的剖析，犯人從小就愛殺蟲殺貓殺狗，長大以後就開始在大樓裡小便……」我調侃說。

「沒錯……」祥子笑道，「等著看吧，最後他會在白宮小便，被ＦＢＩ抓走。」

雖然調侃，但我也像祥子那樣試著描繪犯人形象。一個眼神陰沉、宛如關在厚重殼裡的年輕男子。每晚的隨地便溺，一定就像是輕輕撫過那厚殼的裂痕般，是他遊走於內外境界的驚險儀式。不過我完全猜錯了。這天晚上，我遇到犯人了。

看看手機，已經過了深夜十二點四十分。因為替即將調到福岡的部下辦歡送會，喝到很晚。這棟大樓的電梯，過了午夜十二點就會進入節能模式，沒有運作的時候，電梯廂的燈會熄掉。雖然不會經常看到這景象，但實際透過玻璃望進去，裡面是一片漆黑。彷彿有什麼詭異的事物默默窩藏在那裡，令人有些毛骨悚然。但只要從外面按下樓鈕，燈就會立刻亮起，變得通明。我的手伸向按鈕。

這時，「喀啷」一聲，裡面傳出彷彿用鋼索上吊般的聲響，電梯廂晃動了一下。裡面有人。漆黑的廂內……

……我又回到自己的房間了。難以忍受。頓時我意識昏沉地醒來，變得一片遲鈍，甚至覺得全身被現實層層捆綁，陡然變得千斤重。可惡，正精采的時候！就不能更流暢、更無縫接軌地，就像在看電影一樣，讓故事世界延續下去嗎？

我再也沒有半分躊躇，撕掉下一頁，揉成一團塞進口中……

……我維持著手伸向按鈕的姿勢僵在原地。屏住呼吸，拉長耳朵。廂內依舊黑暗，什麼都聽不見，電梯廂也沒有搖晃。我就這樣等待了片刻，但什麼事也沒發生。心理作用嗎？或許電梯本來就是這樣的。就算沒有人乘坐，偶爾還是會在睡夢中翻個身。

我忽然覺得好笑起來。只是電梯廂晃了一下，怕什麼啊？按下按鈕。玻璃另一頭，螢光燈閃了幾下，接著像超商一樣大放光明。看吧，不是沒有人嗎？

電梯門緩慢地開啟。我太早以為沒人而放心了。隔著門上的玻璃，只看得到廂內較高的部分。也就是說，只看得到站立之人的胸部以上，底處全是死角。

我正想穿過逐漸開啟的門縫間，忍不住倒抽了一口氣。這誰？有人背對入口蹲在靠裡面的地方。是個女人。應該是年輕女人。髮量豐盈的烏黑頭髮紛披著，完全看不清被頭髮蓋住的臉。而且她還穿著一身黑色連身裙，幾乎和頭髮融為一體，頭髮和衣服都黑得詭異，彷彿要將一切全部吸入，讓人怵目驚心，就好像在深洞邊緣被人推了肩膀一把。但我來不及煞腳，已經踏進去一步了。「匡啷」，我這一踩製造出極刺耳的聲音，電梯廂又晃動了一下。

一股奇妙的氣味刺鼻而來。酸酸甜甜的，又有點鹹，總之那氣味穿過鼻腔直衝腦門，好陣子盤旋不去，就是如此刺激的氣味。我忍不住蹙眉。

我不經意地往下一看，有東西從蹲身的女子腳下流了過來。那液體濡濕了暗灰色的塑膠地板，像翻倒的墨汁般一眨眼變黑，逐漸擴散，連我的鞋底都開始濕了。到了這時，我總算理解出了什麼事。她在小便。這女的在電梯裡小便。**就是她，她就是犯人！**我反射性地跳出電梯廂。

「喂！你！」我忍不住厲聲喝道，自己都嚇到了。因為我從來不是那種會對剛見面的人大小聲的人。但我的氣勢也只到此為止。從電梯外再次細看女人的模樣後，我說不出話來了。

女人還是一樣背對我蹲著，但她將漆黑的連身裙撩至腰部，露出整個白皙的臀部。我彷彿被那兩團裸露著飽滿豐腴的屁股壓坐在胸脯一般，感受到幾乎呼吸不過來的衝擊。多麼白皙柔軟光滑的臀部啊！就好似用針一扎，純白的奶水便會從其中畫出弧線涓滴流出一般。

不，白皙柔軟的不光是臀部而已。兩條透出藍色靜脈的纖細小腿就像蛙腳般打開到極致，那粗鄙猥瑣的姿勢益發顯得慵懶，說不出的淫蕩。而且她沒穿鞋子。女人的小便將自己的腳全浸濕了。就彷彿那是自己的腳底，我情不自禁地想像溫熱的小便一點一滴圍繞上來的觸感，一股噁心卻又愉悅的扭曲震顫沿著背脊攀爬而上……

……我一感覺似乎又將墜回現實世界，右手便自己動了起來，把下一頁塞進口中……

……女人排尿結束，最後的幾滴從胯間滴落。每一滴尿落下，化成漆黑水窪的電梯地板便泛起微微漣漪，但它好似化成了驚濤駭浪般，甚至沖上我的胸口。漆黑的地板倒映出女人的白色臀部搖曳著，但陰暗的胯間卻是若隱若現。滴滴答答……氣味。連這裡都聞得到氣味。怎麼會甜膩成這樣？這真的是小便的氣味嗎？不，雖然細微，但甜味底下，確實隱隱散發出小便那種刺痛眉間的氣味。但為何我會在不知不覺間往前跨出了半步？想靠近她。想要更靠近那女人。然後一把抓住她潔白的臀肉，將整張臉埋進深谷之間，像頭野獸般大口咬上去。

膝蓋即將前傾的瞬間，女人對著另一頭幽幽地站了起來。撩起的黑色連身裙裙襬落下，臀部就像輝煌的滿月藏身雲間般消失了。女人很高。這個高度踩著赤腳，或許身高將近一七〇。感覺她隨時都會回頭。無法想像她的長相。她真的是大樓住戶嗎？這女人真的有臉嗎？從這裡看不到的另一側頭部，會不會就像面具的內側一樣，是整個凹陷的呢？

女人踩出潮濕的腳步聲，終於回頭了。她有臉。劈頭就對上眼了。是一雙碩大傲人的眼睛。我想別開視線，卻無法移開。眼珠就好像被鉤住的魚，感覺若是轉開視線，眼珠就會從眼窩裡被扯出來。女人那張鵝蛋臉脂粉未施，和臀部一樣白皙細嫩。完全沒有表情。一雙熠熠大眼與其說是長在臉上，更像是貼在頭部前方，只是皮相的一部分。

不過這女人到底是誰？我在哪裡看過她嗎？在走廊遇到過嗎？一起搭過電梯嗎？想不起來。這女人幾歲？上一秒看起來像少女，下一秒卻也像個半老徐娘。沒有表情，那張臉似乎搖擺不定，就好像五官在某個瞬間替換了一般，無法捉摸。再說這女人正常嗎？三更半夜在電梯裡尿這麼久。而且還打赤腳。我一直以為一定是有人以惡搞為樂，但這女的肯定只是腦袋不正常。

女人動了。她注視著我，一步步走出電梯。啪噠、啪噠……大廳地板冒出女人潮濕的腳印。印子密密實實，連足弓都沒有。瞬間我想要逃，卻像陷在泥沼一樣，腳完全無法挪動。為什麼？而且女人朝這裡靠近了。觸電一般，全身爬滿了雞皮疙瘩。女人的眼鼻漸漸固定下來了。很美。雖然一定是個瘋女人，但美得沁人心脾。終於要來了嗎？不，她改變方向了。就這樣走掉吧。經過我吧。啪噠、啪噠……又過來了。站到我旁邊來了。女人看著我，就像要把視線往我身上抹。不要再看了。到底想做什麼？剛才不應該粗魯地吼她嗎？是被她記恨了嗎？

「堀田先生……對吧？」女人說，「六〇六號的堀田好和先生……」

我一陣心驚。不只是門牌號碼，女人連我底下的名字都知道。詭異的陌生女子親暱而討好地喊著我的名字。

「不好意思，讓您見笑了……」女人笑道。是幾乎要擠出聲來的黏膩笑容。失去血色的黯沉唇間，紅得古怪的舌頭濡濕泛光。

「可是，喏……也不是多髒的東西喔。甚至有人滿喜歡的……」

喜歡？喜歡小便嗎？什麼意思？

「就是字面上的意思啊。有人很喜歡。喏，我的聞起來香香甜甜的，對吧？這麼說來，堀田先生，你還記得我嗎？」

她在問我嗎？這種狀況，我非回答她不可嗎？問話的瞬間，女人的微笑凝固在臉上，表情近乎暴力地文風不動。這麼一來，看起來甚至連微笑都不是了。刺痛耳朵的尖銳沉默籠罩下來。沉默的張力愈來愈強、愈來愈銳利，就像在掐著我的脖子。什麼都好，得回話才行……

「不……」我總算擠出沙啞的聲音。

「喏，我是住同一棟的……一三〇六的關本啊。關本夏美……」女人重新整治好笑容，時間又開始流動。

一三〇六？瞬間，我不明白她在說什麼。這樣啊，她住一三〇六啊。可是她在說什麼啊？這棟大樓只有十二樓，沒有十三樓。

六

吃完〈魔女〉的最後一頁時，房間完全落入黑暗了。我在漆黑中茫然自失，好半晌動彈不得。不過，現實世界這壓倒性的空虛，到底該怎麼說……？宛如身處深海一般，空虛的絕大壓力正凶暴地壓制一切事物。

我打開電燈，看看時鐘，十點多了。開始吃第一頁的時候，還不到五點。這樣的中篇長度，照一般速度閱讀，一小時左右就能讀完，但我花了差不多五小時半才全部吃完。然而這五小時半算長嗎？我覺得在**那裡**待了好幾天——不，好幾個星期。實際上，堀田遇到自稱關本夏美的女人後，步上了其他男人的後塵，抵抗全是徒勞無功，拜倒在她的裙下，故事中過了約兩個月的時間，整棟公寓成了她的囊中物。不過像這樣吃完後回到房間一看，感覺也像是彈指間的事而已。話說回來，我曾經如此痴醉地讀過一部小說嗎？至少從我二十八歲成為小說家以後，確實就再也沒有過如此目眩神迷的閱讀經驗。不，這不是「讀書」，是「吃書」。

話說回來，從頭到尾的臨場感震撼人心。所見所聞、所嚐所觸及所感，這一切的感受，就宛如撕掉外層的薄皮般活靈活現，遠遠超越現實，栩栩如生。那魔女嗆鼻的尿香還牢牢地繚繞在鼻腔深處。若是在現實中嗅到相同的氣味，任何時候，我都會立刻發現就是那股氣味吧。然後和其他男人一起，就像狗畜生一般趴在十三樓的走廊，忘我地吸啜魔女略帶紅色的小便，大口喝光。那最駭人也最高潮的場面……光是回想就全身哆嗦，舌頭、喉嚨、胸口陣陣地熱辣起來。屈辱與歡喜、嘔吐感與快感、絕望與解放，一切感官揉雜一體的那種異常感受，是現實中絕對無法體驗的吧。當然，透過閱讀也得不到這種感受，只會想：又是情色醜怪？真是玩不膩，唉，就只會依靠這種廉價的武器。

但我不得不承認。這確實就是我想要達到的目標。伸出小說這隻巨手，一把揪住讀者的心，粗暴地揮舞，將他們抬高，再惡狠狠地往下砸。讓被砸在地上的讀者呈大字型癱在榻榻米上一片茫然，不是得到什麼，而是彷彿失去了什麼，仰望著倒映在眼中卻看不見的天花板。意識仍在虛構與現實之間徘徊，左手拇指還掐在最後一頁。這完全就是我剛才身陷的狀態吧。再也回不去了。回不去吃過以前的世界了……

話說回來，這真的是區區小說應該擁有的健全力量嗎？書籍應該從文字的排列被解放來對抗經驗、超越經驗嗎？還有，回到這個世界時席捲而來的這股難忍的倦怠感，又是怎麼回事？這太可怕了。比我現在以這顆遲鈍的腦袋隨便想到的，一定要更恐怖好幾倍。這件事若是不慎在世界擴散開來，人類、社會、文明將會變得如何？那個女人一定也是害怕這樣，才會躲在廁所偷偷吃書。

這時，我忽然注意到一件事。在吃〈魔女〉的時候，從途中開始，世界便是連綿不斷的。我看了看手中的書，確實一路吃到了〈魔女〉最後。是意識飛到另一邊後，身體自行活動，撕下書頁塞進嘴裡，又撕下書頁塞進嘴裡，不停反覆嗎？想起來實在很詭異，不過換個想法，我居然能在這裡停手，令人驚詫。是最後一行之後的空白，把我拉回了現實嗎？

往下一看，下一篇中篇標題〈鷹架〉彷彿飄浮起來，逼近眼前。會發生什麼跟鷹架有關的事？想知道。好想知道。不是用讀的知道，想要吃下去親身體驗。不，慢著。現在還來得及回頭。想知道的話，就用讀的。這可是小說，不是吃的東西。不，說起來你不是小說家嗎？自己寫啊！打開電腦，打開檔案，寫小說啊！寫啊！

我的手臂是想要對自己展現最起碼的風骨嗎？它一把拋開了《深夜的大樓》。書撞到紙門，掉在榻榻米上，頹然攤開來，宛如坦胸露乳。〈鷹架〉的標題還在引誘我。

七

女人的預言成真了。我確實回不去了。原本我揣想自己或許已經趴伏在人生的最深淵，但是我想得太天真了，自那天起，我開始淪落到更深、更黑暗之處。

吃完〈魔女〉的隔天，我發誓一天最多只能吃一篇中篇，與心虛共謀，吃掉了〈鷹架〉。為了拉皮而搭建的鷹架開始自我增殖，化成通往異界的立體迷宮，將整棟大樓吞入深處，最終像一座鉛色的山脈，將整個日本覆蓋殆盡，是一篇荒謬而壯闊的故事。吃完之後，我茫然仰望著天花板，知道自己不可能恪守誓言。更正確地說，我明確地對自己承認，我壓根就不打算遵守，那只是發誓來安慰的。那女人說的話，字字句句都是事實。吃過一頁就完了。這天我又吃了〈鴿子〉，隔天吃了〈隔壁戶〉和〈樓梯〉。也就是說，一本厚度三二〇頁的書，我三天就吃得一乾二淨。而且速度愈來愈快，想像吃書的自己看起來會有多可怕，連自己都感到詭譎無比。

就是這個時候，我迎接了三十八歲的生日，接到了恭子的電話。手機響起的時候，儘管內心一隅早有預期她可能會打來，卻仍一陣怵然，接著對於現實世界還有可以讓我心驚的事，大感驚奇。難不成我正在吃的是「恭子打電話來」的故事嗎？我甚至做出這種會讓地基崩潰的猜測。「你有好好吃嗎？」恭子最後說。這理所當然的問候，對我已不再具有理所當然的意義了。一瞬間，我甚至錯覺是廁所的女人搶走恭子手中的電話，插話進來問我，好確定她的詛咒是否確實生效、我是否確實開始墜入地獄了。

即便不是如此，恭子的來電也讓我心慌意亂。對於寫作空窗期的痛苦，我裝作沒什麼地說只要火燒屁股總有辦法，但實際說出口，這話變得更沒分量，甚至散發出連玩笑功能都沒有的可悲。但直到幾天前，我連自己都還是如此深信不疑的。深信只要火燒屁股總有辦法、總有一天我一定還會寫、會在某天像天啟降臨般開始瘋狂寫作。那些日子，我把這句話當成救命索，用盡全力抓住它，懸掛在茫漠的黑暗中。

然而一切都不同了。開始吃書，把我從那句弱不禁風的話扯下來，整個人墜落到了這裡。這裡是哪裡？在這裡，小說不是用來寫的，也不是用來讀的，而是用來吃的。藉由吃書獲得壓倒性的經驗，與書寫這孜孜矻矻的渺小行為，在我心中實在是無法連結在一起。要有光，以如此籠統的話語打造世界，是上帝的工作，不是纖細渺小的人類該做的事。過去，寫作的行為讓我感到趣味橫生、樂趣無窮，但現在它已經達到了我未曾想像的羽化，拋下了我。

然而在這個現實的世界，我仍非寫小說不可。我必須拼湊文字，組成文章，再排列詞句，製造故事。這是宛如排列沙礫般毫無建設性的工作。或許我可以吃一次自己寫出來的東西，但我已經明白問題不在這裡。不是這個問題。事到如今我才發現，就像在小說中尋求力量，我一定也深愛著文字所擁有的精巧美麗且無力的聲音。然而沒想到，它居然會蛻變得如此強而有力、震耳欲聾。

不管怎麼樣，都再也遏止不了了。很快地，我開始從原本打算丟掉的書裡，每天挑出一本吃掉。我很快就得知，沒有情節的非小說和實用類書籍不能吃，會讓人掉進只有概念、語言和五感的碎片盤旋般毫無情節與脈絡的噩夢，因此我只挑選小說。過了一個月，本來要丟掉的小說就見底了，雖然早就心知肚明，但我終於非得對書架下手不可了。我無力地坐在書架前，好半晌望著井然有序、五顏六色的藏書。光是小說就不下千冊。我深深嘆息。要是碰了這些書，一天一本就能滿足嗎？都到了這步田地，我仍試著奮起惋惜對這些藏書的感情，然而這樣的感情也立刻沒骨頭地軟爛下去，我徹底屈服於食欲。

開始吃起藏書後，我更是不知道要如何才能夠一天不吃書了。我的生活只剩下吃書、想吃書，以及在睡夢中做著吃書的夢。我絕少出門，不刮鬍鬚，連澡都幾乎不洗了。身體開始散發出舊書店那種酸臭味時，我有些驚訝，但這又如何呢？不出所料，很快地一天一本便滿足不了我，我連睡覺都覺得可惜，餓鬼似的一天連吃兩三本書。因為莫名口渴，我狂灌瓶裝水，但吃正常食物的欲望一天比一天衰退，終於除了書以外，我不再食用任何固形物了。但奇妙的是，我沒有變得消瘦。我的臉色變得很差，彷彿紙張的白透出肌膚，令人擔心，但站在昏暗的盥洗室鏡前，看起來還不像個墮入地獄的人。

然而，即使身體撐得住，內心卻是虛構與現實彼此鏖戰。不，雙方的力量抗拮不到鏖戰的程度，在勢力與日俱增的虛構面前，現實世界奄奄一息，翻倒在地，露出脆弱柔軟的肚腹投降。如今這個現實世界給我的印象，就如同流過絢爛虛構世界接縫的髒水溝。因為無法直接從虛構過渡到另一個虛構，只得每一次都深深踏進現實這條髒水溝再過去。但這不僅僅是單純的意象而已，回到現實時是「沉落」，進入虛構時才是「浮上」，這幾乎是肉體的真實感受。我從早到晚在它們之間載沉載浮，精疲力竭，心想不可能永遠這樣下去，遲早會出事——某種不可挽回的破滅之事。

八

為了出門買水，我時隔數日離開住處時，事情發生了。一打開門，就在公寓走廊看到腳印。沒有隆起的足弓，扎扎實實完整的灰色濕腳印。腳印一路延伸到電梯。我反射性地以為是小孩子惡作劇，但仔細一看，那似乎是成年女子的腳印。

如此推測的瞬間，俯視的腳印飄出一團淡淡的甜香，竄入鼻腔。啊！我一驚。這短暫的一聲「啊！」無法完全囊括的巨大銳利驚奇從腦門貫穿腳跟，將我釘在了原地好一段時間。我記得這氣味。後來我吃下的故事，多到甚至提不起勁去數，但第一次吃的〈魔女〉，就像第一個女人一樣，印象深刻。

發生了超越理解的事。我怎麼會在這裡嗅到那股氣味？它怎麼會在這邊的世界？更真確的是這扁平得可怕的腳印，和在**那邊**看到的一模一樣。我怒目瞪視地搜視周圍。是從四〇三號的玄關看出去的平時景象。左邊是蓊鬱的竹林，正面是被高聳的柵欄圍繞的中學，右邊是通往車站的馬路……沒有一絲破綻。但腳下一清二楚，就是那腳印。鼻子依然隱約嗅到那股氣味。

我是誰？我不是在文具公司上班的堀田好和。我是小說家。再也寫不出作品的小說家。從文字的世界被排擠出去的小說家。這樣的我所在的現實世界，怎麼會有這腳印？怎麼會有這氣味？還是說，我不是我？難道現在這一刻，我也正在吃書嗎？不，不可能。因為這裡沒有虛構特有的誇張逼真，也沒有過去和細節的模糊不清。不，等等。難道我是吃了自己寫的冒牌私小說*？所以細節可以靠真實的記憶來彌補嗎？可是我毫無印象。我從早到晚都在吃書，哪有時間寫那種東西？

話說回來，這腳印會延伸到哪裡？順著它走下去，會遇到什麼？我靜靜地循著腳印開始走，來到四樓的電梯廳。腳印在電梯前改變方向，進入電梯廂。抬眼一看，電梯碰巧——或者這不是巧合？就停在四樓。然而大白天的，廂內卻一片漆黑。我覺得不應該如此，再次查看樓層顯示，但電梯廂確實就在眼前。玻璃另一頭黑得就像地獄。

我膽戰心驚地伸手按了下樓鍵。廂內的螢光燈閃爍，乍然燈火通明，白得令人煩躁。沒有人影。不，她一定是蹲著。門慢吞吞地打開，就像在惹人心焦。我忍不住後退。沒人。沒看見闖本夏美。一片空蕩蕩，就像正等待屍體躺進去的棺材。我探頭調查電梯裡的地板，也沒有腳印。腳印在門前中斷了。她沒有進電梯嗎？

我滿腹疑心，東張西望，進了電梯。我按著「開」，再次查看地板，果然沒有任何腳印，也沒有濕過再乾掉的痕跡。我納悶不已，連續按下「1」和「關」。

電梯門關上，電梯開始下降，瞬間，一個白色的東西從後方伸了過來。眼角瞥見有東西從我的肩頭倏地伸了出來。是女人的手。又白又軟、彷彿會散發腥臭的手。女人的手指猛力戳向面板按鈕，力道大到電梯廂幾乎跟著晃動。「13」。這棟公寓只有六樓，女人伸過來的手卻按了「6」上面的「13」。沒有中間的樓層。手臂驀地縮到背後消失了。我整個人呆在原地，僵到感覺一動骨頭都會出聲。電梯就像上下翻轉一般，轉為上升。

一經過六樓，玻璃門外便陷入一片墨黑，宛如在黑夜中上升。看上去不遠也不近的黑暗緊貼著玻璃。上面一清二楚地照出無聲無息地站在我左斜後方的關本夏美。一頭長長的黑髮宛如剛從泥炭沼澤爬出來。領子寬得放肆的漆黑連身裙，白皙的胸膛浮現出凹凸的肋骨。修長的頸脖上那張美麗的容顏被頭頂的螢光燈映照得蒼白，淡眉底下卻是兩團骷髏般的暗影，女人的眼神沉浸在那狹隘深邃的黑暗中，不知道正看著哪裡。她看著倒映在玻璃上的我嗎？或是以刀鋒般的視線撫摸著我鬆弛的臉頰？總之，女人默默無語。就好像碰巧一起搭上電梯。彷彿會永遠持續下去。

無法回頭。我覺得回頭就完了。虛構與現實的境界變得模糊，我就站在那境界線上。這個電梯廂成了兩個世界的小小連接點，只要我一回頭，這微妙的均衡就會潰散崩壞，我一定會被拖進虛構那一邊，再也回不來。

「嘩……」後方開始傳來細微的聲響。我往下望去。在我背後，胯間流出一道細小涓

* 私小說是日本獨有的一種文類，流行於大正至昭和時期，以作者本身為主角，描寫自我生活經驗、感受及體悟。

流。那液體的顏色應該接近透明，看起來卻彷彿流過夜晚深底的河流般黝黑。熟爛般酸甜的香味充盈電梯廂，誘發出令人頭暈腦脹的眩暈。

「你是……黑木先生吧？四〇三號的黑木忠彥先生……」背後傳來囁嚅聲。那細語宛如把呼氣搓成一條細絲，輕輕插入耳中一般。

「您一定很辛苦，但才剛開始而已……」

一定就像她說的吧。我吃了太多故事了。過去吃下的眾多故事，接下來將一個個輪番造訪我的人生，一點一滴把這具身體活活掩埋。

「可是……不必害怕，」細語繼續著，「你即將前往的地方，不是只有你一個人……你不是第一個，也不是最後一個……」

這一定就像她說的那樣吧。在廁所遇到的那個女人，現在在哪裡、怎麼了呢？她已經去到很前面了嗎？

聆聽細語時，女人的尿液更不斷地擴張黑暗的領域。地板與其說是被沾濕而泛黑，更像是被不會反射也沒有光澤的黑暗所侵蝕，讓我逐漸失去立足之處。我一刻都無法站立在這片黑暗。只要鞋子一濕，就會立刻墜入吞噬電梯廂的無邊虛空，被它吞沒吧。我挪移位置，試圖爭取一點時間。

「不管怎麼樣，你已經沒辦法寫了……」女人靜靜地詛咒著，「再說，不管你寫不寫，已經沒有人要看書了。大家都想吃書。每個人都丟開冗長的文章，只想大快朵頤故事。對吧？」

或許是吧。只要這件事散播到全世界，每個人一定都會變得像餓鬼一樣，為了得到書在街頭徬徨遊走，然而沒有任何人看書，一拿到書，就撕下書頁往嘴裡塞、撕下書頁往嘴裡塞……我想像著這樣的末世情景，這段期間，漆黑的虛無終於逼近我了。我緊貼在門上，踮起腳尖站在電梯廂角落，臉頰緊貼在玻璃上。倒映在玻璃闖本夏美的眼睛依然是兩團漆黑，嘴巴囈語地蠕動著，仍說個不停。儘管是呢喃細語，那聲音現在卻宛如把嘴唇貼在我的鼓膜說話一般，直接震動腦髓。

「──追根究柢，話語是為了撒謊而生。是為了扼殺真實而生。一切話語都是謊言，謊言輾碎真實前進，當謊言大軍通過之後，也就是在一片放眼所及的真實屍骸之上，建立起新的謊言世界。上帝就是這樣打造世界的。既然上帝辦得到，人類的謊言過境之後，自然也能形成世界──」

我的腳開始顫抖。膝蓋發軟。不行了，要掉下去了。這麼想的瞬間，玻璃另一頭乍然亮起。到了。這裡是十三樓嗎？不管哪一樓都無所謂了，總之得立刻離開這裡！身體推擠的門慢慢地滑開，我口中嚷嚷著，連滾帶爬地跑出電梯，難看地單膝跪地，吐出邋遢中年男子的喘氣。膽戰心驚地四顧一看，是一樓的電梯廳。我驚愕回頭，電梯廂裡一片空蕩蕩，完全沒有魔女的影子，地板也完全沒濕。數秒後，電梯門惋惜似的關上，彷彿讓該死的傢伙溜走的棺材。得救了。我似乎還在**這邊**。不，我完全沒有得救吧。就像那個女人說的，一定才剛開始而已。

闢本夏美不見了，但不遠處站著一個背書包的十來歲男童。眼睛底下的眉毛擔心地皺起，直盯著我看。瞬間，我懷疑他是否也是從**那一邊**滲透過來的，但我對他完全沒有印象。男童散發出來的，該說是毫不起眼的感覺嗎？那種不登大雅之堂的凡庸，肯定正證明了他是個有血有肉的真實人類。

看著少年，儘管為時短暫，讓我有種被現實世界牢牢接住的踏實感，漸漸鎮定下來了。年少時的我或許也是這樣的。背著皮革龜裂的書包，每到夏季就曬得渾身炭黑，百看不厭地翻著同一部漫畫，廢寢忘食地打電動，一樣已經成了四眼田雞，從頭到腳都徹底浸淫在這個世界。然而現在呢？應該耗費三十八年紮下的根卻腐爛斷光，變得宛如只有小孩才看得見的淒慘幽魂。

忽地，我注意到男童手中的書。雖然看不到書名，但似乎是從學校圖書室還是哪裡借來的兒童小說。如果我現在一把搶過那本書，在男童面前狼吞虎嚥起它來，會發生什麼事？男童也會被這一幕所震撼、糾纏，遲早也開始吃書嗎？不，不必幹這種小家子氣的壞事，抱著一大疊書，去到熙來攘往的車站附近，曝露在成千上萬驚愕的視線之中，從早到晚盡情大啖書頁如何？像這樣拉上盡可能多的人一起上路，就像個崩壞的小說家，無止盡地墜落到虛構世界如何？這才是一直以來，我內心最深最陰暗之處，執迷地不斷撫弄的、最純粹無瑕的、真正的願望，不是嗎？

妄想即將滾滾膨脹，男童澆冷水似的開口：

「你還好嗎？」

我拍拍膝蓋站起來，勉強擠出像是微笑的表情說：

「只是絆了一下而已。」

男童掃視電梯前方，就像在說：「哪裡有東西會絆到？」

我經過男童面前，告訴他：

「人長大了，就會被地球絆倒。」

「是喔？……不是被人生絆倒？」男童的聲音從後方傳來。或者那是我口中的喃喃自語？

鑽耳

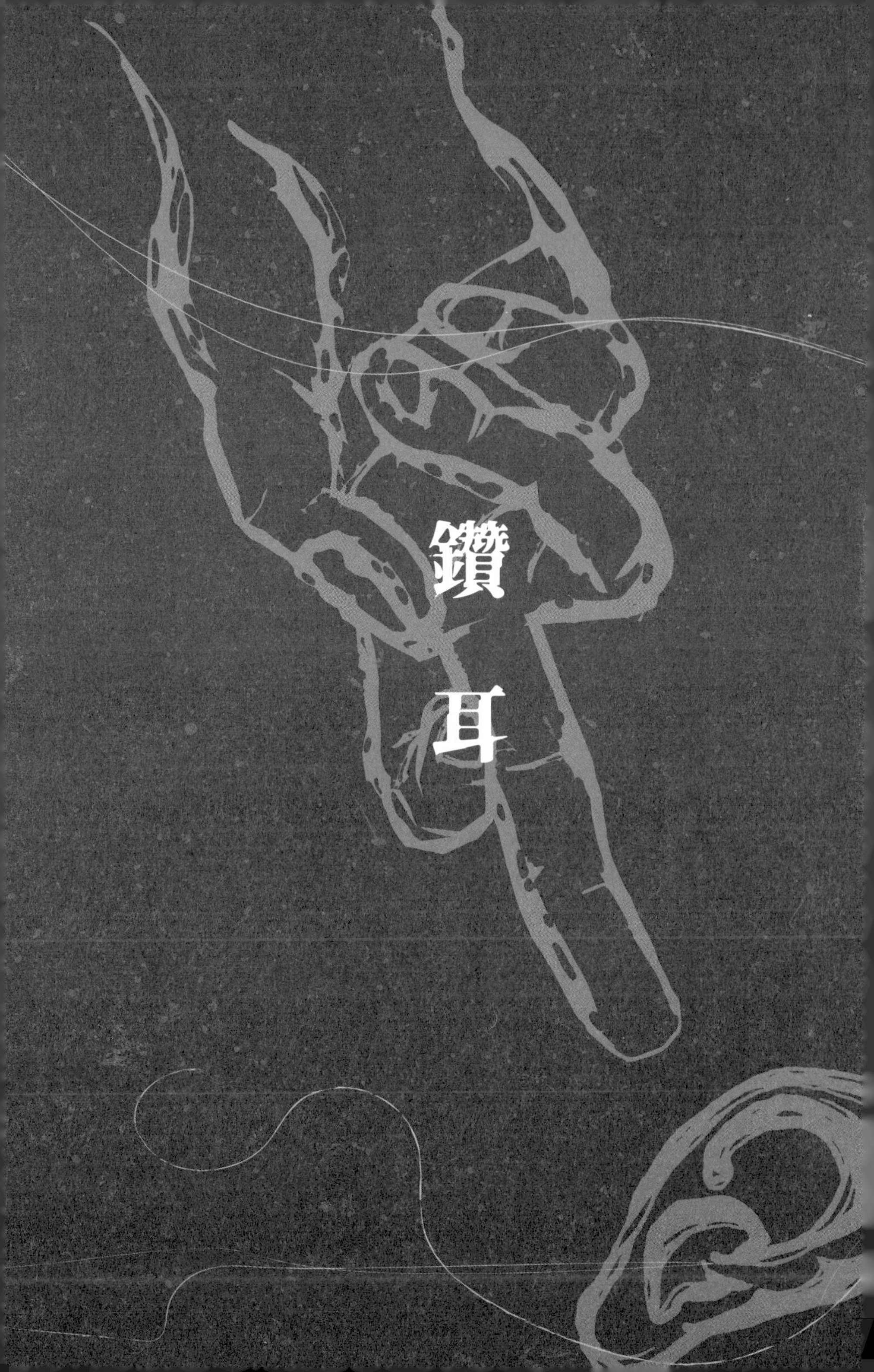

就是這雙手。每個人都不覺得雙臂以下的手特別醜陋或詭異，滿不在乎地帶著雙手生活，就是這雙手。喏，我們會像這樣，把手舉在眼前仔細端詳，對吧？結果在某個瞬間，應該是自己再熟悉不過的手，卻宛如突然露出真面目一般，變得詭異無比，看起來就像被賦予了抓取物品以外的下作任務的特殊器官，不會嗎？

啊，中原先生，你的手果然很纖細。不會破壞任何事物、是只能做些小東西的小手。要不然就是學者的手。是只能靠著絞盡腦汁，想東想西過活的人的手。不過只能靠著鞭策肉體糊口的人，和只能鞭策腦袋糊口的人，哪一邊更可憐呢？你認為呢？

啊，這麼說來，你確實是個學者呢。雖然還是兼任講師，但在東京的私立大學教社會學、英文那些。對，我們雖然是第一次見面，但我對你知之甚詳，比你以為的要瞭解更多。中原光太，女友香坂百合子都叫你的名字「光太」。三十七歲，個性神經質，是謹慎的A型，渴望脫離在多家大學兼職、四處教書的現狀成為專任大學教師，是身心俱疲的知識勞工……

不，不對呢。我們不是第一次見面。只有一次，雖然只有過一次，不過大概三年前，我們在這棟公寓的走廊碰到過，你還記得嗎？你一如往常，跟我的鄰居香坂百合子在一起。恩愛的你們就像彼此掩著自然浮現笑意的嘴巴，與孤單的我擦身而過，進入隔壁的四〇五號室。對，我一眼就看出你們交往很久了。因為你們看起來一模一樣。怎麼說呢，就像用相同的泥土捏出來的泥偶般，只要大雨一下，又會變回同樣的泥土，很快地交融在一起，就是如此登對的兩個人……

這不重要。重點是手。我要說的是，人類的手長年來一直隱藏著不為人知的能力，也就是「鑽耳」這種能力。你當然是第一次聽說吧。鑽耳、鑽耳……聽起來滿俗的，不過我也是以前聽人這樣告訴我的。再說，還有其他的說法嗎？對於粗俗的行為，以及行使這種行為的粗俗之輩，就適合這種粗俗的稱呼。

啊，我當然明白。中原先生，我完全清楚你是來找我做什麼的。是為了香坂百合子對吧？你一定有一大堆問題想問。不過你來找我——和香坂百合子當了七年鄰居的我，是為了想知道她的下落。哦，你完全可以感到驕傲。你是對的，我確實知道香坂百合子的去向。就算沒有人知道，也只有我一個人知道。同時我可以提供你某些極為重要的資訊。

老實說，自從她從公寓消失以後，這三個月以來，我一直在等你出現。不，我是說真的。我不只一兩次動念乾脆由我去找你，可是我終究提不起這個勇氣。因為我很害怕。害怕面對你。可是，我內心一直期待你會為了找她，主動過來找我，這是真的。然後我決定，若是這個可怕的願望成真，我就毫不隱瞞，告訴你一切。因為再怎麼說，你跟她都從高中開始交往了將近二十年，你有權利知道她為什麼、又是怎麼樣消失到哪裡去了。

沒錯，我對你有一些瞭解，但對她知道得更多。我和她不曉得在這棟公寓的走廊和樓梯碰見過多少次了。她一個女生獨居，似乎對我這個男生有些提防，總是低著頭，勉為其難、僵硬地向我頷首。怎麼樣？你第一次看到我的時候，有什麼印象？覺得我看起來就是個會幹出什麼壞事的危險男子？別看我這樣，直到前些日子，我都還努力在臉上擠出假笑，認真地在保險代理店上班呢。唔，不管怎麼樣，我和她並未以單純的鄰居關係結束。我們兩個，怎麼說呢，因為某件事相識了——再也不可能更深地彼此相識。

我不知道你怎麼想，但她是真心愛著你的。即使已經分別在東京和大阪生活了好幾年，一個月只能見一次面，她還是真心愛著你。就像你也知道的，她不是個機靈的女生。她深信人生沒有岔路這回事，因此除非遇上天大的事，否則是不會轉動方向盤的。我想你應該也在長年等待自己獨當一面的那一天，但她也一直在等你，等了二十年之久。這不就像延續了幾十萬年，古老、如神話般美麗的故事嗎？男人外出打獵，在獵到像樣的獵物前不能回來；女人痴痴地在家等待男人帶著收穫回家，或是終於放棄。然後，你終於回來了。雖然依然沒有帶回獵物，但每逢休假，你都會重返大阪尋找她，然後終於找上或許知道些什麼的我。你懷抱著一縷希望，按下這四〇四號室的門鈴。因為儘管隔著一道牆，但從某個意義來說，身為鄰居的我，廝守在她身邊的時間比你更長久。

哦，不過我很開心。雖然我一直害怕你上門，還是覺得很開心。老實說，我不是什麼正經的人，但可沒連這樣的感受都失去了。哦，不僅如此，我很喜歡男女這種感傷的故事呢。即使內心嘲笑怎麼這麼陳腔爛調，卻還是忍不住感動落淚，這幾乎就像是肉體性的原始感情吧……

啊，你說窗邊那隻貓？這棟公寓本來是不能養寵物的，但實際上好像很多人都在養各種動物，兔子啊、倉鼠啊、雪貂那些，不會製造吵鬧叫聲的動物。包括我在內，孤獨的人是沒有節操的。還是說愛的水龍頭鬆掉了？雖然是一點一滴，但需要把內心的愛往某處宣洩。那隻貓大概是六年前吧，還是小貓的時候撿到的。不曉得是怎麼爬上去的，就在旁邊那座公園的藤架上咪咪叫個不停，引來附近小孩關注，可是沒有人笑那隻小貓。不管是人生還是什麼都一樣，比起往上爬，往下降的時候更可怕，不是嗎？對，在小孩子的吵吵鬧鬧中，我也爬上了藤架，為了救那隻貓拚了老命。喏，你看牠的眼睛，左右不同色。藍眼和黃眼，就好像個別嵌上了月亮和太陽，對吧？這是許多白貓都有的特徵，叫異色眼。牠用那雙神祕的眼睛哀傷地俯視著我，我不可能招架得住。還有那緊抿的嘴巴。如果狗會說話，絕對守不住任何祕密，但貓不一樣，會把我那麼多告訴牠的事情全部帶進墳墓裡。啊，牠叫亞妮絲。我喜歡女星亞妮絲・利比耶，是從她那裡取的名字。

這麼說來，香坂百合子也知道我養了貓。我把亞妮絲放出陽臺時，她都會從扶手稍微探出身體，隔著隔牆看牠。我聽到隔壁傳來隱約一聲：「啊！」是注意到亞妮絲的眼睛了。她也被亞妮絲的眼睛給俘虜了。我聽到聲音回頭，看到她的臉上掛著微笑。是那種毫無防備、絕對不會對人類的我露出的微笑。她也喜歡貓呢，想到這裡，我的心也萌生一陣暖意。說起來，就像是亞妮絲為我和她牽的線。

其實，我最後一次看到她，也是在這裡的陽臺。她把整個身體探出扶手，連我看了都忍不住捏把冷汗，她直盯著抱著亞妮絲的我，向我招手，極小聲地對我說話，就好像世界正在偷聽一樣。你猜，她說了什麼？內容令人意外喔。對我來說，真的很意外。唔，這件事先擱到後面好了。因為若要說的話，這只不過是附餐甜點。

對了，看著亞妮絲的眼睛，我總是會想起某部電影。是一部法國老電影，片名叫《殺手，或愛貓人士》，主角是一個冷血無情的殺手，在一棟豪宅裡和許多貓一起生活。主演的路易・卡利耶長得就像一隻貓。他很帥，有著彷彿透過某些隙縫在窺看世界一樣的眼神……

說到這殺手，奇妙的是，每次任務結束，他就會弄來一隻貓，以殺害對象的名字為貓命名，帶回家養。宛如自己殺害的人並非只是死掉，而是全部重生為貓，或是他沒有殺害任何人，只是讓他們恢復成貓的原貌。但也因為這樣，他被愛上的女刑警識破了身分。電影最後，豪宅被警方包圍，殺手被掃射成蜂窩死掉了。

這部電影最棒的地方就是它的結局。渾身是血的殺手絞盡了最後的力氣打開豪宅的門，就像要解放他殺害的人們的靈魂。繼承了死者之名的貓咪們同時蜂擁而出。無數的貓咪湧出，踩過斃命的殺手屍體……源源不絕驚人的貓咪洪流，宛如要把全法國的人都變回貓咪那樣。一名美麗的金髮女刑警分開大量的貓咪，走近殺手。就是我剛才說的亞妮絲・利比耶。而且這個場面，是她演藝生涯中最美麗的一幕。神祕的是，利比耶飾演的那名女警，不知不覺間變成了一隻白貓。每個人看了都會大吃一驚：其他的貓都從屋子裡跑出來，就只有那隻白貓高高豎起船帆般蓬鬆的尾巴，逆流前行。而且那隻白貓美得出奇。是一種光是得不到寵愛就會死掉的美。因為那隻貓一樣是左眼藍色，右眼金黃色，宛如活在夜晚與白晝的境界之間。曾是女警的白貓，走向忽然在門邊站起來的黑貓。那是一隻宛如安上了眼睛的黑暗那樣漆黑的貓。殺手也變成了貓。很快地，白貓走到黑貓身邊，兩隻貓在大群貓咪掩護下，穿過重重包圍的警官之間，走出巴黎的街道——已經化成貓的樂園的巴黎。不管重看多少次，這個場面都讓我忍不住落淚。可是，其實這應該是個非常驚悚的場面才對。因為有多少貓，就有多少人被殺，所以也可以視為大批死者在巴黎成群遊蕩。可是，啊，欺瞞這回事，只要夠美，就能夠被原諒嗎？即使明白，我就是不自禁地潸然淚下。故事這東西太可怕了。罪孽深重……

啊，對了，是在說鑽耳呢。離題了。我第一次目擊鑽耳，是我二十六歲的時候，中原先生，那時候你還沒出生。昭和四十七年，那年淺間山莊事件*震驚社會，所以我記得很清楚。當時，我在北大阪市的小鎮工廠當車床工。我們家沒有父親，很窮，而且我是老四，從姬路的中學畢業後，十五歲就出去工作了。當時那個年代都是集團就業，畢業生一批批送去工廠，但我並非哭哭啼啼被塞進夜班火車載去東京。我的情況，是家裡有遠親在尼崎開工廠，不知道什麼時候跟我媽說好了讓我去那裡上班。就好像生了一堆的小狗，又一隻被人要去那樣。結果我做了三年就不做了，但儘管不喜歡，卻還是在各地的小工廠幹了十年的車床工，所以技術還算是不錯。

但我也不打算當個黏在車床上的蟑螂，終老一輩子。我就像個年輕小伙子，沒有任何計畫或展望，卻空有野心，令人可悲。這種寄生在無知蒙昧、毫無實現可能的野心，用我媽的話來說，是一種遺傳。我對我爸毫無記憶，但聽說他的口頭禪是「老子不是就這樣一輩子的人」。然而實際上他就這樣結束了這輩子。我爸在一家小印刷廠當製版工人，但我剛出生不久，他的脖子就冒出了一個大腫塊，不曉得是老鼠瘡還是癌症，又或是別種病，總之他好像瘦成了皮包骨，最後死掉了——口裡叨唸著「蠢斃了、蠢斃了」，罵天罵地，詛咒一切。這也完全是遺傳。因為不知道從什麼時候開始，我也在不知不覺間叨唸起相同的話來。蠢斃了、蠢斃了。實際上，野心這東西真的很惡質。告訴我鑽耳的人說過：「跟你說話，就會聞到腐敗的野心氣味。」我聽了嚇一跳。實際上，野心這東西，若是一直放在心裡，就會漸漸腐敗，就像屍體還是什麼一樣。

那天深夜，我從梅田搭電車去北大阪。忘了是週日還是節日，總之是不用上班的日子。當時我沒有女友也沒朋友，唯一的樂趣就是一個人去看電影——也算是巧合吧，第一次看到剛才說的《殺手，或愛貓人士》，也是在那一天。電影裡的人就像螻蟻一樣，一個接著一個被殺，怎麼說，讓我覺得自己也成了兩腋夾著冷血與感傷的存在。離開電影院

* 淺間山莊事件發生於一九七二年，遭到通輯的連合赤軍成員劫持人質，守在長野縣輕井澤淺間山莊長達十天。後來警方攻堅，過程由電視臺轉播，轟動社會。

後，我順著餘韻去了幾家立飲小酒館喝酒。我獨自一個人，沒有和任何人交談，邊喝邊想像自己的背影散發出卡利耶的那種哀愁，就好像剛剛收拾目標回來，等一下就要去撿死者轉生成的貓一樣。回程搭的可能是最後一班電車，總之整個天色都黑了。我坐的車廂像棺材一樣空蕩蕩的，除了我以外，只有相隔數公尺遠的對面坐了一個年輕女人。女人可能醉了，癱在座位上睡得不省人事。濃妝艷抹，怎麼說，眼鼻大得散漫。我從以前就討厭五官碩大的女人。會讓我覺得髒。一定是受到母親的影響。沒錯，母親也是那種五官散漫的女人，就好像把眼睛鼻子嘴巴全部慵懶地拋到世上。所以雖然那女人睡著了，我也絲毫不想大剌剌地打量對方，想說多少睡一下，自己也閉上了眼睛。

接下來要進入重點了。閉上眼睛不久，我聽見從隔壁車廂走過來的腳步聲。得、得，是堅硬的男鞋踩出來的腳步聲。不，腳步聲實際上很細微，就好像極力抹去氣息一般，躡手躡腳地靠近，這要是平常，絕對不會發現。可是為什麼呢？倘若命運也有腳，或許就是踩出這樣的聲音逼近。那足音雖小，卻鮮明得出奇。腳步聲在我面前驀地停住了。就這樣一動也不動。十秒過去，二十秒過去，依然沒有行動。我以為對方會找個位置坐下來，卻也沒有這樣的動靜。腳步聲的主人或許一直在俯視著我，一想到這裡，車廂內的空氣似乎不斷地變得稀薄。我閉著眼睛，焦灼地思考。難不成這傢伙認定我睡得不省人事，想偷我的錢包？他馬上就要伸手摸我的口袋了嗎？我覺得這樣也好，心想若是他敢碰我一根汗毛，就立刻抓住那隻手，扳斷他一兩根手指。因為這天晚上的我，還是冷血的殺手路易・卡利耶。而且我有時候就是會心情暴躁，什麼人都好，只想找個理由傷害別人。你也會這樣吧？我從出生在這世上，四分之一個世紀以來，一直都是如此。彷彿一生下來就一直在尋找傷害他人的理由。所以我隨時都在等待有人來摸我的錢包。

可是，腳步聲的主人終究沒有碰我。對方又踩出謹慎的腳步聲經過我面前，彷彿死神轉念認為這小子還不到死期。然後他又驀地停住了腳。我心想，是把目標轉移到對面的女人身上了吧，眼睛一邊悄悄睜開一條縫。約六、七公尺外，我看見一名高大的男人背影。不出所料，他站在熟睡的年輕女子面前，目不轉睛地俯視著她。雖然只看見他的背影，但那背影卻讓人覺得很不舒服，就好像即使男人轉過身來，也還是背影。車身搖晃著，男人的身體卻文風不動。他有著感覺滑溜的斜肩，頭很小，後頸粗壯得像眼鏡蛇。腳上是光可鑑人的黑皮鞋，穿著有細直紋的深藍色西裝。抹了髮油梳得一絲不苟的頭髮摻著白絲，看得出並不年輕。看起來也像是普通上班族，卻有點不太對勁。少了什麼。這是我後來才想到的：那男人兩手空空。如果是上班族，至少也該帶個公事包吧？沒錯，兩手空空是關鍵——對於進行鑽耳來說。

我兩眼微睜，屏息等待男人碰女人。被偷錢包的不是我也無所謂。如果男人動手翻女人的皮包，我打算像彈簧一樣跳出去，大義凜然地扭斷他的手。但男人對女人的皮包似乎毫無興趣。他的手慢慢地伸了出去，卻不是朝著丟在座位上、彷彿叫人來翻的皮包，而是伸向她睡著的臉。起初我想：他是想搖肩叫醒女人嗎？叫醒她要做什麼？讓她睡就好了，真是多管閒事。沒錯，男人當然不是要叫醒女人。不經意地一看，男人慢慢地逼近女人的臉的手，形狀非常古怪。不，那就是普通的手，但手指彎曲的形狀很奇妙。那手的形狀危險而扭曲，與其說是要溫柔地搖醒睡著的人，更像是要把整隻手塞進女人的嘴裡，從內側將她撕裂一般。而且男人的目標不是嘴巴，而是耳朵。男人詭異的手靠近女人的耳朵了。

岔題一下，你知道猴子和打字機的事嗎？只要猴子坐在打字機前隨手打字，一直不斷打下去，總有一天會打出莎士比亞的作品，這件事相當有名。不不不，並沒有真的打出莎士比亞作品。因為這世上沒有不會死的猴子，也沒有不會壞的打字機，所以這只是空談。可是，我覺得第一個發現鑽耳這件事的人，或許就像是這種耐性十足的猴子，或是特別幸運的猴子。不同的是，擺在那個人面前的不是打字機，而是自己的手，和某人的耳朵。

到底是誰發現只能說是奇蹟的那種手勢的？或許你會認為，自己的手，當然「瞭若指掌」，但人類的手其實能變化成各種形態。你小時候也玩過吧？用手做出狐狸、青蛙或蝴蝶的形狀……像這樣彎拇指，往這邊擺食指，這樣放小指頭，諸如此類。然後，到底是誰想到要用這奇妙的手勢插入某人的耳朵裡？這巨大的跳躍，只能說是巧合了。附帶一提，在鑽耳的世界裡，這種手勢稱為「鑰匙」，耳朵稱為「鎖孔」。因為就如同真正的鑰匙形狀很重要，在鑽耳的世界裡，手勢也是關鍵。沒錯，人類的手不光是抓取物體，同時還是撬開所有人類耳朵的鑰匙。

你已經聽出來了吧？男人用「鑰匙」打開了「鎖孔」，也就是女人的耳朵。在我的注視當中，男人的右手中指插進女人的左耳，下一秒，男人全身被吸了進去，無聲無息地消失了。西裝或皮鞋都沒有留下，從頭到腳，消失得無影無蹤。換言之，怎麼說，就好像一個人形紙氣球從中指前端被使勁一捋，一面壓扁，一面被吸進小洞裡一樣。以時間來說，頂多只有兩、三秒吧。你能想像目擊到這一幕的我有多驚嚇嗎？一個人被吸進另一個人的耳朵裡不見了。瞬間，女人渾身一顫，轉醒過來。那模樣就好像夢見了自己掉進洞穴一樣。果然還是覺得哪裡怪怪的吧，女人頻頻撫摸吸入了男人的左耳，朝我露出責怪的眼神。當然，我問心無愧，卻忍不住別開了目光。我什麼都沒做喔，剛剛有個怪男人變得像蛇一樣細，整個人鑽進你的耳朵裡了——這種話你說得出來嗎？再說，如果不是女人醒來，並露出覺得耳朵怪怪的樣子，我一定會覺得自己在半夢半醒間看到了幻覺吧。或者那是男人的魔術？不，或許是女人的魔術。可是又沒有觀眾，難道是對著我一個人表演？對著一個可能真的睡著的人表演？我在夜晚的電車裡搖晃著，頻頻偷看著女人，種種想法在腦中浮現又消失。當然，唯獨能夠讓人信服的解釋，怎麼樣都想不到……

這一定是命運對我的邀約，巧的是，女人和我在同一站下車了。是終點，北大阪站。這是山腳下一座平凡無奇的小車站，車站西邊小工廠櫛比鱗次，我上班的工廠宿舍也在其中一隅。我沒有立刻返回宿舍。因為女人離開驗票閘門後，往車站東邊走去了。說來丟臉，那天晚上我悄悄尾隨了女人。我想知道女人會怎麼樣，或至少知道她住哪裡。若問為什麼我會想要知道，我只能說，我覺得會發生什麼事。總之，眼前發生了那種不可置信的事，不可能就這樣結束，我相信在我面前開始的這個故事一定還有後續。同時，我也有種奇妙的感受，覺得這正是我朝思暮想的人生轉機，剛才看見的，就是它的徵兆。或許現在才能這樣說，但那種機運，不知為何就是感應得到，沒有道理可言，就是會覺得非抓住它不可，不是嗎？對，當然我說的這種感覺是一種瘋狂。不會被視為瘋狂的靜謐瘋狂。人類毫無來由地堅定邁步時，多半都是受到這種瘋狂所推動。

回到女人身上吧。女人不知道自己的耳朵吸進了一整個男人，經過悄然寂靜的住宅區。各處孤伶伶地佇立著顯得侷促的路燈，以虛弱的燈光照亮夜晚的道路。我四下張望，路上就只有我和女人。女人可能也擔心這件事，回頭了一兩次，對遠遠地尾隨的我有些警覺的樣子。若是我正大光明，身為一個男人，女人這種態度實在教人氣不過，但實際上我就是在跟蹤人家，因此這完全是咎由自取。而且我穿著軟底運動鞋，就像狙擊獵物的貓一樣無聲無息地前進。相對地，女人穿著高跟鞋，每走一步，便像蹄子般敲出高亢的鞋聲。肉食動物和草食動物的腳步聲。察覺箇中差異的瞬間，正常的思考就像隙縫間鑽進來的風一般，吹進這短暫的狂風之中，心想：我到底想把這個女人怎麼樣？就算有機會跟她說話，這女人一定也不知道鑽進她耳裡的男人是誰。我生來就是個急性子，像油紙一樣一點就燃，冷靜得卻也很快。我心想：停止這場愚蠢的跟蹤吧，人生在世，總會遇上一兩回無法解釋的怪事，這才不是什麼人生的轉機，就只是踩到稀罕的狗屎罷了。

就在這時候，女人突然停步，忍無可忍地轉身面對我。她拱著肩，以那雙碩大的眼睛直勾勾地瞪著我。但我不能因為這樣就跟著停下。我覺得空氣突然變得又冷又重，憋著氣繼續往前走。女人轉身的地方剛好就在路燈下，因此她那張五官分明的臉，就像舞臺上的女星般清楚地浮現出來。我和女人的距離拉近了。女人的面容危險地緊繃，是一種難以言喻，宛如倒映在破鏡裡、連自己都不知道會幹出什麼事來的表情。我一陣悚懼，情不自禁地低下頭，就好像被人用力按住後腦勺。不，不僅如此，我終於停下了腳步。我和女人之間沒有岔路，因此避不開她，但又覺得穿過她旁邊，對她曝露出背部，後果更不堪設想。

路燈底下，大概相隔約五公尺的距離吧，我和女人片刻無語，默默相對。女人的厚唇不時抽動，我戒備著她可能要破口大罵，但話來到口邊似乎又被吞了回去，一再反覆，就彷彿話語從口中說出來的那一刻，就不光只是話語而已了。這異樣的寂靜讓我呼吸困難，終於退後了兩三步，接著掉轉身子，朝車站走去。我從來沒有經歷過這種背脊結凍的感受。當然，我不停地回頭窺看。女人站在原地，瞪著我的背影良久，但某次我回頭的時候，她已經從路燈下倏忽消失了——儘管完全沒聽到那蹄聲般的腳步聲。這又讓我害怕起來，腳步更快，幾乎成了小跑步。當然我後悔了。這若是普通女人，即使會在夜晚的路上提防背後，也不會停下來回瞪對方吧。但是不管怎麼說，女人的腦袋裡都裝了一個神祕的男人。以結果來說，我竟大意地把手插進了必須默默經過的世界裂痕。沒錯，當然太遲了。我的手已經被對方緊緊地反握住了。

接下來我就來說說，我是如何被反握住的吧。我懷著夜色自背後壓迫上來的感受，走到工廠宿舍附近，才剛鬆了一口氣，立刻驚嚇地怔在原地。因為不知為何，剛才那個女人就站在道路前方，朝這裡搖搖晃晃地走過來。而且還打著赤腳，左手緊緊地握著只剩一隻的鮮紅高跟鞋，就像抓著自己的心臟還是什麼。就好像逃著逃著，在小行星上繞了一圈回來。不，還有其他的路，所以她一定是拐進岔路之後拚命跑，搶先了我吧。雖然也質疑她有可能做到這種地步嗎？但她人實際就在我的眼前，因此也只有這個可能了。然後，她的模樣果然很不對勁。剛才面對面時，女人顯然也很古怪，但這次的怪，又是另一種不同的怪。剛才她那樣凶神惡煞地瞪著我，而且不惜脫鞋赤腳追趕我，現在卻搖搖晃晃，目光游移，看也不看我。不，她的目光是會掃過我，但怎麼說，感覺像在說「不是你」。我害怕地閃到路邊去，女人就這樣搖搖晃晃地經過我前面，有時露出極度驚恐的樣子回頭看我，但仍是「不是你」的感覺。我傻住了，盯著她的背影，直到她完全消失不見。

就是這時候，那個男人從背後叫了我。雖然已經是四十年前的往事了，但我幾乎都還能把那陰魂不散的殘響從記憶裡挖掘出來。男人這麼說：

「你看到了吧？」

我嚇了一跳，真的嚇死了，瞬時回頭。在電車裡看到背影的男人就站在那裡。就在我旁邊，伸手就能碰到的距離。那滑溜的斜肩和西裝，讓我一眼就認出是他。五十開外，表情極度不悅。臉頰凹陷，鼻子尖得像鯊魚，可能是因為像蜥蜴般厚重的上眼皮的關係，他的眼神就像只看到世界的下半部一樣，令人生厭，那視線好比正用力壓迫著我的眼珠。

男人又說了：

「你看到了吧？看到**這個**……」

啊，得阻止他——瞬間我這麼想，但已經遲了。男人的左手一把揪住我的左手腕，右手倏地伸了過來，手指插進了我的左耳。被人用指頭插耳朵，應該是一種屈辱而駭人的感覺，我卻感覺不到那一類的衝擊。我反射性地後仰，扭頭想要逃離，視野一隅瞥見男人的薄唇勾勒出邪笑，只見那笑一下子變得扭曲細長，一眨眼就鑽進了左耳。在這樣的狀況下，神祕的是，我完全沒有東西硬鑽進來或耳朵裂開般的疼痛，更沒有異物進入腦袋的不適感。就好像有人輕吁了一口氣，耳朵癢了一下，眼前的男子已經化成一條細線消失了，就這樣而已。若不是我在電車上目睹男人進入女人耳中，我絕對想不到有個男人鑽進了我的耳裡吧。如果男人默不作聲，直接從背後鑽進我的耳中，我一定只覺得有隻大蛾還是什麼掠過我的耳邊而已。

我不知道自己在那裡站了多久。一分鐘？十分鐘？還是三十分鐘？一小時？連這都說不出來。總之我六神無主。我一次又一次用手掏自己的左耳，想要把男人挖出來，但什麼都沒搆到。就是平時的耳孔而已。就算拚命甩頭，頭蓋骨裡也沒有發出小人滾動的聲響。

我知道得想想辦法，但這就像要把自己的影子從腳底扯開，完全不曉得該怎麼做才好。我決定先回去宿舍。感覺就好像腦袋裡藏了顆炸燀，但眼下也沒有其他法子可想。換作是你，會怎麼做？會衝進醫院嗎？醫生，有人跑進我的耳朵！還是求助精神病院？是啊，只要堅持不懈地說「有人跑進我的耳朵」，他們一定會收容你吧。

宿舍是木造二層樓建築，我的房間在二樓裡面。只有一坪大小，附一面壁櫥，狹窄得就像監獄獨房。昏暗的電燈泡、磨損的榻榻米、布滿下雨漏水污漬的天花板、破了洞的紙門、沙土剝落的薄土牆。從來不收的潮濕被褥軟爛在地上，連像樣的家具都沒有。說到醒目的東西，至多就只有剛買的電視。但這已經算很好了。我國中畢業剛出來工作的時候，寄住在工廠老闆的家，四個人塞在一點五坪大的和室裡生活。在我們那個年代，光是有一個人獨處的時間，就是令人感激不盡的財產了。

我衝進自己的房間，第一件事就是拿起鏡子。說是鏡子，也只是附塑膠手柄的便宜手鏡，我擔心男人進入我的體內，是否讓我的外觀出現了什麼變化。但徒勞無功。臉色正常，應該被人鑽進去的左耳也正常，左看右看，都是平常那個卑微的自己。我看了鏡子好一會，開始這麼想：會不會我根本沒遇到那種人？也沒有任何東西跑進我的耳朵裡。實際上我沒有任何怪異的感覺，也沒有任何異狀啊。我失去了什麼嗎？不，什麼都沒有。我是喝醉了。忘了節制，不小心喝多了。我也終於上了年紀，開始會像老頭子一樣，喝醉酒就什麼都不記得了。隨著時間經過，我漸漸覺得這麼想也沒問題。覺得只要好好睡上一晚，上帝就會好好地將世界的裂縫又一點一點縫補回去。

然而現實沒有這麼容易。正式戲碼才剛要登場。突然間，我的右手猛地抬起，將手鏡高舉過頭，惡狠狠地砸向電視機邊角，就彷彿在懲罰它據實照出我這張無趣的臉。我的手自己動了！當然鏡子碎了。它伴隨著我拚命鼓吹的樂觀，碎成了一地。不只這樣，我的嘴巴還低聲呢喃起來：

「**我在這裡**。」

瞬間，我以為自己在自言自語。因為或許是沒什麼聊天的對象，我平常就有自言自語的習慣。可是我錯了。我的嘴巴又自己動了起來，這次一清二楚地說：

「**我就在這裡**。**別把我當成不存在**。」

太可怕了。被活埋在不聽使喚的肉體當中，這是無從比喻的駭人狀況。我當下便醒悟到，為什麼剛才的女人會在路上決絕地回頭？為何她會對著我，露出那種壞掉般的表情？還有她為什麼甚至脫了鞋也要追上我？都不是那女人，是**這傢伙**。現在盤踞在我腦中的**這**

傢伙，從內側操縱了那個女人。讓她那麼害怕的對象不是我，而是**這傢伙**！

我握著破碎的手鏡，茫然佇立。我沒辦法逃往任何地方，而且根本看不見對方，想打也打不到。因為敵人就在這裡，在我的體內。可是還有希望。因為我想，既然他離開了那個女人，表示他遲早也會離開我吧。我身陷神祕的束縛當中，卻忽然冒出一個奇妙的想法。真的極為奇妙的想法。但這個想法與其說是奇妙，我更覺得它就像從我出生的時候，就一直放在肚子底下孵育的蛋一般，是我極熟悉且寶貝的事物。那個想法是這樣的：我是不是也能做一樣的事？剛才看到的男人不像個怪物。他有五官，穿著體面的服裝，長著兩條腿，踏實地走在地上。是人類。這傢伙也是人。既然如此，我是不是也能做到一樣的事？我覺得行。沒道理不行。我提心吊膽地張動自己的嘴巴，就好像偷偷借用別人的聲音一樣地說：

「教我！也教我怎麼做！」

我——不，**我裡面的他**笑了。無聲無息，張大嘴巴，抽動喉嚨，仰頭大笑。到底笑了多久？**我裡面的他**丟開手鏡，捧腹跪在榻榻米上，眼眶泛淚，笑倒在被褥上，用有些做戲的誇張笑法，仰望著天花板笑個不停。我的肉體被不知道要持續到何時的他的笑奪走，覺得好像稍稍理解了他。那是熟習馴養巨大孤獨之人的笑法，就彷彿他是全世界最後一個小丑，不管是笑還是被笑，都只剩下他一個人了。然後，發作式的笑漸漸平息後，就像要填補剛才的笑似的，轉為沉重的沉默，躺著慢慢地環顧狹隘的房間，不久後說道：

「你想離開這裡嗎？離開這座監牢？」

這座監牢。他這麼說，但這話就像垂下釣線，釣起我的靈魂般精確。我沒有回話，只是點頭。他再一次尖銳地「哈！」了一聲，說：

「監牢之外，是隔壁的監牢……」

我的右手緩緩地動了起來，做出從未見過的奇妙手勢，以中指插進了右耳。這是後來才知道的，那形狀和進去時的手勢完全不同。雖然很像，但確實不同。後來他告訴我，若是搞錯，後果將不堪設想。他說，鑽耳的第一個禁忌，就是不能鑽進自己的耳朵。他稱它們為「入鑰」和「出鑰」。他利用「出鑰」，把自己從我的耳朵拉了出來，宛如用牙籤挑出巨大的蠑螺一般。就像進去的時候一樣，我完全沒有任何東西從耳朵裡被拉出來的感覺。接著他一下子出現在躺在被褥上的我旁邊。高大的他徐徐站起，宛如置身巔峰，以墨黑無光的眼睛俯視著我。我仰望男人。我們默默地交換了視線片刻，彼此確定了什麼。以孤獨的眼神和孤獨的眼神，確定了分享難以置信的祕密所必要的什麼。然後，他朝我伸出他修長的手，彷彿只要握住那隻手，與惡魔的契約就成立了。沒錯，我確實抓住了那隻筋骨分明的手，從被褥上被拉了起來。每當回想起那個場面，儘管是發生在自己身上的事，但是從吸飽了自己汗水而變得沉甸甸的被褥上被拉起來，讓我感到象徵意義十足。

他一把我拉起來，便訝異地環顧房間說：

「這是誰的腦袋裡面？」

這是他的玩笑話。是只有他，要不然就是只有能夠鑽耳的人才聽得懂的笑話。實際上我就不解其意，愣在那裡，他冷冷地小聲「哈哈」一笑，就彷彿在為沒有人笑的可憐笑話餞別。他以誇張的動作展開雙臂，接著說：

「如果不是你的，那就是我的囉。嗯？」

然後他俯視我，戲謔地挑起一邊眉毛，用食指點著自己的頭說：

「不管那些了……我看到貓。許多貓從大房子……」

我內心一驚。他說的貓，當然是我傍晚剛看過的電影。我並未武斷地想像過鑽耳是怎麼一回事，卻也沒想到會是這樣的。沒想到連鑽進去的對象的記憶，甚至是心，都能接觸到。不過這件事，晚點我會說得更詳細一些。

男人自稱鈴木。這當然是假名吧。不過無論他的真名是什麼，他這個人都可疑到極點，假名更適合他。平常他住在哪裡、過著什麼樣的生活，我一概不知。或許他其實是在某處擁有大豪宅的有錢人，也或許是個不斷在他人腦中四處走跳的浪子。他的年紀——是啊，如果我爸還在世，應該就和鈴木相同年紀。雖然這麼說，但鈴木和我爸當然一點都不像。聽說我爸是個很笨拙的人，就像橫衝直撞、不知道轉彎的山豬，但鈴木就像條西裝筆挺的蛇。他不像我爸會說些廢話，而是悄悄靠近想要的東西，一口吞下，散發出這種令人膽寒的冰冷氣場。

實際上，鈴木的話很少。但他絕對不是笨口拙舌，他說話的時候，會把一言一語扎實地塞進對方的心胸，就彷彿在展現曾經有過話語被更精確、沒有絲毫浪費地使用的光輝時代。就像是赤裸裸的話語吧，實際聽到，讓人極不舒服。我跟鈴木碰面的次數並沒有多少，但直到現在，我依然忘不了他那種充滿了獨特確信的口吻。雖然有些害臊，但我來模仿一下好了。

「只要巧妙運用鑽耳，可以得到許多無用之物，但絕對得不到你真正想要的東西。我們只是通過。從右到左，或從左到右，只是通過某人的腦袋。我們沒有真正的人生。」

從頭到尾都是這個調調。聽起來很不自然對吧？不是正常人說話的口吻。他還這麼說過：

「別想去到光明之處。我們就像影子。短暫的片刻，或可成為任何人的影子，但影子終究是影子。」

不管說什麼，從鈴木的口中說出來，一切聽起來都像結論，我只能默默聽他說。若是他說到一半，我想要插口提出異論，他便會以巨大的沉默作為後盾，目不轉睛地回視我，彷彿在表達若是以話語說明我也不懂，那麼就只能交給沉默與時間了。可能是因為這樣吧，我開始恨起鈴木來了。不，不只是這個原因而已。都這種時候了，我就誠實面對自己吧。人只要恨上了什麼人，恨意就會像黑色的雪球般，愈滾愈大。所有的一切都會附著在引發恨意的源頭上。說穿了，從第一次見面的時候，我就已經深深地憎恨起鈴木來了。沒有道理可言，怎麼說，那種恨意就像是皮膚般與生俱來。

自從第一次見面的那個夜晚，他便會偶爾不期而至，現身我的住處。他總是在深夜造訪，一看到我，就做出鑽耳的鑰匙手勢，臉上浮現笑容。也就是說，他是在要求我報告最近是什麼時候、怎麼樣鑽進了別人的耳裡。更正確地說，是在確認徒弟有沒有亂搞，從這條見不得人的道路走歪了。因為對於鑽耳，他有種或可稱之為「不可見人者的美學」那種陰暗的優越感。

對我而言，鈴木的拜訪總是窒悶難受的。在狹小的一坪大房間裡，兩個寡默的男人促膝對視，一邊喝酒，一邊斷斷續續地小聲交談。鈴木青黑色的臉會微微潮紅，眼神漸漸發直，但唯有那賣關子的口吻完全不變。還有那偶爾發作式地展現的空洞乾笑。比起鈴木的口吻還有他的沉默，他空洞的笑才是最令我漸漸難忍的。該怎麼說，那種突然裸露出來的笑，就好像在說他其實無時無刻不是在笑。每回聽到那似要成聲，卻又沒笑出聲的半壞笑聲，我就覺得彷彿被當頭潑下什麼髒東西一樣。當然，我一次都沒有跟他一起笑過。我只是安靜地看著他笑。看他笑個不停。然後我一直在想，這傢伙到底什麼時候才不會繼續糾纏我？想著倘若他就是不肯消失，我就只好想辦法了。

對了，你猜我第一個鑽耳的對象是誰？稍微想一下就知道了。沒錯，當然是鈴木。就在那個第一次見面的夜晚，我第一個鑽了鈴木的耳朵。他簡短地教我「入鑰」的手勢，露出要把小孩子搔癢搔到死一般的陰惻惻笑容說：

「先來鑽我的耳朵吧。」

我說不出話來。因為我完全沒有預期他會這麼說。我原本可能是設想，第一步是悄悄靠近陌生人，從背後下手這種胡來卻簡便的情境吧。不，我不知道。我一定沒有深入思考。可能是因為我的表情太過不安，鈴木憋著笑繼續說：

「放心，我馬上就會把你拉出來。」

老實說，這更讓我毛骨悚然了。雖然是我自己要求的，但真的、真的要鑽嗎？要鑽進他裡面嗎？想到這裡，我就覺得全身的血液彷彿都流光了。而且對方是才剛遇見的、可疑萬分的男人。他說的「我馬上就把你拉出來」，這話就像站在深洞陷阱的另一邊招手一樣，聽起來相當恐怖。但我也只能相信他了。因為人生在世，總是會遇上一兩次這種只能相信完全無法信任的對象的時刻。對我來說，就是那個夜晚。

不過雖然目標主動提供耳朵，這卻不是那麼容易的事。我必須在一瞬間做出正確的手勢，毫不猶豫地把指頭插進耳裡。對一個外行人來說，要做出那種手勢，首先就是個門檻。我的中指插進鈴木的耳朵，蠕動著設法做出入鑰的手勢，事後回想，這真是一副令人失笑的景象。狹小的一坪大房間裡塞了兩個男人，一人用手插進另一人的耳朵，一本正經地爭論著不是這樣、也不是那樣。

儘管這麼說，但那一刻終於出其不意地到來了。也就是我第一次鑽入人耳的瞬間。那種不可思議的感覺，該如何形容才好？一言以蔽之，應該說是「墜落感」嗎？意外的是，是一種掉進對方耳裡的感覺。首先是身體被抬起來般的浮游感，下一秒，對方的耳洞和自己的入鑰已經在遙遠的下方，感覺甚至就像是被一隻細手拉進巨大的井中。對，明白地說，非常恐怖。大概要鑽個二、三十回才會習慣吧。在一旁看著，只是短短一瞬間的事，但對鑽的人來說，會陷入一種時間被拉長到極限的感覺，就好像花了極漫長的時間，緩慢地墜落下去一般。但奇妙的是，開始有些餘裕後，便會開始在過程中生出某種快感。就好像快射了卻又沒射，漫長的射精快感。

這麼說來，鈴木把鑽耳的對象稱為「耳主」。很像鈴木會想到的稱呼，看似恭維，但細想卻充滿了眨意，又有種滑稽感，我也很中意這個稱呼。對，就這麼稱呼吧。完全進入耳主當中後，墜落感雖然消失了，但首先感覺到的，仍是強烈的眩暈。一陣上下翻轉般的眩暈，讓人想要扶住東西，或當場坐下去，但必須使勁撐住才行。這完全是鑽進去的人精神上的眩暈，只是靈魂的踉蹌，所以是不會真的跌倒的。然後靜待自己的精神滲透、熟悉耳主的肉體。接著，耳主的五感會慢慢地變成我自身的。能看見對方所見、聽見所聽、嗅到所嗅、嚐到所嚐，並感覺到肉體的存在。那不是自己的肉體，當然會覺得怪怪的。怎麼說呢，就像不小心趿到別人的鞋子，是種溫溫熱熱的不適感，當下明白：啊，這不是我的形狀。

我得聲明，操縱耳主不是件易事。我原以為立刻就可以自由活動，但光是要抬起鈴木的一隻手，都費盡辛苦。就好像全身徹底萎縮了一樣，總之就是使不上力。若是耳主抵抗，一開始連計程車都招不到。我鑽進去的期間，鈴木一直在笑。就好像在說：這每次都讓我好笑到不行，所以我才會忍不住要傳授素人。唔，總之，隨著時間經過，漸漸就能掌握主導權了。

不過剛開始的時候，鑽進去以後，好幾個小時連動都不怎麼能動。想要用出鑰離開，還必須等到夜裡耳主睡著以後。沒錯，只要對方睡著，身體就是自己的了。也可以不吵醒耳主，偷偷跑出來，翻遍整間屋子，這都是小菜一碟。實際上，以前應該也有鑽耳人是這樣維生的。不，現在應該也有。老實說，辭掉工廠的工作以後，我也幹了不少次。不，不光是幹竊賊撈些小錢而已，不是我自誇，但我不只一兩次一晚就弄到大筆錢財，可以遊手好閒好一段日子。也因此我現在已經不必為錢發愁了。鈴木或許也是用相同的手法弄到不少不義之財，過著相當優渥的生活。因為不管什麼時候看到他，他都打扮得光鮮亮麗，無所事事的樣子。

自己說好像有點不太對，但現在我算是這一行的老手了吧。因為我已經幹了近四十年的鑽耳了。實際上我就像以前的鈴木那樣，可以在鑽進去之後，幾乎是立刻就奪走耳主的主導權。也就是說，我可以讓女人脫掉高跟鞋，發了瘋地在夜晚的路上狂奔；也可以鑽進自命清高的大女星裡面，讓她在十字路口中央大跳脫衣舞；甚至是鑽進總理大臣的隨扈裡，從後面對首相的腦袋開槍。不過到了這把歲數，我已經沒有付諸實行的魯莽和熱情了。

這麼說來，我還沒提到鈴木最後怎麼了呢。你會不會以為我把鈴木給殺了？不不不，我可沒殺他。不，這該怎麼說呢？算是我殺了他嗎？老實說，我一直在想這個問題。想他到底怎麼了。噯，先聽我說，然後請你自己判斷，我到底算不算殺了他。

事情發生在某天夜晚。鈴木又來找我了。我們一如往常一起喝酒，就像把破布撕成爛布條似的，斷斷續續地聊著。那天晚上我在和鈴木交談時，突然睏倦難當。每次我們都沒配什麼下酒菜，喝個不停，聊到三更半夜，所以這是老樣子了。不過我到底都跟那個一點意思也沒有的憋悶傢伙聊些什麼？如今我幾乎想不起來了。想睡的時候，我都不客氣地直接在被褥躺下來。鈴木見狀，就會有些開心地喃喃說：「已經不行啦？」就好像只有我爛醉時，會稍微覺得我可愛一樣。然後每次我醒來，鈴木都已經不見蹤影了。我的酒量並不差，但鈴木更是千杯不醉。他喝日本酒或燒酎就像喝水一樣，卻又不太會去廁所。簡直是海量。

我在半夜忽然醒來。看看時鐘，就快清晨四點了。但那天晚上他還在。鈴木還在我的房間裡，沒有消失。他就躺在我旁邊、躺在榻榻米上，仰躺著睡著了。嘴巴呆呆地張開，發出細微的鼾聲。我嚇了一跳。因為我第一次看到鈴木睡覺的樣子。倒不如說，我可能一直覺得鈴木是個沒有晝夜之分的怪物吧。因為我當下的念頭是：原來他也會睡覺？不過該說不愧是鑽耳老手嗎？鈴木就算睡著了，右手也擺出鑰匙的手勢。是入鑰的手勢。我忍不住苦笑。苦笑之後，這笑在我的內心翻轉，浮現鈴木再三耳提面命的一句話：

「鑽耳人萬萬不能做的一件事，就是鑽進自己的耳朵，用入鑰插自己的耳朵。」

我當然問了：「如果這麼做了，會怎麼樣？」

鈴木攤手，聳了聳肩說：

「天曉得。想知道的話，就拿自己試驗吧。如果不想，就咬住自己的指尖，一點一點把全身吞下去，就像貪吃的鱷魚那樣。若是能夠，也告訴我會怎麼樣吧。因為我也想知道。」

俯視做出入鑰手勢沉睡的鈴木時，我發現根本不必親身試驗，讓別人去試就行了。不，讓**這傢伙**試就行了。應該也是被一種瘋狂所驅使吧，怎麼說，這個念頭一冒出來，我便覺得這是上天賦予我的、不可逃避的試煉。不是讓他試就好了，而是我非用他試驗不可，所以他才會這麼剛好在這時候睡著，我這麼想。

鈴木的右手形成完美的入鑰手勢，祈禱般擱在胸上。我輕輕抬起那隻手，屏著呼吸，一點一點移向他的腦袋。因為太緊張了，我甚至聽見自己怦怦作響的心跳聲。要是鈴木半途醒來，一定會發現我的企圖。因為他十分精明，而且明察秋毫。

不過從結論來說，我成功了。我把他的右手中指插進他的右耳，瞬間，鈴木的雙眼猛然暴睜。然後他仰望我，喝道：「你！」直到現在，我都還覺得那聲「你！」，彷彿灌注了一切詛咒的這個字，仍在我的頭蓋骨當中迴響著。鈴木一定當場就悟出我做了什麼。但已經太遲了。鑽耳已經開始了。鈴木在我的面前像畫圈一般，被吸進了自己的右耳。雖然只是短短一瞬間的事，但鈴木在最後一刻，變成只剩下耳朵，那一幕鮮烈地烙印在我的腦海裡。一隻耳朵掉落在磨損的榻榻米上，下一秒，耳廓和耳垂也捲起來被吸入內側，鈴木的身影終於徹底消失在虛空裡。無影無蹤，連一根指頭、一根毛髮都不剩。到底消失到哪裡去了？只是單純地死掉了嗎？或者是在哪裡變成貓了嗎？我不知道，你當然也不知道吧。可是那個時候我笑了。不知為何，就是覺得好笑到不行。我覺得一個人連一絲一毫的痕跡都沒留下，消失不見，這實在滑稽到家了。不，與其說是一個人消失好笑，更應該說是鈴木消失好笑。總是擺出師父嘴臉的鈴木消失，籠罩在我頭頂的厚重烏雲一下子煙消霧散，光明重現。我和鈴木只往來了半年左右，不過他到底是什麼人呢？有時候我會想，會不會並非他鑽進了自己當中，而是整個世界鑽進了他裡面？仰望天空時看到有兩個巨大的洞穴，那就是鈴木的耳孔。都只是些幼稚的空想啦。

啊，你這麼想對吧？香坂百合子也像這樣消失了。我告訴她鑽耳的方法，在我惡毒的誘導之下，又或者是她自己的過失，總之她鑽進自己當中，消失不見了。不不不，請別急著下結論。除了鈴木以外，我沒有讓任何人像那樣消失。她不是那樣消失的。那麼，她是怎麼樣消失、又消失到哪裡去了呢？要說明這件事，就必須先說明鑽耳人還有的其他兩個禁忌，也就是第二及第三個禁忌。鈴木說過：

「不能連續鑽耳。也就是不能鑽進一個人，以那個人的肉體再鑽進另一個人的肉體。」

你覺得會發生什麼事？像俄羅斯娃娃一樣，一個套一個，以鑽耳連接在一起。在一個肉體裡面，裝進一個又一個靈魂。這一定就像大批毫無理智可言的年輕人擠上有許多方向盤的車子裡，讓人膽戰心驚吧。就算是我，也沒做過這麼危險的事。但類似的事，倒是一直持續在做。我不像年輕人那麼性急，而是更細水長流地，花了四十年的時間，不斷地在做近似於此的事，只是沒那麼危險。

然後是第三個禁忌。這是最關鍵的禁忌。

「不能鑽進一個人太久。要是鑽進一個人三天之久，自己和耳主的記憶、感情，所有的一切都會漸漸摻混在一起。要是那樣，你就不再是你了。不，你仍然是你，但終究成了另一個人。會再也無法把自己拉出來。因為耳主的身體已經變成你的身體了。」

鈴木說的完全是事實。老實說，剛鑽進去的時候，我就隱約有這樣的徵兆，但過了三天左右，開始變得急劇不穩定起來。先是從新的記憶開始混淆。就像是耳主和我的記憶之間應該有的隔板被漸漸抽起來一樣，忽然浮現似乎去某處旅行的記憶，卻一時分不出是耳主的經歷，還是自己的經歷。再過了一星期，就再也無法回頭了。會根本不想把自己拔出來。我這話或許不好理解，但中原先生，請你試著想像，把你現在的心分成兩邊。如何？你能想像嗎？分界線到底在哪裡？就是這麼回事。

不過這卻是一種愉悅。不，不僅如此，與他人融為一體，甚至可以說是人類精神根源性的悅樂、最至高無上的人性悅樂。中原先生，對於自己只能是自己，你不曾感覺到憋悶嗎？難得來這世上走這一遭，卻無法活上千百個人生，你不曾對此感到憤怒嗎？對於自己不是七十億個人，而只是區區一個人，你不曾感到絕望嗎？世界就像這樣完全攤開在眼前，卻只能以舌尖嚐到那一點點，你不會感到怨恨，覺得這是不當的對待嗎？一定會。每個人一定都會。所以與他人的心水乳交融，才會是一種悅樂。若要形容，那就像是自己的心不斷地開啟無數嶄新的窗戶，未知的景象與新鮮的風洶湧颳入一般，是令人目眩神迷的悅樂。一個人的精神，就是一個世界，所以只要能得到它，世界就會變得更加濃密、深邃、鮮明，同時也更意義深遠。無法用語言傳達這無與倫比的精采，真令人扼腕。

我第一個融為一體的，是一個女人。是個清純年輕、讓人聯想到堅硬花苞的女子。工廠附近有家小食堂，她在那裡上班。我們沒說過什麼話，但那時候的我為了看她，裝出熱愛那裡的飯菜的樣子，幾乎天天去那家食堂吃午飯。不過醉翁之意不在酒的客人不只我一人。她是那家店的招牌女郎，每個人都喜歡她，親暱地叫她「千代」，也就是說，她對我是高不可攀的高嶺之花。

但是某天夜晚，我突然在外面遇到她。我反射性地就要低頭，但她「啊」了一聲，向我頷首。雖然沒有表現出來，但我開心到心胸都要融化了。然後，我心想這是絕無僅有的機會，這偶然的邂逅，就是叫我**動手**的信號。這麼一想，我同樣按捺不住了。那個時候，我已經成功鑽耳了幾十回，因此晚熟的我也變得膽大起來了吧。我叫住千代，冷不防便伸手插她的耳朵，鑽了進去。然後就這樣兩天過去，三天過去，當她的心漸漸滲透進來的時候，我已經不想離開，想要就這樣與她合而為一了。這是我第一次鑽進別人當中，滋生出這樣的心情。鈴木告訴過我，若是鑽進去太久，會迷失自我，所以過去再長我也頂多待過一整天，但花上好幾天，一點一滴與她交融在一起，是任何悅樂都遠遠不及的、無與倫比的經驗。然後，我確實重生為另一個人，一個兼具兩性的全新精神體。但人類真是貪得無厭，過了一個月左右，精神變得更醇厚的我，在新的肉體當中再次感覺到饑渴。一股想要與新的人融合的強烈饑渴。想要再次體驗那個過程，是其他任何事物都無法滿足的饑渴。我又開始物色獵物了。我心中想的已不再是要鑽進誰裡面，而是要與誰融為一體。然後，我展開了漫長的遊歷，直至今天。鑽進去，融為一體，鑽進去，融為一體，每一次肉體也隨之改變，就像蛇不斷地脫皮一般，我的精神每一次都變得更加肥碩，是長達四十年的異形遊歷。

說起來，先前我主要述說的，是橫亙在心靈最底層、身為渺小車床工時的我的記憶。不，實際上或許我說錯了一些地方。在電影院看《殺手，或愛貓人士》的或許是別的我。出生在姬路，懂事前就喪父的經歷，或許也是別的我。可能你會覺得奇妙，但到了現在，要從其他記憶當中正確地挑選出一個人的記憶，真的煞費工夫。你可以試著把我想成一棵巨樹。這棵巨樹的樹幹是由許多的精神捆成一大束而成，無數的記憶就像根一樣遍布地底。它的每一條根，就是和我融為一體前個別孤立的人生。在我的心底每一處，這些無數的根、無數的人生複雜糾結，有時交融在一起，再也不可能嚴密地爬梳開來。

不過，你不覺得我滿優秀的嗎？雖說有些欠缺正確性，但我能夠像這樣講述我花上四十年搓揉成一個的、多達二一三個的人生。對，沒錯，二一三個。啊，如果你覺得不過癮，想聽聽其他的人生嗎？我可以告訴你我在北大阪的食堂工作時的記憶。如何？你想聽嗎？或是曾是運用五國語言的生意人時的經歷？還是在福岡當特種小姐時的事？你想聽哪一段？啊，這麼說來，你記得香坂百合子從高中就認識的朋友今井夏子嗎？你也見過幾次吧？你想聽聽她的人生嗎？對，沒錯，已經變成我的今井夏子，鑽進了那時候還不是我的香坂百合子的耳朵裡。那是四個月前的事了。我們久違地一起出去喝酒，回程一起進入車站廁所，出來的時候，就只剩下香坂百合子一個人了。她非常慌亂。因為朋友突然摸自己的耳朵，雖說喝醉了，但下一秒朋友就完全不見了。對，即使看起來就像這樣，但一般還是無法想像會有人整個鑽進自己的耳朵裡。但是過了一星期，香坂百合子也就像其他的我一樣，徹底與我融合在一起了。不，或許應該形容為被糊進巨大的我當中比較正確。總而言之，她是構成巨大的我的第二一一二個我。

這是最後了，還是得說說你特地來見的第二一一三個我的事呢。也就是香坂百合子的鄰居的我。或許已經不重要了，但第二一一三個我名叫藤田雄介。四十四歲，單身，上班族，是個沒什麼長處，熟悉孤獨的愛貓男子。我——不，藤田雄介因為太介意自己的狐臭，一直害怕和女人交談，因此與鄰居香坂百合子也幾乎沒說過什麼話。

但是那一天，我最後一次看到香坂百合子那一天，我和我第一次在陽臺明確地交談了。啊，怎麼說著說著，亂成一團了。就算是現在，尤其是剛鑽進去的時候，有時候還是會出現這種狀況。怎麼說，自己的意識起伏糾結，糾結錯位，錯位散亂，畢竟現在他們都是我，全部都是我了。嗯，已經是我的我從扶手探出身體，向抱著貓的我招手。我意想不到的大膽行動，讓我嚇了一跳。我招手，小聲對抱著貓的我說話。抱著貓的我聽不清楚，「咦？」了一聲，把臉靠過去。我和我隔著薄薄的一道牆，在陽臺肩挨著肩。若是有人看到當時的我們，或許會誤會就像老掉牙的戀愛劇一樣，一對鄰居萌生了情愫。我招手，再一次對抱著貓的我明確地說：「我現在過去那邊！」對，我是想要那隻貓啊。自從在陽臺第一眼看到那雙眼睛，我就想：是那部電影的白貓的眼睛，是女警的眼睛，是亞妮絲・利比耶的眼睛。這是我的壞毛病。從以前開始，不管遇到什麼事，我都會忍不住視為一種徵兆。命運的徵兆。所以我覺得必須鑽進我才行，必須和我合為一體才行。因為我就是一路這麼做，才變成現在的我的。

抱著貓的我聽到這突兀且奇妙的宣言，不知所措，忍不住反問我：「怎麼過來？」一般來說，會認為應該是從玄關拜訪，但我當下想到的，是我爬上陽臺扶手，跨過隔板，或打破隔板這類荒唐的做法。總之我說的那句「我現在過去那邊」就是這麼興沖沖。我露出彷彿把精心準備的禮物藏在背後般的笑容，對抱著貓驚慌失措的我說：「想知道嗎？那你把耳朵湊過來一點。」瞬間，我以為我要翻過扶手往下跳，所以驚呼了一聲。但我看見我整個人變得就像抓住邊緣的羽衣一樣細長，畫出稱得上優雅的弧線輕柔地飄了過來。然後，我抱著我心心念念的白貓，聽見我的聲音：「好美的貓。我可以叫你亞妮絲嗎？」

啊，你看，亞妮絲又在看我們了。那雙金藍的異色眼張得不能再大，直盯著我們看呢。一起生活了六年的主人忽然消失不見，換了個陌生男人坐在主人的沙發上，不停地喃喃自語。這一定讓牠覺得相當詭異吧。

可是中原先生，剛才真是失禮了，你一進房間，就突然用手插你的耳朵。看到我消失在自己的耳朵裡，你一定相當驚訝吧。啊，其實呢，我不是想鑽進你的耳朵，而是想要先擁抱你。想要以香坂百合子的身分，緊緊地擁抱你。不過就算主張這個我就是香坂百合子，這個我就是你在尋找的我，你也絕對不會相信呢。所以這是必要的舉動。是逼不得已。如果不這麼做，你絕對會把鑽耳這件事當成瘋子的夢囈，不屑一聽。但只要變成這樣，你就非接受不可了。感受如何？有人像這樣支配你的肉體，用你的嘴巴滔滔不絕地說個不停。一開始一定很恐怖吧。我有時候也會回想起第一次被鈴木鑽進去的時候，還有第一次被我鑽入時，那許許多多驚愕的時刻。

這麼說來，忘了是從什麼時候開始，我偶爾會突然想到，或許鈴木也就像我這樣，是將許多人的精神集合成粗壯的一束、像巨樹般的存在。或許我殺掉、抹消了這樣的存在。或許我殺掉的不只鈴木一個人，而是同時抹殺了幾十人、幾百人。這麼一想，就算是我，也感到心痛不已。不，究竟如何當然不知道，這只不過是想像而已。但假設這是事實，他們到底怎麼樣了呢？開始思考這件事，我總是會想起電影中路易・卡利耶飾演的殺手打開豪宅大門的場面。所有的貓蜂擁而出，湧向巴黎街頭的場面。我會想，若是像那樣就好了。不是單純地消失，而是變成看不見的貓，和樂融融地在街上漫步，那就好了。

啊，中原先生，光太，不要害怕我不打算消失也不打算傷害你不僅如此往後你將得到美好的經驗你接下來將會遇到我也會遇到我當中的香坂百合子遇到二一三個我你會成為第二一四個我啊光太我真的好想見你一直好想念你不過這下我們可以永遠在一起了喔光太我好想早點告訴你這是多麼美好的事但我無法告訴你透過語言是絕對無法傳達的所以希望你去感受接下來發生的一切用你的心你的每一個細胞細細體會每一個細節啊就在剛才光太的記憶有一點流到我這裡來了啊我看見了看見我依偎在光太身上的樣子了也看見倒映在我眼裡的光太了光太覆蓋在我身上臉埋在我的頸窩裡緊緊地抱住我可是好想要你更用力更用力地抱住我我昨天做了一場噩夢夢見我變成全世界最後一個人我不停地鑽進幾十億幾百億的人的耳朵裡終於把所有的人合而為一變成了一個人是這樣的夢我只剩下貓咪亞妮絲了覺得好像變成了神不管別人怎麼樣死掉都完全不會悲傷的孤單一人的神感覺真的好滿足可是卻也好孤獨啊為什麼我要鑽進光太裡面光太你為什麼跑來這裡了光太跑來了所以光太馬上就會不見了光太馬上就要變成我了可是與其失去光太這樣比較好呢更要好多了呢我無法忍受有一天光太死掉卻只有我永遠活下去只有我不斷地從一個耳朵鑽進另一個耳朵永遠流浪我無法忍受所以這樣就好了這樣就好了可是好寂寞好寂寞好難過啊再抱得更緊一點在回憶裡在心裡把我抱得更緊更緊在光太變成我之前在我變成光太之前抱得更緊一點……

喪色記

一

國中時，他偶然在電視的紀錄片看到一名老小說家說：

「但凡任何藝術，想要創作出好作品，就必須對自己誠實。一名傑出的藝術家，會耗費一輩子學習誠實。」

他看了並未心生嘲笑：明明就是個筆下謊話連篇的小說家，談什麼誠實？因為即便是缺乏人生歷練的他，也明白至少在那一刻，老小說家說的是肺腑之言。老小說家冷漠寡言，但他的冷漠寡言，甚至是他苦澀的風貌，都彷彿是耗費一輩子學習誠實的代價。

「誠實」這個聽起來總有些愚鈍的詞，奇妙地魅惑了他。正義、自由、和平、博愛……感覺這些人們在世界各地高聲疾呼的崇高理念當中，自己擔得起的，就只有不超出個人範疇的、渺小的「誠實」。這便是老小說家播在他心胸的小說家「種子」。這顆種子在他上高中以後，以誠惶誠恐地用姊姊留給他的筆電開始創作小說的形式萌芽了。為了對自己誠實，他決定以個人的某種違和感作為故事的開端。這個違和感，是關於人類的「眼睛」。

從懂事的時候開始，他就害怕他人的視線。光是想像迎面走來的人是否正盯著他的眼睛看，他便浮躁不安，明明不癢，卻不由自主要搔臉頰、抹鼻子。若是不慎對望，便感到眼珠子被舔舐般的強烈不適，不到五秒便別開目光。這種反應，一定有某些心理學上的解釋，但是與雄性的權力關係，比方說對方是凶悍的壯漢或眼神不善的不良分子，似乎沒有多大的關係。畢竟就連和鏡中的自己對望，也同樣令他芒刺在背。

對他來說，眼睛的意義太多了。眼睛色彩繽紛，黑、褐、青、綠、灰……但每一隻眼睛就宛如一個小宇宙，水靈靈地充滿無盡光輝，主張著自我的主體性。比方說，被蒙住眼睛的人，生命即受到抑制，宛如化為悄然無聲的物體，然而一解開眼罩，那個人便頓時化身為對世界開放的存在。在他認為，一個人的存在是透過眼睛這個器官，對世界宣示自己的存在。透過眼睛、透過看這個行為，人類掌握世界、連繫世界，在世界找到棲身之處，對世界造成影響。相較於其他器官，眼睛實在是過於特異，就彷彿是超越性的存在將它鑲嵌於人臉一般。

然而他對視線的排斥，無法光靠這樣來解釋。雖然不曾告訴過任何人，但他違和感的核心，是一種不明所以的神祕感覺：眼睛這個器官，與另一個世界相連在一起。讓他不安的，也就是眼睛的深度。從側面看去，眼球首先有角膜這個入口，接著是水晶體，再裡面是如寺廟大殿的玻璃體，然後終於抵達最深處的視網膜。無庸置疑，人類的眼睛不可能還有更深的地方。然而就如同一切的不安皆是如此，他的不安也沒有道理。對著鏡子，目不轉睛地窺覷自己陰暗深沉的眼睛，會讓他陷入身體忽然浮起，被吸進洞裡一般的恐懼，有時甚至會感到輕微的眩暈。想像中的洞穴，就像據說瀕死體驗者有時會看到的巨大圓形隧道，是一種空洞虛無的意象。他覺得若是就這樣繼續深入，似乎會抵達某種無從想像的可怕地方。

他根據這樣的想像，開始寫下處女作。標題是〈視線之樹〉。一名少年窺看鏡子，某天突然被自己的眼睛吸入，穿過隧道，抵達了一處荒涼的異世界。遇見的旅人告訴他，這個世界的中心，有一棵頂天立地的巨樹。巨樹的形姿邪惡萬分，樹皮被數十億對眼睛密密麻麻地覆蓋。巨樹透過這些無數的視線觀察世界一切的營生，連一草一葉的擺動都不放過，並且絕對不會遺忘。因此巨樹聚積了媲美神明的叡智，能夠回答人類提出的任何問題。

結果，這篇處女作僅僅比小孩子的塗鴉像話一些，他甚至無法給它一個像樣的結尾，但它就像一個人的處女作，呈現出他身為創作者的本質。因為最起碼，這篇作品誠實地面對了存在於此處之外的某處這種感受。這種感受難以言說，若是一本正經地向他人坦承，肯定免不了招來心智不正常的質疑。因此，小說這種虛構的形式，意外地成了他真實表達自己的絕佳手段。畢竟，虛構其實就是那些想要述說真實但又羞於說出口的掩飾。

但他並非就此順利走上了小說家的道路。對他而言，故事不是用來寫的，而是被創作的，或是讓自己創作的。故事早已完成，飄浮在虛空之中，某一天某一刻，會指定寫手將自己化為形體：你，來把我寫出來，我讓你寫。但年輕時日的他，儘管覺得被點名了，卻是心有餘而力不足，總是寫到一半就被故事所厭惡、拋棄，一再反覆。大學畢業找到工作後，他遠離寫作多年，因為他被囚禁在現實這個強固的故事當中，他必須活出現實，而不是寫作現實。

二

排斥視線這件事，不會對人生造成多大的負擔——值得慶幸的是，直到二十五歲左右以前，他都這麼想著，撐過來了。實際上，人在每天的生活當中，意外地不會與人對望。日常生活中，即使與別人對望，頂多也只有一兩秒的時間，若是注視個五秒之久，其中便摻雜了各種特殊的意圖；展現親愛、誇示優越、主張真誠，或是偽裝成凡此種種……即便是他，也能夠忍耐個一兩秒，同時也在不知不覺間學會了看似對望、實則閃避的技巧。不過能夠像這樣得過且過，也只到出社會為止。更精確地說，只到二十六歲的時候，來自大阪分公司的Y成為他的頂頭上司為止。

Y的年紀大他一輪，是個面色又黑又紅的巨漢，活像條番薯，是他私下稱為「活力菁英」的人種之一。Y成天靠著黑咖啡催滿油門，入夜以後則是以酒代水，總是誇張地拍手，露出牙齦大笑，在沙發躺上兩小時，立刻又像個新鮮的活屍般敏捷地跳起來活動。而且Y顯然具有某種嗅覺，能靠著這種嗅覺揪出潛在的社會不適應者。Y立刻察覺了他不想——無法與人對望的性情。Y的口頭禪就是：「說話要看對方的眼睛！」事實上他也會緊盯著對方的眼睛，就像要拿視線捅人一樣。而且Y有著一雙幾乎暴突的銅鈴大眼，灼灼滿溢生氣，彷彿罩著一層油膜。換言之，對他而言，Y是那種他最不擅長應付的人。即使微妙地錯開視線，想要瞞混過去，對Y也行不通。Y的說法是，說話時看著對方的眼睛，是「身而為人的基本禮貌」，也是「信任、誠實與自信的證明」，但實際上對Y來說，與人對望，完全就是互砍較勁。Y是那種日常中非要透過視線來確定誰上誰下不可的典型α雄性人類。

Y立刻就把他視為眼中釘了。有一次，Y為了他沒有處理好電話，沒完沒了地數落他；另一次，指出他簡報沒做好，在眾人面前執拗地批評；又另一次，因為他想要在應酬時先回去而大聲斥罵他。Y動不動就唉聲嘆氣地嘀咕「你真沒用」、「你根本不適合幹這行」，銼磨著他的神經。在Y調來這裡以前，工作本來就忙，工作到油盡燈枯地回到D市寒酸的公寓時，多半都已經過了午夜時分。他總是配著罐裝燒酢將超商便當扒進嘴裡，咬牙切齒地說著「老子不幹了」這種老掉牙到滑稽的詛咒言詞，再彷彿被現實活埋般墜入睡夢。但那也是破布一般、至多五小時的睡眠。他的每一天，就像這樣在地上爬行，苟延殘喘。

這時Y的出現，成了最後一根稻草。Y來了以後，他就算上床，也遲遲難以入睡，即使睡著了，睡眠也如同水灘般淺薄而貧瘠，而且每隔一、兩個小時就會醒來。他每早腹瀉，一天二十四小時，莫名的焦慮在心胸來回吹拂。身體重得像濕透的棉被，日復一日唉聲嘆氣不止。他變得健忘，經常一時說不出話來。大小錯不斷，讓Y對他的攻擊變本加厲，益發凶殘。他極度害怕上班，天一亮就淚流不止，幾乎快瘋了。他倉皇投奔身心科，終於向公司提出留職停薪。他靠著抗憂鬱藥物和安眠藥勉強續命，但不可能復職的念頭卡在心底，一天比一天更深沉、堅硬。別說復職了，他覺得這世界上根本沒有他能做的工作，想要乾脆就這樣乾涸至死的念頭一天襲上心頭好幾次。不，他連死都覺得麻煩，覺得自己的肉體是這世上最難處理的大型垃圾。要是能在不知不覺間悄悄地斃命，變成一片沙就好了，一片散落在被窩裡潔淨的沙……他仰望著宛如世界盡頭的黯淡天花板，不知不覺間開始想著這樣的事。這是他二十八歲的秋天。

留職停薪過了一個月左右，可能是抗憂鬱藥物生效，他的身心稍微振作起來，這時，他漸漸萌生出一個想法：自己的人生會淪落至此，其實並不全是工作過度或Y的關係。

他從小就被身邊的人說長得像父親。大人說不只是外貌，他膽小的個性、不敢與人對望的性情，以及喜歡獨自遊玩、愛做白日夢，這些都是繼承自父親，他自己也這麼相信。就如同世上所有的父子皆是如此，對他來說，父親就是人生的前提，是人生的宿命。父親在他十三歲的時候撒手人寰了。才五十二歲，正值壯年。父親突然劇烈腹痛，出現黃疸症狀，檢查之後，發現胰臟癌似乎已病入膏肓。雖然動手術開腹，但擴散程度超乎想像，醫生什麼也沒做，立刻就縫合回去了。結果父親也沒接受像樣的治療，在與病魔纏鬥的過程中變得形銷骨立，半年多就成了不歸人。

雖然不清楚其中的因果關係，但從那個時候開始，他便飽受某種奇妙的感覺所擾，不知不覺間，他把那種感覺稱為「喧鬧」。這種「喧鬧」並非如影隨形。青少年時期，一星期頂多一兩回，相當輕微，但在他留職停薪的時候，已經變成一天數回，感覺彷彿有什麼東西吵吵鬧鬧地從背後逼近，就像有什麼發作了。說是背後，也不是物理上的背後。因為就算回頭，也不是就能看見什麼東西朝這裡過來。硬要說的話，就像是「意識的背後」吧。

自己的前方，有藉由視覺、聽覺、嗅覺等五感勾勒出來的「意識空間」，但後方有什麼呢？那就是「意識的背後」。或者也可以稱其為「無意識空間」。如果說無法意識的事物就是無意識，那麼「無意識空間」或「意識的背後」，就是一般根本無從意識到的空間。不，甚至連空間都沒有，是「無」。對他來說也是如此。但只有「喧鬧」發生時，「無」會化為「有」，能夠知覺到它就像一個模糊的空間。但因為他無法讓意識回頭，因此無法和「喧鬧」相對峙，不過確實有種無以言喻的感覺，好似有什麼東西正從背後逼近。

「喧鬧」的造訪，至多只有一、兩分鐘。有時它自遙遠的後方前來，沒有太靠近，很快就離開了，有時則是帶來一種灼灼注視著後頸、彷彿要以灼燙的鼻息炙燒般的迫切感，然後才終於消失。「喧鬧」一逼近，一股胸口開出大洞般的突發性不安便會席捲而來，讓他心跳加速。就算服用抗憂鬱藥物，不僅未能緩和這種症頭，反而日漸惡化。他懷疑這可能是所謂的恐慌症，在身心科費盡唇舌努力描述，但醫生搖頭說不是。沒聽說過這樣的症狀，至少這不是一般的恐慌症。那是什麼？他追問，卻得不到能夠接受的答案。但唯一確定的是，「喧鬧」從Y調來之前就有了，留職停薪後，也完全沒有消退或緩解。

還有另一個問題，那就是夢。這個夢的問題，比「喧鬧」更加無法理解、荒誕無稽，他害怕被懷疑神智不正常，連對醫生都不敢透露。他總是懷疑，夢與「喧鬧」在他不知道的地方是彼此串通的。因為同樣是父親過世不久，他十三歲的時候，開始憂慮起自己的夢似乎與別人不同。他開始反覆不停地夢見具有相同世界觀的奇妙之夢。高中在寫作處女作的時候，他第一個想到的就是描寫那個夢境，但那巨大的世界觀和情節彷彿參天矗立在鼻頭，反而無法想像出整體，讓他放棄了這個念頭。

後來，他把這個夢稱為「毀滅之夢」，他不想要把它視為單純的夢，與其他稀鬆平常的夢混為一談。那不是「做」夢，感覺更像是「連上」夢。尤其是第一次做的毀滅之夢，歷歷在目，宛如烙印在腦海中，因此現在仍像一座小箱庭般，存在於他的記憶一隅，隨時都可以拿起來賞玩。

三

夢裡，他站在巨大的岩石上。那塊岩石就像碩大無朋的直立海參，形狀細長，稜角渾圓，俯瞰著緊鄰大海的港鎮，矗立於其背後的山間。那泛黑的神聖威容，整體就像在河底飽經沖刷般光滑，在夕陽下綻放著潤膩的光澤。頂部的高度應該足足有五百公尺。夢裡的他，知道這塊巨岩被稱為「夢幻石」，另名「眼石」，確實就像從人類的眼睛當中削掘出來一般，充滿了無邊的深邃。中心浮現宛若瞳孔的圓形純黑，其中擴散出五顏六色虹彩般放射狀、宛如星雲的幽光。

由於岩石過於巨大，他所站立的頂端感覺就像一片土地那樣平坦。中央孤伶伶地建著一棟感覺會出現在陌生國度玉蜀黍田裡的樸素房屋，周圍是一片青翠的草地。屋前長著一棵大樹，結了許多蘋果般鮮紅的果實，垂掛在粗枝的木鞦韆隨風擺盪。房子是平房，牆壁和柱子漆成純白色，覆蓋著幾乎要化入天空的藍色屋頂，玄關前是一片露臺。若是忘記這裡是離地數百公尺的巨岩之上，稱得上是一幅如詩如畫的景致。

岩石東側，鬱蒼的山脈被夕陽染紅，沉沉地背負著將臨的夜，陰影深沉地蠕動著。西側的腳邊是數百戶人家櫛比鱗次的港鎮，再過去則是連座島影都不見的汪洋大海，在夕照之中閃耀著，好似正在假寐。

他忽然發現，有一座長約七、八十公尺的棧橋，從屋旁朝西側大海伸向空中。棧橋似乎是木頭組成的，沒有任何支柱，卻筆直突出半空，沒有絲毫撓彎。

棧橋前端有個小人影。一名少女對著夕陽坐在前端，伸出雙腳。看到少女，他感到一種親切的喜悅，彷彿在熟悉的遊樂場所發現了青梅竹馬。實際上，他也知道少女叫什麼名字。她叫真奈，是這塊夢幻石下方的港鎮土生土長的女孩。

他經過棧橋，走向少女的背影。儘管高度令人頭暈目眩，但這高度不具敵意，他不感到害怕，十分奇妙。就彷彿自小以來的習慣，他默默地在少女的右邊坐了下來。少女穿著似乎洗褪了色的泛白連身裙，一頭及腰的豐盈長髮在吹拂的風中飛揚。少女瞇眼看著宛如線香花火*最後一粒光點般的夕陽，說：

「遲早會來到這裡。」聲音無比澄澈，宛如某種透明的事物顫動，深底卻隱含著暗影。

「什麼東西會來？」他問。

少女的口吻有些苦澀，喃喃：

「『灰色野獸』……」

「啊，對啊……可是這裡是海上，距離又那麼遙遠。就算是**它們**，也找不到離大陸那麼遠的這處天涯海角的夢幻石吧。」

「不，」少女搖頭，「這塊夢幻石，總有一天也會被**它們**殺掉。或許就連那顆太陽、澄碧的藍天、染成金色的雲朵、青翠繁茂的草木，都會被**它們**奪走色彩殺掉。因為**它們**從一出生就對色彩饑渴，不管距離再遙遠，都能嗅到顏色……」

「可是，就像你之前告訴我的，人類不是也從那『毀滅的百年』倖存下來了嗎？」

「是啊。可是據說毀滅的百年那時候出現的灰色野獸，力量還沒有那麼強大，不足以將夢幻石灰化，所以人類才能在眼人引導下，逃進夢幻石裡面，沉睡數百年之久，直到**它們**失去力量。倖存下來的人，就是我們……毀滅的百年已經是數千年前的事了，但這段期間，**它們**也在某處悄悄養精蓄銳，一定已經找到了毀滅夢幻石的方法。」

「可是，這次一定也能找到倖存的方法吧。而且看似被**它們**殺死的夢幻石，也不曉得是不是真的死了，對吧？」

「或許吧，」少女點點頭，「但問題不只這樣而已。據說千年前有更多更多的眼人，那些眼人率先進入夢幻石，利用『眼神之道』，將眾人引導至『假寐的世界』。可是現在眼人已經所剩無幾了。傳說以前一百個人裡面，就有一個人擁有眼人的力量，但現在一千個人裡面，連一個都找不到。據說這是因為眾多的眼人在千年前引導眾人，耗竭性命，年紀輕輕就去世的關係。不管夢幻石是不是還活著，這個樣子，大家是無法逃進夢幻石裡面的。」

「我不行嗎？」他怯怯地問。

＊ 線香花火為日本的傳統小型煙火，類似於仙女棒。

少女有些悲傷地蹙起眉頭，以帶著些許憐憫的眼神望過來。少女眼中的深不可測讓他驚慌，忍不住別開了目光。即使在夢裡，他依然抗拒視線。

「你的確是眼人，可是……」少女的口吻沉重，「你還是個孩子，而且你的力量很弱。這件事你早就知道了吧？力量真正夠強的眼人，從小就能夠透過看鏡子，自由進出夢幻石內外。但你做不到。你能做到的，只有像這樣透過做夢，化成影子出現在夢幻石外。而且，據說要把一個人引導至夢幻石裡面，是非常費勁的事。若是想要引導許多人，憑你的力量，一定無法承受。我不想要你勉強自己。」

「可是如果只帶你一個人的話……」

「我知道。」少女點點頭。

沒錯，她明白，他也明白。他身為眼人的力量，就宛如雛鳥振翅，笨拙而微弱。他無法拯救世界，也無法拯救國家、拯救家人。即使如此，他仍然無法拋棄或許有朝一日辦得到的希望。他覺得，就算有只能拯救一人的眼人，也未嘗不可吧？

「但重點是夢幻石，」他回到正題，「灰化的夢幻石真的徹底失去力量了嗎？必須先查清楚這一點才行呢。」

「沒錯。現在也有許多眼人，正潛入灰化的數千個夢幻石當中，調查假寐的世界變成怎樣了……或許有些夢幻石，連芯的最深處都徹底灰化了，但可能也有些夢幻石設法活下來了。灰化或許不代表夢幻石的死亡，只是一種病，即使耗時良久，還是有可能恢復色彩。若是這樣，就還有希望。或許沒辦法像毀滅的百年那時候拯救大量的人，但即使不多，只要有人類在夢幻石裡活下去……畢竟**它們**應該也不是永生不死……」

「而且世界上應該還有許多沒有灰化的夢幻石。時間站在我們這邊。」

不，時間一定是站在灰色野獸那裡的。**它們**不急。因為沒這個必要。只要奪走一切的色彩，像饑餓的老鼠般不斷地增殖，從一個國家到另一個國家，從一個城鎮到另一個城鎮，從一顆夢幻石到另一顆夢幻石，一點一滴地侵蝕下去，將灰化擴散到全世界就行了。因為人類沒有任何手段能夠翻轉情勢……

他夢到這裡就醒來了，但兒時的夢，連細節都能回想得一清二楚，這首先就令人匪夷所思，詭異無比。就算是現實發生的事、和別人聊過的內容，他也經常忘東忘西，然而與少女交談的每一言每一語，卻不知為何記得鉅細靡遺，幾乎可以從耳朵裡再拎出來。不僅是對話，連少女飛揚的每一綹髮絲，甚至是棧橋傾軋的感覺，都彷彿在記憶的皺褶裡呼吸著。

而且毀滅之夢不是做過一次就結束了。自從第一次夢見以後，就宛如打通了連上少女的通道般，一年會夢到個兩、三回。多半都同樣詭異地鮮明，但少女不管經過多少年，都依然是少女，而他也似乎一直是少年，然而在夢裡，他對這件事一點都不感到奇異。對話中，每次都會提到據說正在毀滅世界的灰色野獸，和對抗野獸的夢幻石。有時兩人身在不知是哪裡的屋子裡；也有些時候是在陌生城鎮的石板路上無精打采地走著；有時在沒有人影的潔白沙灘上嬉戲；有時在一望無際的遼闊草原裡任風吹拂。但無論身在何處，漆黑聳立的巨大夢幻石總是俯視著兩人，宛如這一帶的統治者。在夢裡，他覺得對這個世界知道得更多，然而一醒來，這些記憶便立刻變得模糊，只剩下夢中透過五感得到的鮮明感受格外突出。與此同時，世界即將毀滅的陰鬱焦躁感陰魂不散，令人沮喪不已。

但是約莫二十出頭的時候開始，夢見毀滅之夢的頻率愈來愈高了。因為Y的出現，他開始飽受失眠折磨，那時候變成每個月會夢見一次。而且開始服用抗憂鬱藥物和安眠藥以後，頻率也沒有稍減，甚至變得更為頻繁，每個月會夢見兩、三回。那增加的狀況，就如同「喧鬧」一般，彷彿自後方節節近逼，令人恐懼。很快地，變成一星期夢見一次、兩次、三次，終於，每夜的夢境徹底被少女和逐漸毀滅的世界所支配，到了這地步，夢與現實就像在意識的天平上鏖戰，遲早將會分不清孰輕孰重。

更令人駭懼的是，夢中的夢幻石正逐漸失去銀河般的光彩，變成普通的灰色巨石。一定是遭到灰色野獸們的毒手而灰化了。灰化的夢幻石周圍，還有許多其他事物喪失了色彩，宛如封進了黑白電影般。野山的樹木、路邊的花草、成排的人家……一切事物都失去了色彩與活力，感覺一碰就會立刻崩解，化為真正的灰燼隨風而逝。即便不是如此，灰色野獸們在城鎮裡所經之處破壞的痕跡觸目驚心。行道樹和電線桿折斷，交通工具遭踐踏，屋頂崩落，牆上開了大洞，圍牆柵欄被拂倒。所有的馬路、巷弄，都留下一層又一層巨大的凹陷腳印，即便是夢境，光是想像究竟有多可怕的怪物在這裡肆虐，就讓人驚悸不已。

不過，最可怕的當然是灰化的人類。他看見許多人不分男女老幼仆倒在街頭。人們即使被奪走顏色，仍會活上一陣子。有人趴倒，臉埋在地上，有人仰躺，仰望著天空，但每個人的眼睛都空洞地半張，下巴也無力地耷拉，嘴巴吐出泡沫，口角流涎。仔細一看，他們的胸腹微微上下起伏，勉強還有一口氣，卻是絕望過度到連一根指頭都動彈不得的樣子。即使叫他們，當然也毫無反應。無論他們聽不聽得見，連說話的活力都隨著色彩被剝奪了。有一次，他看見多達數千的灰色人們，層層堆積在灰化的夢幻石近旁。似乎是全鎮的人為了向瀕死的夢幻石求救，如怒濤般湧向了夢幻石底下。然而沒有眼人的引導，眼神之道不會開啟，人們無法進入夢幻石。眾人儘管也都明白，面對節節近逼的灰色野獸，仍在陷入恐慌、半狂亂的狀況下抱住了巨石。

更恐怖的是，灰化的人並非全都會喪命，據說其中也有人撐過了毀滅，宛如活死人般重新站了起來，但已不再是原本的他們。這些人原本的靈魂、人性徹底喪失，變成了灰色的空殼，也就是灰人，不斷地遊蕩。然後，灰人們淪為灰色野獸的爪牙，加入滅亡的巡禮之旅，現在仍為了追求殘留著色彩的新鮮土地在全世界徘徊。即使在夢中，他也沒有親眼看過灰色野獸，但其實灰人似乎就是蹂躪城鎮的異形怪物們原本的形姿。灰人們在徘徊的過程中，逐漸變形，不斷地融合，最後成長為高聳入雲的非人怪物，化為不折不扣的灰色野獸。

這毀滅之夢，與「喧鬧」兩股巨大的力量，正安靜但確實地逼迫著從社會中脫落、活在淒慘中的他。他完全不知道要如何逃離，只能掙扎著活過當下的每一天，等待被抓到的那一刻。

四

留職停薪後，他的每一天十分單調，一成不變。因為他覺得只要作息規律，就能保證身而為人最起碼的神智正常，以及存在的意義。

每天晚上，他會服下安眠藥，在十二點躺上床，無論是否睡眠充足，或無法成眠，每天早上就像被鬧鐘趕下床一般，在七點半起床。洗臉漱口，打開窗簾，將強烈到刺痛的陽光召進住處，打開不感興趣的電視當作背景音樂，做十五分鐘的伸展操和肌力訓練。這是為了藉由陽光和運動來促進血清素分泌，開電視則是希望能保持接觸人類社會的熱鬧，即便那只是一種模擬。早餐也千篇一律，從冷凍庫拿出保鮮膜分裝的白飯微波加熱，煎個荷包蛋或炒蛋，附上一盤菜。有時也會在早餐後吃一份蛋白粉或左旋麩醯胺酸，因為他在網路上看過說法，肌肉量多的人，精神也較穩定。

早餐後，他會換上容易活動的衣服，走路十分鐘前往海濱公園，在臨海的散步道快走三、四十分鐘。身體狀況好的時候，也會稍微跑一下。在同一個時間經過同一條路，自然就會遇上固定幾個老面孔。一個八旬胖老先生不知不覺間開始會向他舉手招呼，就像在說「嗨」。老人應該是對每個熟悉的人都這麼做，但他也開始會露出笑容，回以招呼。因為他在日常生活中，會打招呼的對象就只有偶爾上門的宅配送貨員和這名老人。送貨員日復一日忙得團團轉，對於客人，在招呼底下應該是滿懷憎恨；但老人不同，同齡的人一個接著一個過世，自己也會在不久後的將來離世，讓老人感到無常，他一定是想要藉由每天的招呼，來排遣這番寂寞吧。他想到這裡，也覺得每回碰面都像在道別……

用完午飯後，他多半會去超市採買。住處附近有三家超市，哪一家哪些商品何時特價，他已經瞭若指掌。他會在不同的日子去不同家超市，有時也會每一家都逛。採買回來後，他會試著午睡，填補夜間貧瘠的睡眠，卻難以入睡。因為他的自律神經嚴重受損，讓他儘管沒有迫切的危機，卻隨時處在緊張之中。他放棄午睡，心想既然如此，就好好犒勞自己一番，透過訂閱服務觀看海外連續劇，或用二手遊戲機玩一些老電玩作品。

興致來的時候，他也會打開文書軟體，緬懷過去的夢想，試著寫小說。他著手寫作的是一部長篇，《盡頭之河》，描述一名漂流到家門前的神祕小舟上的男子。男子在意外事故中失去了妻子，心靈崩壞，一心尋死。沒有任何事物可以失去的男子，和一名來歷不明的老船夫一起順著永恆的夜晚河川往下，漂流到許多陌生的神祕城鎮，被捲入極不真實的各種事件。他期待這會是一部傑作而動手撰寫，然而男子的命運，連他這個作者都不知道會是如何，只決定最後他將會漂流到世界的盡頭。

不管他做什麼來消磨時間，不經意地望向房間角落的穿衣鏡時，就會撞見自己生無可戀的死人臉孔，一陣心驚。說到底，不管做什麼，全都毫無意義。他的人生連一步都沒有前進，只是在不冷不熱的淤泥中打滾而已。入夜以後，這樣的念頭愈來愈強烈，夜晚的沉重與靜謐，化成必須盡快跨出下一步的焦慮，冰冷地沁入心胸。

晚飯後，一樣什麼事都不會發生。洗碗盤丟垃圾這些，意外地不讓他感覺痛苦。但洗浴缸很麻煩，所以他都不泡澡，改不掉邊罵冷邊沖澡的習慣。這一天，糊里糊塗也不曉得時間怎麼過的，夜一下就深了，他把重擔拋給明天的自己，拖拖拉拉地沉陷在嬌縱裡。接近午夜，他拉上窗簾，服下安眠藥，儘管駭懼著可能又會夢見毀滅之夢，仍像個學不會振翅飛翔的醜陋幼蟲般，在被窩裡蜷成一團。

某天夜晚，狀況改變了。他看著介紹世界遺跡之謎的電視節目，遙控器突然失靈了。他尋找新電池，家裡有二號和四號電池，卻沒有最普通的三號電池。雖然可以直接按電視機，但他無法忍受為了轉臺或調音量不停地走來走去。節目結束時都已經晚上十一點多了，但沒辦法，他決定去超商買電池。

最近一家超商走路約五分鐘。剛走出去，他立刻發現奇妙的感覺，有種足不點地的飄浮感，彷彿怎麼走都沒有前進，令人焦急。路燈、車燈和商店招牌都一片暈滲，而且搖晃著，就好像自己淚眼汪汪，但不管怎麼抹眼揉眼都沒用。超商店員的聲音宛如不懷好意的竊竊私語，好比用紙杯在講電話那樣。好奇怪，我是吃到什麼不對的東西嗎？他納悶，卻毫無頭緒，這更讓他感到恐怖。

總之他買到了電池。快點回家睡覺吧。大部分的事，睡過一晚就會好了。他這麼想，然而先前的奇妙感覺只不過是序章，正文緊接著開始了。他剛走出超商，就被熟悉的「喧鬧」所襲擊。那是從來不曾感受過的強烈「喧鬧」。他忍不住呻吟，佇立在停車場。來自意識背後的事物一開始總是很遙遠。但在一、兩分鐘之內變得愈來愈吵雜，逼近而來，驀地以不安攫住他的胸口。「喧鬧」順利離去後，不安便立刻舒緩，讓他喘過一口氣。通常「喧鬧」過去以後，好陣子都不會再來。

然而這天晚上卻不是如此。他才剛鬆了一口氣，第二波又立刻來了。第二波離開後，緊接著第三、第四波又來了，每一波都更逼近背後。他反覆走走停停，好不容易回到了公寓，但心臟在胸口狂跳，額上布滿了豆大的汗珠，整個人面無血色。好奇怪，從來沒有這樣過。難道我今晚就要死了嗎？這樣的恐懼像箭矢般貫穿了他的頭蓋骨。這絕對是某種疾病發作。像是大腦血管破裂，或心臟痙攣不止……是不是應該馬上叫救護車？但他把最重要的手機留在住處了。

他上氣不接下氣地衝進電梯，按下三樓按鈕，不曉得第六波還是第七波襲來，意識在天旋地轉的眩暈中擺盪，視野窄縮，讓他當場跪倒在地。電梯廂匡啷搖晃了一下。「喧鬧」

覆蓋他的背部，一陣灼燙猛地揪住右眼球深處。很快地，一股眼球被煮沸般的強烈感覺襲來，他反射性地按住右眼。這是怎麼回事？不是大腦也不是心臟出問題，是我的右眼要爆炸了嗎？

電梯門一關，一團宛如滴入水中的墨汁般濃密的黑煙，便遮蓋視野般地掠過，把他嚇了一跳。黑煙就這樣在電梯裡擴散開來，混濁了視野。這是什麼煙？從哪裡冒出來的？他跪在地上狂按「開」的按鈕，但已經太遲了。電梯開始上升。終於到了三樓，電梯門打開。他滾出走廊，然而黑煙卻追了上來，將視野覆蓋得更黑。

怎麼搞的？這煙是從我身上冒出來的嗎？從我的臉？不，是右眼。顯而易見，煙是從按住右眼的指縫間溢出來的。就好像從眼睛裡面拉出髮束那樣的駭人觸感持續不斷。他挪開手，微微睜開右眼，卻是一片漆黑，彷彿窺看暗渠一般，只能靠左眼視物。

古怪的事還不只這一樁。黑煙逐漸聚集到一處，形成約有人那麼高、宛如細長幽靈般不定形的一團。煙霧搖晃著，黑色漸漸褪去，滲出來似的摻雜了灰色，然後慢慢化成了白煙。不知不覺間，煙似乎噴完了，右眼也開始重新看到世界。與此同時，煙的輪廓很快地固定下來了。這次又是什麼？看起來有點像人，倒不如說，那是個女人！煙霧聚集在一起，化成了女人的形姿！她一頭豐盈漆黑的長髮像水中的屍體般朝四面八方招展，無袖的白色連身裙伸出同樣白皙的細長手腳，無力地垂著。他癱倒在電梯前，目不轉睛地仰望女子埋沒在一頭亂髮中的臉。小巧的三角形臉龐裡，完美地鑲嵌著修長的眼睛、小巧的鼻子、豐腴的嘴唇。似曾相識。對，有她的影子！他在內心拍膝。是真奈！是真奈成長為成熟的女人，出現在**這邊**了！

儘管眩暈消退了，他的意識卻像麥芽糖一樣扭曲，如夢似幻的感覺一路充塞到喉邊，感覺很怪。不對勁，這不可能是現實發生的事，如果是做夢，我得醒過來才行。理智在腦中不停地如此大聲警告，他的心情卻早已投靠了眼前的異常狀況，心想：也是有這種事的。他開始覺得，一切都是順理成章，無可避免地走到這一步的。

女子微微睜眼，稍稍側頭，是尚未從假寐中醒來、缺乏感情的表情。也不曉得她有沒有意識。她就像斷線的傀儡娃娃般猛地跪地，朝他倒了過來。他反射性地伸手想撐住女子，但腦袋一隅掠過這樣的念頭：「這女人是煙，抓不住的。」然而下一秒，女子的身體帶著真實的重量，沉甸甸地撞進胸懷裡。他忍不住發出滑稽的怪叫：呼哇！

他好陣子就癱坐在電梯前，懷裡抱著似乎是確實的血肉之軀的女人身體，茫然若失。已經半夜十一點半多了。四下一片寂靜，也沒有住戶察覺異狀開門查看的樣子，耳中只聽見自己驚恐的淺急呼吸聲。女子的下巴擱在自己的右肩上，一動不動。雖然依稀聽見呼吸聲，但她渾身無力，彷彿沒有骨頭。果然沒有意識。只是像孩子般睡得很沉嗎？或是發生了什麼嚴重的事，讓她昏了過去？不，出現在這裡本身，或許就像一段嚴酷的長途旅行，讓女子昏倒了。

女子的芳香拂過鼻頭。是一種隱隱帶著黑糖香、甜苦交揉的懷念氣味。但不能一直坐在這裡。就像他會出門買電池一樣，雖然是三更半夜，不曉得還會有誰出現。他環抱女子的背，搖晃了幾下，但女子沒有醒來的樣子。在耳邊呼喚她的名字，一樣沒有反應。既然如此，只能把她帶回住處了。要是把失去意識的女子拖進住處的場面被人撞見，可能會被報警，但也不能把她丟在這裡。畢竟女子是從他的右眼冒出來的，他必須負起責任。他忽然回神，興起理所當然的疑問：這玩意兒真的是從我的右眼冒出來的嗎？但右眼深處確實隱隱作痛，就像生產後的痛楚餘韻。他繞到女子背後，手穿過兩腋環抱身體，站起來把她拖向自己的住處。

把女子拖進住處後，他辛苦地將她安置在床上。明明手腳撞來撞去，女子卻連個呻吟也沒有，毫無要恢復意識的樣子。他重新檢查呼吸和脈搏，果然沒有異常。他坐在床沿，輕輕撩起女子的頭髮，她的臉總算露出來了。女子的臉就像陶瓷一樣細緻白皙，五官秀美。修長的眼睛是單眼皮，睫毛又濃又長。顴骨很高，鼻梁直挺，是一種一旦決定就絕不退讓的神情。嘴唇有些俏皮，看起來喜歡調侃人。這確實是真奈的臉。如果女子的年紀與他相近，那麼就是二十八左右，但因為脂粉未施，看起來更為年輕、清純。

他俯視著女子的睡容，想像若是移開視線幾秒，女子就會趁機化為煙霧消失。他試著望向玄關等處，但不管重看多少次，女子的存在都絲毫沒有動搖，以活色生香的肉體占據著床鋪。怎麼回事？真奈不是夢裡的女孩嗎？不是**那邊**的女孩嗎？不是矗立著上千顆夢幻石、步向毀滅的世界的女孩嗎？然而女子確實躺臥在這裡，她的真實感，讓這樣的荒謬沉默下去。

他左右尋思著，不知不覺間超過十二點了。是他該服用安眠藥上床的時間了，但搜遍全身各個角落，也找不到一絲睏意。然而他還是想要上床。如果有什麼能夠遏止日常的崩壞，那一定就是充足的睡眠。或許一晚過去，晨曦射入房間時，他就會發現床鋪一片空蕩蕩，認清這個女人果然是來自睡夢中，問題解決。雖然很擠，不過要把女人推到床鋪的牆邊，鑽到她旁邊入睡嗎？這時，他想起剛搬進這間公寓時用的被褥還在壁櫥裡。

他從壁櫥裡拖出被褥，在床邊鋪開來。換上睡衣刷牙後，再次站到床邊，目不轉睛地打量女子。他輕輕伸手觸摸女子的臉頰。多光滑的肌膚啊！就彷彿為了讓不能存在的女子存在，只能以肌理細緻到超越現實的肌膚包裹她。把她從電梯前面搬進住處時，雖然是隔著衣物，但他迫於情勢碰到了女子的胸部。不大也不小，就彷彿胸部本身滿足於那樣的隆起。如果想要觸摸女子的身體，他大可以趁現在盡情滿足這種欲望，但現在的他卻無法燃起這樣的情慾。應該是抗憂鬱藥物的影響，他被擊垮、心靈生了病，身為雄性的本能變得瘦骨嶙峋。即便不是如此，生性膽小的他，不可能有膽撫弄失去意識的女子肉體。這甚至是他第一次讓女人進入這個房間。大學時期，他交過一個女友，但後來的七年間，他幾乎沒有碰過女人。然而誰想得到會有今天？二十八歲，稱得上人生最谷底的垃圾堆般的睡窩裡，居然從天上掉下來似的躺著一個美女。

他吞下安眠藥，拉上窗簾，熄了燈，鑽進被窩裡。安眠藥一定不會生效。他會無法安撫紊亂的心，撿食著斷續貧瘠的睡眠，然後早晨在這當中不容分說地到來。他拉長了耳朵，但沒聽見女子的呼吸聲。他開始懷疑女子真的在床上嗎？在黑暗中起身查看，女子果然在那裡。她規矩地仰躺著，宛如被祭祀在祭壇上。

他仰望著比平常更遠的天花板，彷彿逐一撿拾般地回想起夢中的對話。女子說他是眼人。還說他是個力量很弱的眼人。眼人可以聚攏人們的視線，讓他們走在所謂「眼神之道」這個通往異界的通道，將他們引導到夢幻石裡面。這也就是說，他使用了自己微弱的力量，將女子引導到這裡了嗎？如果真是如此，那麼這裡就是夢幻石裡面的世界。他出生在石頭裡，在石頭裡過了二十八年的歲月，現在這一刻，仍身在石子裡；而以為是夢裡的女人的真奈，才是活在真實無虛的殘酷世界的真正人類。

如果相信真奈的說法，在**那邊**，有著約七千七百顆夢幻石，每一顆夢幻石都內包著一個廣大無邊的宇宙。也就是說，他所知道的這個世界，僅僅是七千七百個宇宙當中的其中之一。千年前開始的毀滅的百年當時，人們散落到七千七百個宇宙，在睡夢中假寐般活了下來。但灰色野獸們後來失去了力量，世界耗費數百年恢復了色彩後，從假寐中醒來的許多人再次在眼人的引導下離開石頭，開始在**那邊**的世界展開生活。亦即人類分成了兩大支流。他是選擇在**這邊**的夢境裡活下去的人們的末裔，而真奈是選擇在**那邊**與迫切的現實活下去的人們的末裔。真奈把**這裡**稱為假寐的世界，那麼，**那邊**就是清醒的世界嗎？

如果他真的是眼人，那麼母親或過世的父親或許也具有這樣的資質，但他不認為兩人曾經把誰從清醒的世界引導過來，而且他也根本不認為這個世界還有其他人擁有這種奇蹟般的力量。不，只是他沒看到而已，他們隱藏力量，低調地活在某處嗎？那些從右眼引導許多避難者，隱身在某處的人……

五

女子出現在夢裡。是應該睡在隔壁床上的女子。女子和他一起，處在一群數十人的男女老幼當中，走在像陰暗隧道裡的地方。與其說是隧道，更像一根土管，是由上至下，巨大渾圓的筒狀空間，就像據說瀕死體驗者會看到的通往另一個世界的通道。前方一直有一道小白光，那或許就是出口，然而就像無法實現的願望，不管再怎麼走，都沒有拉近距離。每個人都像亡國的流民般精疲力竭，一個接著一個顛倒、脫隊。最後終於只剩下他和女子，他感到不安，不時向女子攀談，女子卻彷彿充耳不聞，一臉苦惱地默默往前走。他抓住女子的手想要挽留，女子卻像幻影般，怎麼也抓不住，他的手划過虛空。或許我根本不在這裡，老早就倒斃在路上，只剩下靈魂糾纏不休地追逐著女子。他想著這些，慢慢地跨過夢與現實的境界，轉醒過來。

他對著壁櫥睡覺，忽然感覺背後有動靜，翻過身去。女子坐在床沿，微傾著頭，定定地俯視著他。從窗簾縫間射入的幽幽月光，讓女子濕潤的眼睛閃閃發亮。女子的神情不再像夢中那樣緊迫，淡淡地微笑著，似乎正為了他醒來而歡喜。他有股奇妙的感受。他覺得他沉睡、女子注視，這樣的構圖是已經反覆上演好幾次的兩人儀式。也許她知道他對視線過敏，因此試圖用眼神來讓他醒過來。即使是這樣，對於被叫醒這件事，他絲毫沒有感到不愉快。不僅如此，他感覺黑暗中逐漸充盈著一股親密，就彷彿兩人一同承受著深夜的寂寞難耐。

忽地，他有股不明所以的預感，覺得女子會像平常那樣鑽進被窩裡來。結果女子真的在旁邊跪下，以熟練的動作滑進他旁邊。女子的身體染上了夜晚的空氣，冰冰涼涼。他把蓋被掖到女子的頸脖處，手繞到她的背後摟過來，摩挲她的上臂溫暖她。就連自己的這些動作，都像是刻骨銘心的約定。女子的臉就在近旁，鼻頭相觸。女子溫熱的呼氣輕搔著臉頰。他提心吊膽地看女子的眼睛。她的眼睛漆黑深邃，感覺直盯著看，就會墜入女子原本生活的**那邊**的世界。

「把你吵醒了？」女子細語。這句話應該是他第一次聽到女子的聲音，然而這聲音沒令他有絲毫困惑，似乎一下就在耳中深處找到了著落。

「沒有，我還在睡。」他說。

「什麼時候會醒？」

「我不會醒。我一直都在睡，往後也會一直睡下去。」

「是呢。」女子微笑。

女子的身體一下子就溫暖了。這對他應該是罕有的溫暖，卻一點違和感也沒有，十分奇妙。他以為自己完全習慣一個人睡了，拒絕他人體溫的衝動早已滲進骨子裡，但那似乎只是孤獨者患上的幻想。不，或許我根本就不孤獨。也許我已經和這個女人一起生活了好幾年。這樣的想法在腦中浮現，似乎正天經地義地安坐下來。

女子伸手，輕觸他的胸口。她的動作就像在撫慰他生病疲憊的心。女子徐緩地撫摩他的胸口，嘴唇微微蠕動，以彷彿世界仍是個天真孩童的時候創作的搖籃曲為他哄睡。「小鳥安睡在春天的樹梢，小羊安睡在夏季的樹蔭……」應該是第一次聽到的這首歌，在反覆吟唱間不斷地沉入記憶深底，很快地散發出宛如從嬰兒時期就熟悉的懷念。

他看著自己垂蓋下來的眼皮，一股恍然的體悟掠過心胸。根本沒必要把女子——把來自**那邊**的訪客藏起來。沒什麼好擔心的。女子從一開始就存在於這裡、這個世界。一直以來，夢幻石就是這樣將人們收容在假寐的世界裡。每當有新的人進來，就稍微挪動一下身體，騰出空隙，回溯時間，給他們所在。這樣啊。原來是這麼回事……

接下來他睡得極沉。平常他都在六點左右被睡意推開，好陣子緊抓住煩擾的惰眠不放，全神戒備著即將響起的鬧鐘聲，然後終於等到七點半的鬧鐘聲響起。然而這一天，他名符其實是被鬧鐘聲叫醒的。

他摸索著抓過枕邊的手機，按掉鬧鐘，內心「咦」了一聲。房間的景象不同了。瞬間，他陷入一種不知身在何處的感覺。自己怎麼會在地上鋪床睡覺？自己明明有床啊。以惺忪睡眼搜視，也找不到那張床，三坪大的房間裡鋪了兩床被褥取而代之。一床睡著他，另一床就像有人睡過，但現在是空的。

玄關傳來聲響，他吃驚地起身望過去，女子正從廁所出來。見他醒了，女子微笑說：「早。」瞬間，意識被一刀兩斷，他有種右眼和左眼看著不同世界的感覺。他當然知道女子是誰。昨晚在電梯裡，他的右眼突然噴出黑煙，女子隨之現身。然後他把女子拖回住處，讓她躺在自己的床上。而那張床——應該上網花了三萬多圓買的那張床消失了。同時，他也漸漸覺得他只是沉浸在「買那張床是不是不錯」的幻想，根本沒有買過床。實際上看看地毯，也根本沒有床腳壓過的痕跡。就好像在他的內在，有床的世界和沒床的世界同時並存，他的心懸在半空中，無法徹底跳入任何一邊。

但無論起始於何時，現在這瞬間，他和女子一起住在這裡，是屹立不搖的事實。而這件事顯然讓他的情緒大為振奮。他覺得好久沒有像這樣一早便滿心歡喜地迎接一天的開始了。他揉著眼睛，笑著對女子回道：「早。」女子以毫無他意的清澈聲音說：「吃早飯囉。」

應該是第一次的對話，也彷彿天經地義地落入心胸，他開始覺得女子從**那邊**透過他的眼神之道來到這裡的原本記憶，是荒謬透頂的虛構幻想。

飯廳擺著一張他沒看過的矮桌，上面擺好了早餐。盤子上有披薩吐司和荷包蛋，還有花椰菜和小番茄，飄來玉米濃湯的香味。上過廁所，洗好臉後，他和女子面對面在餐桌坐下來。沉睡的女子很美，但醒來的女子更美。雖然膚色白皙，缺乏血色，但仔細一看，有著一張毫無矯飾的誠摯面容。昨晚沉睡的女子以異樣的眼神逼視著他，就宛如這個世界割開的傷口一般，但現在眼前的女子看起來正順利地融入這個住處及這個世界，調和在一起。

他真誠地稱讚女子準備的早餐。女子說這種東西算不上料理，但對他來說，感覺好久沒吃到如此有滋有味的食物了。不知何時開始，他只是把食物索然無味地塞進體內，不覺得好吃或難吃。獨自吃飯時的寂寞，剝奪了他平日進食的色香味。不，一個人吃飯？

過去沉重地壓在心胸的孤獨、倦怠與苦惱的記憶，在女人面前就好像剛醒的夢境般，迅速地褪色、消散。

但他不知道還能跟女子聊什麼。他可以回想起和女子共度的許多夢境，從裡面挑選話題，但感覺夢幻石、灰色野獸、毀滅的百年這些宛如童話的遙遠災禍，只會徒然撼動現在圍繞著兩人尚未完全鞏固的日常，造成龜裂。而且，女子的心一定也已經在**這邊**的世界開始生根，他擔心這可能會讓**那邊**的記憶逐漸淡薄。兩人之間一陣沉默之後，他發現這樣的沉默一點都不讓人彆扭。這段空白的話語，不是必須匆忙填補的真空，而是充盈著宛如以漫長歲月培養出來的隨意與愜意。

這時，忽然「轟」的一道沉重巨響，震動了兩人的肚腹。那聲音就彷彿這城鎮遙遠的上空，有天球那麼巨大的鐘被敲響一般，擁有廣大無邊的遼闊，卻又讓人感到危險。兩人驚訝地對望。

「什麼聲音？」他喃喃道，女子的眼睛閃過一絲怯色。

「不曉得呢。」她說。

聲音就這樣消失了，卻好陣子在他內心餘韻不絕，宛如侵蝕生命深底的悶痛。

六

後來四十年的時光過去，他六十八歲，真奈六十七歲了。他對視線的排斥依舊，但已絕少受到「喧鬧」或毀滅之夢所侵擾，在海邊小鎮和真奈過著心滿意足的生活。兩人之間有兩個孩子，但都早已離家，在外成家立業了。

長男晴之已經結婚，也有了兩個孩子，現在住在東京。兩個都是女孩，聽說大女兒最近開始學跳舞和鋼琴，透過視訊展現童稚的練習成果。小女兒才兩歲，伶牙俐齒，別人問她幾歲，她會莫名虛榮地說三歲或四歲。有時大兒子一家回來探望，因為小孫女實在太可愛了，讓他和真奈從頭到尾笑個不停。

長女明日香從神戶的大學畢業後，留在大阪找到工作，每年只會回來一兩次。現在和年紀大她一輪、不曉得在哪裡認識的爵士鋼琴家同居，讓他和真奈很擔心。他們試著看了幾段男方演奏的影片，但每一段都很深奧，聽得很辛苦，擔心靠這種技藝真的有辦法謀生嗎？但明日香似乎對男方死心塌地，他和真奈只能認命，心想兒孫自有兒孫福，按捺著不加干涉。

他和真奈開始同居後，搬過三次家，現在住在D市的海邊。一開始住的是狹小的一房兩廳公寓，現在住的是五房三廳附六坪庭院的二樓透天厝。而且離海邊很近，在潮風吹拂下，走路不到五分鐘，就可以眺望太平洋。真奈從小在港鎮生長，非常不願意離開海邊，還打趣地說她死的時候，也要在海浪聲圍繞下死去。想起這句話，他的腦中便會浮現一幕寂寞的光景：一張床孤伶伶地擺在海邊，浪花不斷地拍打著床腳，床上躺著已是白髮蒼蒼的真奈，靜靜地閉著眼睛，就像正等著已經說好的死亡造訪。然後，那個時刻到來，真奈慢慢睜開眼睛坐起來，走下床，在鏡面般平靜的海上一步步踩出完美的漣漪，奇蹟似的不斷走向海上。或許前方處，好幾年前便已經過世的他正一直等待著真奈的到來。

真奈似乎擁有房總半島某個港鎮與**那邊**的港鎮兩邊的記憶，但不曉得是否夢幻石沒有安排好，兩邊的記憶都稱不上清楚，聊到久遠的往事，她有時會露出困惑的表情。與其說哪一邊才是事實，她說兩邊都像夢境一樣模糊，若要勉強回想，記憶就好像要整個漏光一樣，讓她感到害怕。他也一樣，除了二十八歲的時候，真奈從右眼冒出來的記憶以外，還擁有大學時期在餐飲店打工認識真奈的記憶。如果有人問起，他當然會說是在打工的地方認識的，當下也完全如此相信，但過了一會兒，應該已經驅離的離奇記憶便會在黑暗中抬起頭來，瞪著他像在說「別忘了我」。總而言之，他和真奈年輕時的記憶都曖昧不明，有時聊起來會對不上。即便如此，這又有什麼問題呢？這些模糊的曖昧，反過來證明了這是只屬於兩人的記憶，因此他只有真奈，真奈也只有他。

他二十九歲的時候，在服用抗憂鬱藥物的期間完成了長篇作《盡頭的河川》，步上身為小說家的低調人生。此後，他出版了十六本長篇、九本作品集、一本散文集。雖然有段時期被評為「作家的作家」，為此痛苦，但後來得到了幾個不算主流的文學獎，也有作品改編成電影。儘管距離暢銷作家甚遠，但不知不覺間，有人問起他的職業時，他可以坦然回答是小說家了。若問他是否像老小說家說的那樣，學會了「誠實」，他沒有自信，但他天生就缺乏逢迎世人的靈巧，只是等待故事來指名他寫作，這種以某個意義來說極為誠摯的寫作方式，到現在仍然沒有改變。真奈平常不讀小說，但只有他的作品，會花時間一次又一次反覆重讀。她對他總是很寬容，只有稱讚而沒有批評，似乎不算是個好讀者。

雖然有很多空房間，但兩人在三坪大的房間裡鋪床睡在一起。雖然已經沒有肌膚之親了，但有時還是會手牽著手入睡。兩人幾乎每星期都一起上電影院，這時也會在黑暗中牽著彼此的手。用完早飯後，每天早上兩人都會一起去散步消食，周圍沒有人的時候，一樣會牽手。多半都是他主動伸手，但如果他沒有伸手，偶爾真奈會主動牽過來。有時他會不經意地想像找不到要牽的手的那天，因為太寂寞了，忍不住用力握緊了手中的手。真奈彷彿察覺了他的感受，沒有露出半點吃痛的表情。

然而平靜的日子不可能永遠持續下去。兩人一如往常地出門散步，終於目睹了一直害怕的事物。

這是個舒爽的早晨。覆蓋著一層水膜般蔚藍晴朗的天空底下，四月的和煦圍繞著兩人。他和真奈手牽著手散步。春鶯婉轉啼叫，可能還是小鳥，啼聲笨拙，真奈笑道：「這孩子歌聲還不到家呢。」兩人迎著海風，沿著縣道往前走，走上階梯，越過堤防後就是海濱公園。散步道穿過綠地，一路延續到東方的沙灘。走在兩旁楓樹夾道、地面漆成磚紅色的路上，他發現應該正值活力旺盛、長滿新綠嫩葉的樹木，竟飄飄落下像枯葉的東西。他訝異地撿起一片，發現確實是枯葉，卻枯成了灰色。先不論季節，若是枯成褐色也就罷了，然而卻是色彩遭到剝奪般的灰色，不祥到了極點。而且四周還散落著那種病衰的葉片。捏緊葉子後，它發出薄冰般清脆的聲響碎裂，被溫暖的春風帶走了。

「似乎終於來了。」他好不容易喃喃出聲。聲音顫抖著。

真奈一臉茫然，似在尋思該說什麼，但最後只是以孱弱的口吻，像要緊抓住什麼似的說了句：

「還有時間。」

聽起來像「已經沒時間了」。他不知道該怎麼接話。驚愕的情緒冰冷地在心胸深底擴散開來。自從真奈來到**這邊**以後，這個世界，或者說這顆夢幻石，承受著灰色野獸長達四十之年之久的攻擊，保護著人們。在他不知道的眾多眼人的引導下，除了真奈以外，應該還有不少避難者逃進了**這裡**，彷彿從一開始就出生在這個世界般，若無其事地生活著。

每個人在**那邊**的記憶一定都已經淡化，把夢幻石、灰色野獸那些事物當成兒時的夢幻，驅趕到心靈的角落了。但這是早就明白的事。他和真奈都是，一面過著尋常的生活，同時心的最深處卻也卡著小小的疙瘩，知道這天遲早要到來。

這時，天空冷不防轟隆一響。是幾乎要劈裂藍天般的轟然巨響，奇妙的是，沒有任何行人驚訝停步，或驚愕對望，也沒有小孩哭喊、狗兒狂吠。這聲音從四十年前開始，有時就會突然冒出來，感覺頻率和音量都在逐漸增加，但他們從未看過除了他們以外的人或事物在意這件事。這一定就是夢幻石遭受攻擊的證據。但夢幻石似乎巧妙地蒙住了眾人的耳朵，就像避免人們悟出他們已經被宣告得了不治之症。為何不乾脆也把兩人的耳朵也摀起來就好了……？

見證世界緩緩遭到侵蝕的日子開始了。正要迎接夏季、原本蓊鬱的樹木一天天灰化，樹葉一眨眼落盡。連常綠樹的樟樹和丹桂都只剩下枝幹，樹幹也像塗了泥巴一樣，被奪去了色彩，徹底枯萎。民眾讓狗兒奔馳，或是打羽毛球、玩飛盤的草皮，也在兩三天之間化成一片灰色，景致轉為一片荒涼，就彷彿真的積了一層灰。然而面對這顯而易見的變化，人們卻像毫無所覺，如平常那樣享受著公園，但仔細觀察，人影似乎變少了，在公園遊憩的人們，神情也有些陰沉，笑聲變得悄然。

兩人偶爾會離開散步道，在海邊漫步，某天早上，他們看見無數變成濁灰色的大水母被打上岸邊，就像無盡延伸的飛石。不，不光是水母而已，還有灰色的海草斷片、灰色的魚屍、灰色的海鳥屍骸……要是出現死魚，應該都會引來一群烏鴉啄食，然而不知為何，就連貪婪到家的烏鴉們，也對灰化的東西不屑一顧。

走到海邊東側的公園，景色頓時變得一片南國風情，但叢生於各處的蘇鐵全都慘遭毒手，連偶爾會看到的三花浪貓也倒在它們的根部，化成了灰色。有一次，他們在公園南邊的灰色松林上，看見數量驚人的鳥如波浪起伏般四處飛行。夏天才剛要開始，是椋鳥成群結隊嗎？他感到訝異，用手機拍了擴大一看，發現那根本不是椋鳥。那些生物比椋鳥大了一號，背上的羽毛豎起，宛如尖刺，泛黑的嘴喙就像裁縫剪一樣又尖又長，而且全身彷彿灑了灰，模樣邪穢。絕對是灰色野獸的爪牙。一切生物，只要超克了灰化帶來的死亡，身形就會變得醜陋，成為新的灰色野獸，加入侵蝕世界的漂泊之旅。

影響日漸擴大。就連他最期待的和孫女們視訊的時候，畫面也開始陣陣灰色閃爍。「影像怪怪的呢。」即使他這麼說，兒子一家似乎也沒有人察覺異狀，或是完全不以為意。畫面的灰色轉瞬間便惡化，波及了電視、電腦和手機等一切，社會卻一點都沒有為此驚慌的樣子，這件事更讓他的恐懼加深。其中應該也有人像他們一樣注意到灰化，但是對於毀滅的進行，肯定是一籌莫展，只能陰鬱地度過這段垂暮時刻。

終於，人類的灰化開始了。他開始看到失去色彩的人倒在路邊。沒有人伸出援手，不僅如此，甚至無人留意，每個人都冷漠地經過。要是橫躺在人行道上，人們便跨過灰色的身體走過，所以應該是看得到，然而卻像避開狗屎一樣，不屑一顧地離開。又來了，這裡有一個，那裡也有。他和真奈每次目擊，都為那些人感到心痛，卻也無計可施。灰化的人會在那裡躺個幾天，然後化成真正的灰崩解，被風吹走，或被雨沖走，從世上消失。

但是同樣地，也有人倖存下來，倒在路邊幾天後，在某個時間點突然站了起來，成為灰色野獸的新成員，開始在鎮裡遊蕩。這樣的灰人一語不發，看上去沒有任何人性，卻似乎有著渴望同伴的本能，一個又一個聚集在一起，最終成群結夥，宛如一群死者，踩著緩慢的步伐，不分晝夜地徘徊不斷。意外的是，灰人不會直接攻擊人類，只是帶著毫無生氣的目光，遲緩地四處遊蕩，但即使如此，他們也無疑對這個世界造成了危害。他們身為灰化這種疫癘的尖兵，四處散播看不見的病毒。

此外，灰人就如同一切的灰色野獸，形姿漸漸產生變化。起初雖然就像喪失了色彩的人類，但有些人的雙臂異常腫大，像類人猿一樣以拳頭拄地行走；也有人的腳彎曲成奇妙的形狀，像飛蝗般跳躍移動；有人像盲蛛一樣有著細細長長的手腳，高達三公尺；還有人生了像鱷魚一樣粗大的尾巴，伏地前進。

灰人們的外表和生態固然異常，他們身邊的健常人類的反應也完全令人無法理解。遇到大群異形灰人，人們一樣沒有任何驚恐的反應，靈巧地閃避或是停下來等他們過去。開車的人也一樣，他們不會撞死任意穿越馬路的灰人，而是一臉心不在焉地交給自動駕駛停車，等待隊伍完全通過。換句話說，人們無法確切地認識到灰色野獸們，放任自己的生活、世界遭到侵蝕。

即使如此，他和真奈依然每天早上出門散步。就算關在家裡，也無法遏止滅亡，不僅如此，他們甚至有了一種奇妙的義務感，覺得身為知道**另一邊**存在的少數人，他們必須見證逐步灰化的這個世界的末路。而且最重要的是，真奈說一天沒看到海，就讓她心情鬱悶，難以忍受。雖然在外面走動，就彷彿看到侵犯世界的腫瘤日漸長大，心如刀割，但聽著世界終焉的腳步聲，兩人的心卻出奇地平靜。夢幻石竭盡全力讓人們意識不到毀滅，而兩人似乎也無法完全逃離它的影響。即使和形姿駭人的物體們擦身而過，他們也全身浸淫於認命一般，一如往常地牽著手，繼續走在仍未徹底失去美麗的海邊。

一段時間後，毀滅毫不留情地逼近兩人的生活。儘管他們一直害怕著這種情況，但終於聯絡不上兒子一家了。他們的聯絡方式從機器裡消失，不僅如此，有他們一家人的影片和照片都消失無蹤。兩人幾乎瘋狂，前往兒子家，發現屋外掛著陌生的門牌，兩人在門前呆了好半晌。唯一的可能是，兒子一家人灰化了。就如同來自**那邊**的避難者，夢幻石會回溯時間，給他們位置，灰化的人似乎也同樣會被回溯時間，剝奪他們的存在。曾經那樣可愛地體現出生命美好的孫女們，和兒子媳婦一起，從存在的根本回歸於無了。看來夢幻石無論如何都要修補這個日漸毀滅的世界的破綻。如今記得兒子們曾經存在於這個世上的，就只剩下他和真奈了。然而可怕的是，在兩人的心中，四人的記憶日漸稀薄。某天早上醒來，他怎麼樣都無法想起孫女們的臉了。隔天，兒子媳婦的臉也從記憶中消失了。再隔天，兩人有兒子這件事就像是一場夢，這或許是這個世界的溫柔，連失去的悲傷都逐漸平復下來了。

很快地，住在大阪的女兒也失聯，同樣地想不起她的樣貌了。他們試著尋找機器裡的記錄，挖掘回憶的線索，但同樣地除了衰老的腦袋當中以外，找不到任何女兒的痕跡。現在只要外出，沒有一天看不到灰色野獸。每一處街角都倒著灰化的人，若是能夠盡情窺看別人的房子，或許可以找到更多的犧牲者。往下一看，貓那麼大的灰色老鼠成群竄過側溝，往上望去，滑翔翼那麼大的怪鳥在高空盤旋。三、四具灰人融合在一起，構成更詭異的形貌，似乎正一天天失去曾是人類的樣貌。不知來自何處的轟隆聲不到一小時就響起，聽得到這聲音的兩人，再也不會害怕瑟縮，但夜間的睡眠不停地被打斷，不安的日子持續著。即便如此，兩人仍繼續在海邊散步。因為雖然幾乎所有的樹木都失去色彩了，但天空依舊蔚藍，大海也還保有色彩。

七

真奈終於開始灰化了。一天夜裡，她的額頭冒出一塊像灰色瘀痕的東西，隔天早上，那塊灰色已經幾乎覆蓋全身。真奈說她非常疲倦，連站起來都很費力。她什麼都吃不下，就像小鳥一樣，只能以些許的水潤喉。原以為接踵而至的悲痛讓淚水早已乾涸了，但他再也忍不住，開始嗚咽，真奈以微風般的細聲呢喃：

「別哭……帶我去海邊……」

「嗯。就這麼做吧……」他也細語，「一起去海邊吧。」

真奈開始灰化，表示一起生活的他遲早也會灰化。必須趁著還能動的時候，把真奈帶去海邊。他開車把真奈載到海濱公園，接下來汗流浹背，總算是把她背到了平時散步的海邊。往年的話，蔓荊應該已經以可愛的紫色花朵點綴了沙地，但如今海邊看不到任何色彩。盡是一片生命滅絕的沙漠般荒涼的景色，但真奈渴望的大海還勉強保留著色彩。

日頭西傾了，沙灘仍飽含盛夏太陽的燠熱。他累得跪倒在海邊，放下真奈的身體，讓她的頭枕在膝上。他問沙子燙不燙？真奈說不燙。只是身體沉重到不行，似乎不覺得熱、不痛也不難受。真奈躺著，遠望著逐漸西沉的夕陽。

「這麼說來，以前我們也這樣過。」他說，真奈也微微點頭。

他內心遙想的，是和真奈在一起的最古老的夢之記憶。天涯海角的夢幻石頂上，孤伶伶地佇立著一間藍色屋頂的房子，旁邊有棵結著紅色果實的樹。長達幾十公尺的棧橋朝向大海伸向半空中，還是孩子的兩人坐在棧橋前端，依偎著眺望向晚天際。

「那個時候我們還小呢。然後很幸福。明明世界的終結已經開始了……」他說，真奈微微搖晃身體，無聲地笑了。

「你想再回去那時候嗎？」他問，真奈緩緩點頭，「我也是。在夢裡，我跟你一起去好多地方旅行呢。一起做了幾十次、幾百次的夢，真的去了好多地方。不管去到哪裡，都已經潛伏著灰色野獸的氣息，但我們的心中，依然盛開著希望的小花，沒有枯萎。還相信某天某個時刻，會突然發生奇蹟般的事，一切都會好轉。要是能回到那時候，讓人生重新來過就好了。不，別說再一次，要是可以不斷不斷地重來就好了。」

真奈微弱地眨眼。左右眼角閃爍著微微的淚光，緩緩地流向太陽穴。

這時，一道格外巨大的聲響震動天地，真奈的身體微微抖動了一下。他抬頭四下張望。不知不覺間，放眼所及，數量驚人的小黑影成群現身，玷汙了染成朱紅的水平線。那無數的影子儘管速度緩慢，但看起來正從海上朝這裡湧近。不過那並非船影，而是一群像是以泥巴隨意捏成、奇形怪狀的東西。「啊……」他忍不住呻吟。雖然不知道是從哪裡侵入的，但千奇百怪的巨大灰色野獸們似乎正成群渡海而來。這幾個月來看到的異形之物，果然只是前導、是開路先鋒。到了這時，兩人終於要目睹一個城鎮——不，一個世界將要如何滅亡。

最先抵達陸地的，是擁有修長巨翅、約有客機那麼大的灰色野獸。它的全身被藤壺般粗糙的鱗片所覆蓋，從頭部到背部長滿了豪豬般的尖刺。鱷魚般的嘴巴排滿了鋸齒狀的利牙，上面突出許多對變色龍般半球狀的眼睛，其中幾隻眼睛飛快地轉動，似乎瞥了一眼癱軟在沙地上的兩人。罩著風帆般柔軟皮膜的兩對翅膀，宛如蜻蜓般前後交互緩慢地拍動，將風送往地面。起伏的蛇腹狀腹部的兩側，懶懶地掛著帶有鉤爪的四隻腳，從身體延伸而出的尾巴前端分裂，就像長長的鞭子甩動著。那凶猛的形姿彷彿會將觸碰到的一切撕裂，它悠然從兩人的頭頂飛越而過。放眼望去，至少有數十頭，或許因為是灰人的融合體，每一頭的形態和大小都彼此迥異。它們朝下界發出震撼丹田的低沉吼叫聲，爭先恐後地越過海岸線，飛向城鎮上空。一直以來，人們努力將灰色野獸隔絕於意識之外，但那樣巨大的野獸們大舉襲來，他們還能夠當作沒注意到威脅嗎？

奇妙的是，儘管像這樣目睹逼近的**它們**，他卻無法在心中找到足以感到恐懼的情緒。感覺很快地，**它們**的主隊就會登陸這處海岸，將兩人像破布一樣踩爛，他的心卻莫名地平靜。俯視真奈，雖然眼角微微泛著淚光，她的臉卻甚至淡淡地微笑著，看得出和他一樣，並不害怕**它們**。

他握緊真奈的手，說：

「來說說我不久前剛完成的作品吧。」

真奈點點頭。

「其實，這部作品我國中的時候寫過一次，」他娓娓道來，「標題是《眼神之樹》，算是我的處女作。可是寫作不順利，一點都不順利。對我來說太早了。故事這東西，不是想到了就隨時可以寫的。必須等到飄浮在身邊的故事，像慧星一樣最接近自己的那一剎那才行。喏，那天我們不是第一次看到散步道的樹木落下灰色的葉子嗎？從那天開始，五十年以前第一次想寫的古老故事突然一下子靠近我了。就好像我這個小說家的開始和結束連結在一起，形成了一個環。

「首先，你想像一下世界的中心有一棵巨大的樹。我說的巨大，是真的很巨大，高達數千公尺，就像富士山那樣，從幾十公里遠的地方就能看到它的威容。」

說故事給真奈聽的時候，穿越海面而來的灰色野獸大軍也陸續靠近海邊。灰色野獸就像行走在水窪一般，滿不在乎地自海上進軍。有感覺高達三十公尺、就像腳長得詭異的象一般的生物；有上身前屈，背上長了一叢雜木林，面貌像山豬的巨人；有擁有三對腳的巨大食蟻獸般的野獸；有生著惡魔般扭曲犄角、背部長滿瘤的癩蝦蟆一樣的生物……數量應該足有上千頭的駭人灰色怪物們，就像撐不住巨大的軀體般，踩著緩慢的步伐，卻又神情專注地一頭接著一頭登陸而來。

他坐在沙灘，和真奈一樣茫然望著眼前這幕超越想像的情景。一頭外殼生著無數尖刺就像巨龜的怪物，從距離兩人只有兩公尺遠的地方登陸，但只是慵懶地朝他們投以睏倦的眼神，便踹開沙子，從旁邊經過了。就和蔓延市區的灰人一樣，它們也不會攻擊人類嗎？或者是因為真奈已經灰化了，所以放過了她？但我還沒有灰化——想到這裡，他忽然在左肘發現了一塊灰色的斑。啊，原來如此，我也已經開始灰化了啊……

他俯視真奈，微笑說：

「好像沒事。它們雖然很龐大，但似乎不想理我們。」

真奈微弱地點頭，嘴巴微微掀動。把耳朵靠過去，聽見她以撫過沙子般細微的聲音說：「繼續……」

「對喔，我說到一半，」他再次說了起來，「那棵身上有著無數眼睛的眼神之樹，據說因為數千年之間看遍了所有的一切，可以回答人類想得到的任何問題。但可怕的是，據說向眼神之樹提問的人雖然能得到答案，卻必須付出自己的性命作為代價。所以會向巨樹提問的人，全是罹患不治之症的人、原本就想尋死的人，或是已經聽天由命，何時死去都無所謂的老人。這樣的人為了在人生的最後，至少獲知終極的真理，從全世界前來尋訪巨樹。」

他繼續述說的期間，灰色野獸們也不斷地登陸沙灘，破壞堤防，跨越殘骸，進入市區。任何一頭應該都可以將兩人踩扁，或是吃掉他們、任意蹂躪他們，然而就像人類不會特地給翻倒在路邊的蟲子致命一擊，它們看也不看渺小的兩人，逕自經過。熾烈燃燒到熟爛的太陽終於落至山邊，將彼方的天空染成橘紅，雲朵之間，淡紅與群青爭奪領地。漸次轉暗的海面上，它們化成大小各異的無數灰黑暗影，一心一意朝陸地前進。背後的城鎮，不時傳來驚人的破壞聲，各處升起了濃濃黑煙，應該發生了交通事故、火災或爆炸。堤防另一頭也開始隱約傳來人的慘叫聲。夢幻石的粉飾能力一定已經到達極限，到了這步田地，人們終於目睹了末世的現實。如今，搖撼世界的轟響連續不斷，一再打斷他的述說，他懷疑或許真奈已經聽不見了，但又覺得如果聽不到他的聲音，真奈會感到害怕，因此繼續說下去。

「在某個村子，奇妙的疾病開始肆虐。不，不光是那個村子而已。這種病在全國各地開始傳播。首先，皮膚浮現奇妙的文字。文字像是在述說什麼，卻無人能夠解讀。很快地，文字覆蓋全身，讓人變得像人形石碑一樣僵硬，終至死去。從來沒有人聽說過這種病，當然也不知道治療方法。

「在這當中，一對肖似得無人能夠分辨的雙胞胎兄弟決心啟程去找眼神之樹，詢問巨樹治療方法。兩個雙胞胎實在太像了，一個受了傷，另一個的相同部位也會流血。一個從別人那裡聽到悄悄話，另一個自然也會知曉。他們擁有如此神奇的力量，所以想到了這個辦法：一個人詢問巨樹治療方法，活下來的另一個把治療方法帶回去。」

太陽燃盡沉沒，白骨般清癯的明月升起，他的故事還沒有說完。述說期間，不曉得有多少怪獸經過他們身邊。或許多達數百——不，數千。**它們**看也不看逐漸灰化的兩人，如瘟疫般在城鎮擴散，一腳踢開即將斃命的夢幻石渺小的抵抗，不斷地蹂躪世界。

很快地，夜深了，他的聲音變得沙啞，身體沉重得幾乎快坐不住，愈來愈難繼續說下去了。

「我可以休息一下嗎？」他擠出最後的聲音問真奈，她已經無法回話，也無法點頭，但倒映出月光的眼睛似乎微微晃動了一下。

「總覺得好睏。世界都要結束了說……我稍微睡一下，再繼續說給你聽。」

他留下這話，就像要讓身體扁縮下去般，大大地吁出一口氣，整個人躺倒下來，彷彿要沉入沙灘裡。現在已化成一群異形黑影的怪獸們在黑夜深處蠕動著，從他的近旁一具又一具經過。它們沉重的震動化為無休無止的震響傳至他的背部。他閉上眼睛，就這樣再也沒有起身，但就像惋惜著沒能說完的最後的故事、為只能獨自延續下去的故事感到惆悵一般，始終沒有放開緊握住的真奈的手。

八

一星期過去，被摧殘殆盡的城鎮另一頭，黯淡的朝陽緩緩升起。灰色野獸的登陸終於結束，兩人深愛的海邊，唯有波浪聲宛如老朽大海唧噥般不斷地迴響。由於侵略者的行軍，沙灘放眼所及之處全部遭到踐踏，奇妙的是，卻只有兩人的周圍留下了表情平靜的沙地，就像一枚竹葉形狀的沙洲。

男子仰躺在沙地上，全身徹底化成灰色，已經好幾天動也不動了。女子也是，頭枕在男子腿上躺著，同樣毫無動靜。兩人的眼皮隙縫間，再也看不進丁點光芒，從嘴唇也感覺不到甚至是游絲般的生命氣息。兩人宛如化成了精巧的沙像，從頭髮、衣服、指尖等脆弱的邊緣開始崩解。

若有人從毀滅中倖存下來，目睹此景，肯定會嘆息世界已經徹底終結。草木早已枯朽，人們在各處化為無色的屍骸，城鎮變成了以灰燼塑成的荒涼廢墟。應該晴朗的天空也成了混濁的淡墨色，大海一片鉛黑，拍打著鈍重的波浪。自山頭吹下來陰森的風，就彷彿長年追尋色彩，在此地仍不可得一般，不滿地繼續吹向海面。

但是，這個世界真的失去了一切的色彩嗎？若是如此，大海另一頭看到的那一點是什麼？有樣黑色的小東西正從海上朝這裡前進，那個物體似乎偶爾透出晶亮的色彩，綻放光輝。那光輝有時青，有時紅，有時黃，彷彿懷抱著全世界的寶石，透著它們的光芒，泛黑的胸懷裡蘊含了一切色彩。那個物體在終結的世界深底，也不急著趕路的樣子，悠悠划向海邊。那似乎是一艘船，全長不到五公尺的無人小船。它就像是從夢幻石削切出來的一般，整體泛著黑光，深處的五顏六色粒子像銀河般輝煌閃耀。小船不僅沒有舵手，連舵都沒有，船頭卻精準地對著兩人的屍骸前進。很快地，它在距離海邊數公尺處的淺灘緩緩停了下來，彷彿這是歷經數百年深思熟慮的結果。

後來究竟過了多久？在杳無人煙的沙灘上，只有浪濤反覆拍打，好陣子沒有半點動靜，但很快地，女子的屍骸冒出無數裂縫，接著一口氣裂開來，從底部開始崩塌。崩壞的屍體當中，渾身灰燼的物體徐徐直起身來。似乎是個清瘦的長髮少女，年約十二、三歲。她的身姿在徹底滅絕的世界一隅，顯得極為夢幻，但少女擁有鮮明的色彩。她有著豐盈光亮的黑髮，穿著雪白的連身裙，美麗的肌膚透出青色的血管，豐滿的嘴唇漾著桃紅，閃亮的黑眼就像夜晚的露珠般水潤。

少女拍掉布滿全身的灰，一臉茫然地環顧了灰色的世界半晌，在旁邊發現躺著的男子屍骸，吃了一驚。她提心吊膽地把手伸向屍骸，指頭逐漸鑽進灰燼當中。手指碰到東西了。

少女倒抽了一口氣，下一秒撲上去扒開灰燼，底下出現無力地躺著的少年。雖然渾身是灰，但少年同樣有著鮮活的色彩，像是帶褐色的黑髮、微紅的臉頰、讓人聯想到過去的天空的藍色襯衫等。少女仔細地用手抹拭少年的臉頰，輕輕地把耳朵湊近他的嘴邊。她確實聽見少年恢復了呼吸。

少女撫摸臉頰，少年彷彿在夢境與現實的境界飄蕩一般，緩緩地睜開了眼睛。最初映入眼簾的，是擔憂地俯視著他的少女的臉。少年在自己也沒有意識到的情況下，淡淡地微笑了。醒來的時候，不管身在何處，只要看到少女，少年就能夠微笑。

很快地，少年在少女的扶持下起身，就像少女剛才那樣，默默地看著毀滅遍及每一個角落的荒廢景色。四下是一片灰色的世界，唯有一葉宛如蘊含了星雲光輝的黑色小舟，悠然漂浮於眼前的淺灘搖曳著，彷彿在虛無的支配中貫穿出一點。

少女指向小舟，少年毫不猶豫地點點頭。小舟的船頭對著這裡，就像正筆直地注視著兩人的雙眼。它的眼神，在告知它來自不知何處的彼方，千里迢迢前來迎接兩人。這艘小舟，一定是夢幻石絞盡最後的力量創造出來，留給他們的禮物。

兩人起身，就像為彼此理毛般拂去對方全身的灰，手牽著手，嘩啦啦踩進海裡。少年率先跨過船緣，乘上小舟。本以為小舟會傾斜，但少年感覺它似乎體貼乘客，用力撐住不搖晃。少女也在少年的扶助下乘上了小舟。

兩人一起坐下後，小舟兀自動了起來。船頭開始往右傾斜，很快地，雄糾糾氣昂昂地轉向海面，毫不猶豫地筆直踏上旅程。小舟在鉛黑色的海面划出細微的航跡，不知是否為心理作用，只有小船經過的地方生出了一些色彩，變得宛如過去的樣貌，生命的氣息漸漸向背後延伸擴展。終於開始在山邊露臉的太陽雖然灰黯，但仍帶有些許紅潤，逐漸將好似沉浸在毀滅深底的世界染上若有似無的紅。

擁有色彩的最後一對孩子，被擁入宛若銀河碎片的一艘生命小舟，髮絲在吹拂的風中飄揚，童稚的臉頰微微泛紅，偶爾交換靦腆的笑容，成為創造出不知終結於何處的故事之人，開始遠渡茫漠的大海。

回歸柔軟之處

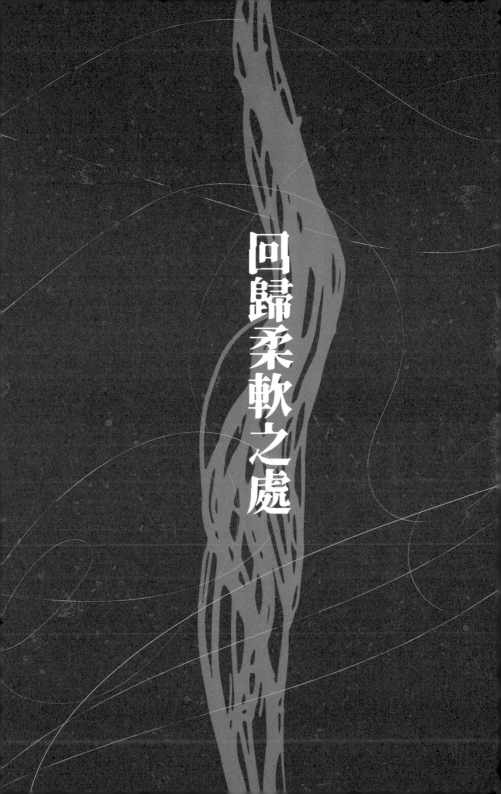

他一直深信自己喜歡清瘦的女人。開始和幸枝交往後，他相信是她修長纖細的頸脖、在胸口投射出漣漪般淡影的肋骨、細長筆直的雙腿間惹人憐愛的縫隙，撩撥自己的心弦。但如今他絲毫不想跟幸枝上床。別說上床了，儘管隱隱約約，但過去所頻繁撫摸筋骨分明的頸脖、平坦的胸部、尖銳的臀部，都甚至讓他感到一股無法抹滅的嫌惡。自己心底究竟對什麼饑渴，真是難以釐清。

他是任職於飲料廠商的上班族。仔細端詳的話，黝黑的臉龐算得上端正，但堅硬鬈翹的頭髮和淡薄擴散的眉毛讓這張臉顯得土氣，暴殄天物，而且僅一六二公分的個子，從青少年時期就造成他的心靈陰影，讓他成為凡事退一步的沉靜男子。簡而言之，他是個老實又晚熟的男人。

實際上，他一直到了二十七歲才經驗到女人。第一次帶去飯店的女人就是幸枝。雖然不過是五年前的事而已，但當時他對幸枝一定相當瘋狂，連是怎麼開口邀她的，都完全回想不起來。不管說了什麼，他確實在幸枝面前坦露了自己的欲望。像他這種笨拙的男人的情慾，看在女人眼裡肯定十分異樣且赤裸。說出口再也吞不回去的話，僵硬地在半空飄浮了好半晌。純真不下於他的幸枝，嘴唇微微顫抖。但那兩片嘴唇只是說了聲「好……」的那一刻，他幾乎跳了起來。

此後，他為幸枝痴迷。更正確地說，是為女人痴迷。第一個女人清瘦如鶴，也讓他真正的欲望沉陷、隱藏在更深的地方吧。三年後，他和幸枝結婚了。後來兩年過去，兩人在生活當中依然處處不忘對彼此的體恤。只是到了夜裡，實在無法不去意識到依稀籠罩的倦怠暗影，即使他覺得這對兩人而言，是早有默契、從一開始就明瞭的瑣碎問題。直到那個夜晚為止……

那天晚上，他一如往常在K站圓環乘上公車。晚上九點多，他下班正要回家。因為排在隊伍前面，輕鬆占到位置，他在兩人座的靠窗座坐了下來。這時，旁邊突然有人出聲：

「可以坐旁邊嗎？」

女人的聲音就像明確地抹過耳廓。他驚訝抬頭，看見一名高大胖碩的女子站在那裡，滿月般白皙的臉正微笑著。那乍看之下祥和綻放的微笑，感覺操縱在突出下巴僅三公厘左右的青黑色小痣手中，他的視線自然地從那顆痣開始，擴散到女人全體。

女人年紀約三十前後，個子感覺比他高一些，但說到體型，就不只一些而已了，那外表光是看到，就讓人忍不住後仰。他第一個念頭是：被她坐在旁邊，感覺會很擠。但他並不是對女子有了不好的印象。因為女子沒有肥胖者常見的邋遢相，而是帶有一種凜然的張力，彷彿牢牢地掌控著身上的肉。

「可以啊，請便……」他稍微朝窗戶挪動。

彷彿他往旁邊挪的動作讓她感到害羞，女子低頭說著「抱歉」，將感覺幾乎可一人環抱的渾圓臀部擠進他的旁邊。那團臀部沉甸甸的，包裹著它的米黃色裙子感覺幾乎要被撐破。女人坐下之後，重新轉向這裡，微蹙的眉頭帶著討好的神色，微微頷首。

瞬間，他的視線忍不住被女子的胸口一把抓住，拉扯過去。淡橘色的襯衫鈕釦解開了兩顆，露出其中宛如白濁熱水般擁擠豐滿的柔軟乳房。瞬間，一抹眩暈掠過，彷彿他的意識忽然被那股柔軟給吸了進去。

這時，他忽然驚覺自己露骨的視線，連忙扯開。但是太遲了。扯開的視線，這回被女子碩大的眼睛捉住了。當然，女子發現了吧。雖然只有短暫的一下子，但他的視線摸索了什麼。然而女子的眼神看起來並不對此感到責怪。不是假裝沒發現，而像是明瞭了什麼，或接受了什麼，她奇妙地點了一下頭，露出若有似無的淡笑，悠悠轉向前方。

他鬆了一口氣，漫無目的地望向陰暗的窗外，想要粉飾太平。但腦中立刻浮現疑問：剛才她點那一下頭是什麼意思？那抹笑是什麼意思？頷首的深處、淡笑的深處，有沒有瞧不起男人的意味？有沒有對雄性生物忍不住望向女人胸部的輕蔑？想到這裡，總覺得不爽起來了。眼前蹦出那兩顆西瓜般的玩意兒，任誰都要忍不住看一眼。別說男人本性了，就算是女人，一定也會瞠目結舌。

忽地，他感覺女人的身體柔軟地擠壓他的下臂和腰部。不知不覺間，公車發車，開始繞過圓環，女人的肉體因離心力而沉沉地倚向他了。而且那種觸感，就彷彿女人故意將幾乎橫溢而出的肉朝他偎過去一樣。但不可能有這種事。是我想太多吧。他這麼告訴自己，卻再也無法忽視與女人相貼的部位那炙燒般的溫度。

他的眼睛漫不經心地盯著窗外，腦中卻再次歷歷在目地浮現出女人白皙豐腴的乳房。那兩團乳房躍入眼簾的瞬間，他感覺到一股對靈魂前所未有的引力作用，甚至覺得隨時都會一頭栽進那當中。那到底是怎麼一回事……？那不只是女人的巨乳普遍會引發的、純粹亢奮的肉慾嗎？

不知不覺間，壓在肩頭的女人重量陡然增加了。他朝旁邊瞄去，女人垂著頭，雙下巴沉入胸口，搖頭晃腦。似乎睡著了。胖女人如此放肆地憑靠在自己身上，他卻沒有半分厭惡，十分奇妙。他承受著重量，裝出厭煩的冰冷視線，頻頻偷瞄女子。他的目光仍然不由自主地飄向近乎恬不知恥地鼓起的胸部。

話說回來，這身肉多麼地異樣啊！當然不只是胸部而已。他自己不僅個頭矮小，而且乾瘦，雖然年過三十以後，腹部開始長出贅肉，但仍只是無足輕重的贅肉，隨便就可以縮回來。但這個女人不同。她全身的肉毫不吝惜地向外拋出。由於衣物的包裹，勉強遏止了肉溢出世界，但一旦剝光，全身的肉將無從隱藏地裸露出來。不知為何，他可以一清二楚地想像出那副模樣。任何一點動作，都會讓女人身上的肉違背她的意志，自由自在地搖晃起來吧。然後女人會為此感到羞恥吧。原本應該描繪出優美曲線的女人裸體，卻像這樣疊了一層又一層不聽使喚的肉，將讓她感到強烈的羞恥。

他發現褲襠裡頭逐漸鼓脹得發疼，意外極了。但用不著自問，他確實對女人起了色心。女人這生物，全身包裹著不如己願的肉，這樣的發想極其淫蕩地撲向他的心胸。無可奈何地溢出女人這個存在的肉……他把玩著這樣的綺思，甚至開始覺得女人壓上來的重量，就是女人肉慾的重量，他必須交疊雙腿，安撫自身頻頻喊憋叫苦的亢奮。

這時，宛如女人從頭到尾窺看了他的妄想般，狀況突然跨越了一線。公車右轉，女人的左手就這麼順勢落到了他的右腿上。女人從七分袖襯衫伸出來的白嫩左手無力地張著，就像在引誘什麼。公車轉彎有那麼猛嗎？他感覺到明確的不對勁，反射性地窺看女人的臉，覺得確實看到女人厚重的睫毛顫動了一下。難不成她一直微瞇著眼？她是不是在肥胖的肚子底下憋著笑，偷偷觀察他因過度的想像力而兀自亢奮起來、憋屈翹腳的模樣？

女人的左手在眼前慢吞吞地動了起來。原本掌心朝上的手翻過來，不容錯辨地，五根指頭緩慢地在他腿上畫起小小的圓。畫圖似的展開愛撫……他吃了一驚，環顧周圍。公車沒有坐滿，應該沒有乘客站在能俯視女人左手的位置。他放下心來，腦袋卻不靈光，想不到該怎麼辦。不，他明白該怎麼辦。立刻一把抓住這隻惡質的手，推回女人那裡就行了。如此一來，女人一定會裝出若無其事的樣子，繼續裝睡。這樣就結了。然後兩人持續處在沉默當中，焦灼地意識著彼此充滿恥辱的灼熱感，直到其中一人下車為止。但他覺得自己已經知道，他不會這麼做。同時不只是他知道，女人也知道。她的點頭、她的淡笑，都是來自於那種自信。女人很饑渴，而他確實也很饑渴。那份饑渴，一定就像油膜一樣，油膩膩地浮現在自己這雙眼睛上。這是共犯行為。

他俯視蠕動的左手。雖然肥厚，卻朝著指頭逐漸轉細，形狀奇妙。指根處就像嬰兒一樣，有著稚氣的凹陷，修剪整齊的細長指甲沒有指彩，閃耀著淡淡的粉紅色。同一隻手當中，同居著痴肥與貞淑。手的動作逐漸大膽起來，畫出的圓愈來愈大，逐漸逼近他的欲望所在。然後女人的指頭終於摸索到堅硬熱脹的屋頂，開始在上方爬行，宛如陣陣打上的浪潮。衝撞般的快感擴散全身，他幾乎要拱起腰來。然而在這樣的飄飄欲仙之中，陰暗冰冷的現實突然探出頭來：

我在做什麼？我跟這個不正常的女人要去哪裡？

他回過神，再次掃視周圍。沒事。還沒有人看見。他偷看女人的臉。都到了這地步，女人仍大剌剌地裝睡。明明一隻手摸索著男人的胯間，但她那低垂的眼睛、微張的嘴唇，那完美的靜謐是怎麼回事？這女人太可怕了。從那聲健康清亮的「可以坐旁邊嗎？」、從那華美的笑容，竟如生殖器一般突兀地生長出這隻淫穢厚實的手。

該怎麼辦才好？他害怕推回不肯停止愛撫的女人的手。現在才這麼做，或許意味著和女人全面對決。女人或許會把他遲來的拒絕視為背叛。不，實際上或許他已經背叛了。但他覺得不光是這樣而已。他有預感，抓住女人手腕的瞬間，原本單向的關係會變成雙向，狀況會步入更危險的階段。但如果這不是什麼預感，而是自身迫切的願望呢？如果不是抓住她的手腕，而是把手輕輕疊上去，然後像交媾的蜘蛛般十指交纏，會發生什麼事？會往那裡墜落下去嗎？

他硬是抬起臀部，就像要甩開不斷升級的欲望，接著手伸向突出牆面的停車鈕。一聲「叮咚」之後，「下一站停車」的廣播流暢地響徹車內。應該是感覺到他按鈕的動作，女人的手倏地停住了。接著女人赫然清醒——不，假裝清醒。女人的重量忽地從肩上離去，同時先前那麼淫蕩的左手也不著痕跡地收了回去。精采的退場。幾乎讓他不由得納悶，自己是一個人做了場淫蕩的夢嗎……？

女人一副仍未完全清醒的模樣，撩起頭髮，視線慵懶地在前方游移。但她驚覺轉向這裡，彷彿終於意識到自己的失禮，露出有些羞赧的微笑，低頭小聲道歉：不好意思。他整個人凍住了。因為他明白，女人完全是為了不小心靠到他身上而道歉，絲毫沒有更多的意義。或者，其實有更多的意義？假使她想用一句「不好意思」就帶過那場淫行，一樣詭異萬分……

公車放慢速度，很快地停住了。「岸川町三丁目，岸川町三丁目」，廣播響起。雖然離他平常下車的站牌還有三站，但他必須在這裡下車。他不看女人，起身作勢要下車。然而女人沒有起身讓開，而是屁股朝椅背後退，似要讓道，但這個動作幾乎沒有任何成果。她在叫他經過前面出去。擠過這木桶般的龐然巨體前面……？他忍不住俯視女人的臉。女人用一種討好的、而且是把那種討好推到對方面前般大剌剌的微笑仰望著他。

他煩躁地把左腳擠進女人渾圓的膝前。結果女人的雙膝用力夾住了他的左腳，以粗壯的兩邊腳踝纏繞上來。當然，應該沒有其他乘客注意到，但女人確實夾住了他的左腳，絲毫不讓他有對自己辯解是多心的餘地。儘管只有短暫的兩、三秒，但那凶猛的動作總像是在責怪他的背叛。他將視線從腳抬升至女人的臉，女人臉上依然是毫無破綻的微笑。然後帶著那笑，滿不在乎地說：

「啊，抱歉，我應該站起來呢。因為沒想到你會在這裡下車……」

毛骨悚然。這女人搞什麼……？她怎麼知道我不是在這裡下車？或者只是歪打正著？他幾乎是在恐懼驅使下，硬是把左腳推出通道。原本擔心右腳也會被纏住，但女人的腳已經放軟下來，就像在說「就饒過你吧」。但他一抽離右腳，叮囑般的細語便從背後滑進耳中：

「下次我會小心……」

他打定主意絕不回頭。瞥都不瞥女人一眼，就這樣直接下公車。女人一定希望能在最後對望一眼吧。絕對不能滿足她。他壓抑著想要拔腿狂奔的衝動，勉力緩慢地走過通道，一步一步取回自我似的走下公車。然後獨自一個人站在陌生冷清的深夜公車站。

下次？下次是什麼意思？公車在背後動了起來。還有下次嗎？被總算追上來的這個疑問猛地揪住肩頭，他忍不住回頭了。駛離的明亮車窗當中，女人滿臉燦笑，額頭幾乎貼在玻璃窗上。然而她的笑容因車內的照明形成逆光，晦黯的陰影聚集在鼻梁處。

他必須走上三站的距離。但他需要這段距離、這段時間。直到上一刻都被痴女盡情撫弄胯下的男人，究竟要拿什麼臉回去面對妻子才好？至少必須先讓這近乎淒慘的興奮鎮定下來才行。

他神思不屬地走在夜路上，立刻發現自己的亢奮尚未平息。不，不僅沒有安分下來，還在內褲裡像掄起的拳頭般高高舉起。到底為什麼會這樣？都到了這時候，還在被那個女人撩撥嗎？他加快步伐，苦澀地想：走著走著，應該就會疲軟下來了。然而愈是走，沒節操的幻想愈是澎湃。不曾看過的那女人的裸體彷彿淋了一層油般，泛著濕亮的光澤，浮現在陰暗的腦中。這顆腦袋到底是用何時何處看到的什麼當成材料，畫出如此逼真鮮活的圖像？已經走過一站了，興奮的下體卻絲毫沒有平息的跡象。每回看到胖女人，他總是在內心微微蹙眉，現在卻強烈地渴望用手搓揉那個女人的肉體。肉。想要埋沒在那團又白又柔軟的肉裡。一頭栽進去，全身埋沒其中，泅泳在肉的溫熱世界裡。手鑽進肉與肉包裹上來的縫隙之間，鬆軟地掰開來，更進一步掰開再掰開，柔柔地陷入宛如令人窒息的溫暖深海般的黑暗裡……哪裡？那裡是哪裡？我是什麼？

他忍不住停下腳步，彷彿心窩被自身爆發的情慾痛毆了一記。我在想什麼啊……？冷靜，冷靜下來。我完全失常了。我從來不曾渴望過那種豬一樣的女人，不是嗎？他搖搖晃晃地走近刺眼地佇立在夜路旁的自動販賣機。找到想要的東西！用它解除饑渴！除了那女人的肉以外的事物……可是就連自動販賣機照亮樣品的慘白光線，都像那女人袒露的胸膛綻放的光輝。他維持著從後口袋掏出錢包的姿勢，定在當場良久。

開門進入玄關，昏暗的走廊前方，被客廳燈光照亮的幸枝現身了。瞬間，他的腦中湧出一股危險的驚愕，或者說違和感。這個女人怎麼這麼小、這麼瘦、這麼寒酸？

「怎麼啦？」幸枝露出模糊的笑，踩著拖鞋經過走廊靠上來。她摸索著點亮玄關的燈，他這才發現自己站在黑暗中，甚至忘了脫鞋，就這樣怔愣著。

「沒事……」這毫無防備的回應毫無用處地落到腳下。自己真的是怎麼搞的？

幸枝摻雜著困惑的視線迅速掃過他身上。他覺得那視線令人侷促，彷若刺探，忽然陷入一股愚蠢的心虛，擔心剛開始在內心築巢的新欲望是否流露出來了。為了掩飾，他的嘴巴慌忙尋找接下來的話：

「喔，就是……剛開門的時候，忽然覺得好像有一通工作上的電話忘了打，在想是哪件事……」

「是什麼事？」

「喔，就想不起來……啊，真不舒服。」他說著，苦惱地皺起眉頭，脫下鞋子。內心對自己脫口而出的流暢謊言感到驚訝。他覺得認識幸枝以後，這是他第一次對她說出如此精巧的謊言。或者只是自以為高明？他觀察幸枝的臉，但上面已經沒有任何困惑的神色，而是親密地附和：

「啊，這真的很討厭呢。我懂。」

「而且喏，今天是星期五，感覺更討厭了。就算想起來，也得等到週末過去，真慘……」

幸枝發出毫無芥蒂的笑聲。這聲音讓他安心，同時莫名地對自己巧妙的謊言感到介意。在幸枝朗爽的笑聲傳達不到的黑暗中，冰冷地飄浮著他的心。當然，這冰冷是來自於衝口而出的謊言，更重要的是，來自於先前懷抱的淫蕩祕密。

他應該不會把這件事告訴幸枝。雖然也可以把情節改寫得對自己有利，說他立刻就推開女人的手了，但即使不會被發現他扭曲事實，他就是覺得不同於平時的口氣會讓幸枝嗅到情慾的餘波。腦中甚至浮現他半帶玩笑地說「我好歹也是個男人，難免嘛……」，卻適得其反，無法裝出高明的笑，眼神僵硬，教人看了可憐。

他坐到餐桌旁，吃著晚飯，不著痕跡地觀察坐在沙發看電視的幸枝。脂粉不施，臉色臘黃，脖子就像拔光羽毛的雞脖子，下巴尖細，肩膀一樣嶙峋，胸部如洗衣板般單薄……不，不只是胸部，幸枝整個存在，感覺就是單薄。他開始覺得回家時在玄關感覺到的違和感並不單純。不是違和感的話，那是什麼？給這種感覺一個名稱吧。用不著自問，答案早就呼之欲出，但他猶豫著不願承認。失望……只要讓這兩個字浮現心胸，這種感覺就會堂而皇之地自稱「失望」，很快地氾濫整片心胸吧。

到底是什麼不同了？既然幸枝不可能真的在白天萎靡消風，改變的就只可能是他。在公車裡，他的欲望宛如地軸南北翻轉一般，轉向了那個女人……不，不對，那個女人只是把它挖掘出來而已。用她那隻好色的左手挖掘出原本就掩埋在他內心的渴望，並且加以撫弄，讓他的胯下堅挺隆起，無從別開視線。

此後，那個女人就在他的腦中住下來了。不分時地，胖女人的身姿隨時都會冒出來，羞恥又自豪地，冶豔地搖晃一身的肉。而且沒有幻想常見的曖昧或美化。放蕩地擴散的淡粉紅乳暈、幾乎可以吞進一根指頭的深邃肚臍、彷彿剛搗好的年糕般溢流一地的巨大臀部……就連這些不曾見過的細節，他都能歷歷在目地描繪出來。以前在通勤電車上，他都會固定打開文庫本閱讀，但現在卻是無力地吊掛在拉環上，茫然佇立於內在氾濫的女人面前。在職場也是，人在會議現場，長桌上卻橫臥著女人；以為正盯著電腦螢幕，視線卻在女人腰上彷彿繫了條鬆垮的線般深刻的凹陷上爬行。

回家之後狀況更嚴重了。他實在無法聆聽幸枝的話語，不知道引來多少次抱怨：「你有在聽嗎？」每次入浴，他就會把那個女人召喚到腦中，激烈地自慰，這件事也讓他羞愧不已，卻怎麼樣也無法罷手。雖然每天晚上都睡在幸枝身旁，現在卻覺得就像和稻草人共枕一樣，滿心乾澀。像以前那樣接吻或彼此撫摸，不僅僅是令他提不起勁，更是一天天讓他痛苦。

他漸漸地被自身的妄執所消磨。原本他很樂觀，認為這種獸性的衝動遲早會消退，沒想到一星期過去、兩星期過去，女人的殘像依然沒有褪色，反而被滋養得更為肥碩，幾乎要從裡面撐破他的頭蓋骨了。早知如此，那天晚上是否應該和女人走到最後一步？他應該握住那豐腴的手，羞怯地與她對望，以完美的默契走下公車，一起投奔旅館的。只要跟女人上床一次，一定就能滿意了。會覺得沒什麼大不了，「不過爾爾」，而不至於像這樣魂牽夢縈吧。

雖然他只跟幸枝睡過，但關於性事，他向來宛如悟道高僧，認為不可能有什麼精采絕倫的經驗，能讓男人赤裸的想像力感到驚訝。畢竟他的人生，很有可能甚至連幸枝這個伴都沒有。知足常樂，所以他從來不曾花心，直到今天。然而他卻在這時候失足了。被從來不認為會絆到自己的事物，以意想不到的方式絆倒了。

這陣子，他的目光淨是飄向胖女人。眼睛會在不知不覺間饑渴地任意搜視。要是找到了，他一定會無法克制地去想像。想像在衣物底下疊了一層又一層鬆垮的肉的模樣。他想要抓出那肉，緊緊地一把捏住，讓手指深陷其中，盡情搖晃。對於他搖晃的動作，女人一定無能為力。但這無能為力的肉，是女人無可改變的一部分。束手無策地被搖晃肥肉的女人，激發起的情慾一定也不由自主地受到劇烈撼動。將濡濕的欲望深深地包裹在不由自主的肥肉深處的女人……連他都覺得這種妄想很詭異。不，與其說是妄想，幾乎是瘋狂了吧。實際上，他有種漸漸從正常的理智脫落的感受。有種稍一鬆懈，就會揮開一切，無止盡地墜落下去的恐懼。那裡到底是哪裡？幸枝一定不在那裡。

他養成了一個糟糕的習慣，早晚一乘上公車，就四下張望。明明當時夾著尾巴逃離公車，現在卻戀戀不捨地痴心追逐著那個女人的大屁股。以前他都喜歡挑選單人座位，現在眼睛卻不由自主地被雙人座吸引。**下次我會小心**。**下次**兩個字懸掛在鼻子前面，不停地搖晃著。最好沒有下次吧。但要是下次真的來了，他肯定只能在後方看著自己欲望的背影不受控地撲上去。

遇到那個女人兩個月左右之後，狀況出現變化了。是他再次下班回家乘上公車時發生的事。

「可以坐旁邊嗎？」

他一陣悚然。和那天晚上一樣，他坐在雙人座的靠窗位置。儘管告訴自己是白費力氣，他就是忍不住要賭上一線希望，等待女人。這時有人出聲了。那一模一樣、幾乎可以用他的手牢牢抓住的那句話……

他祈禱著仰望聲音的來源。短短一瞬之間，種種思緒和判斷就像快轉般眼花繚亂地掠過腦袋。第一個念頭是「是那個女人」。「終於來了」的衝擊震撼了他，雙眼彷彿被貫穿一般，盯在女人身上凍結了。女人的淡笑柔膩地回視著他。眼前的女人確實很胖。以不遜於那個女人的木桶般肉體，霸道地將世界推向四面八方。如果只看脖子以下，一定無法分辨吧。可是不一樣。就像兩把塑膠雨傘，看似相同，但仔細分辨卻有差異，就是這種感覺。

是長相不同嗎？但那張臉真的非常相似。歉疚地垂下的眉毛，瞇得像條線、黑瞳占了絕大部分的大眼睛，光滑的渾圓臉頰，血色紅潤的厚唇……這時他驚覺了。痣。下巴沒有痣。片刻間，他扎刺一般直瞅著女人光滑的下巴看，但沒有看見那顆醒目的痣。

這時，目光又瞥見她眼角的皺紋，他赫然驚覺。這女人顯然比那個女人年紀更大。記得當時他估計女人三十左右，但仔細觀察細節的話，這個女人應該四十出頭了吧？而且髮型完全不同。那個女人在後腦紮了個髮髻，這個女人卻是短髮，髮絲輕柔地垂落在臉頰上。什麼嘛，是完全不同的女人嘛。感覺就彷彿眨眼之間，偽裝一下子脫落殆盡一般。雖然這偽裝是他用自身下流的願望塗抹上去的……

「呃……可以坐旁邊嗎？」

他輕呼一聲，立刻回應「請坐請坐」，稍微往裡面擠。他一邊挪動，一邊迅速地斜眼觀察女人。不，果然很像。一模一樣的體型、一模一樣的微笑……雖然她們確實是不同的兩個人，卻相似得讓人忐忑。如果將兩個女人並排在腦中的舞臺上，一道同時錯按琴鍵上相鄰兩個鍵的詭異不協和音就在肚腹深處竄動。難道她們是姊妹？不是不可能的事。假如她們住在同一戶，當然也會搭同一班公車吧。也會剛好坐到同一個男人旁邊吧。

女人在旁邊坐下來，與那天晚上分毫不差的觸感黏膩地推向他的身體右側。他的右手和右腳記得那溫熱的柔軟膚觸。這時，亢奮的預感猛地竄過胯間，「這個女人也行」的滾燙淫慾衝上心頭。一定是一樣的。她一定豐滿地隱藏著一樣的肉。為這麼想的自己感到羞恥的情緒，像垃圾一樣掉在內心的陰暗角落。

不知不覺間，公車往前駛去。真的是渾然不覺間。他在滑過夜晚街景的玻璃窗當中，看到自己徹底腦充血的肖像。即將步入中年的男子嘴邊，清楚地刻畫著陰鬱嚴肅的法令紋。什麼叫作「這個女人也行」？這個女人是另一個女人。難道你以為別的女人也會那麼順你的意，伸手摸你的胯下？

可是他無法割捨。這個女人或許也……如此赤裸裸的期待推開道理，不容分說地膨脹起來，吞沒了他。縱然理智明白，相觸的肌肉也顫抖著，讓他隨時都要伸手抓住女人，但是，他當然不敢這麼做。他不能動手。要是動手他就完了。世界一定會蜂擁而上，以為了正義而顫抖的手戳刺他的身體，扎出無數的洞孔。要靜靜地等待。這個女人或許也會對我動手。對我動手？這個女人？憑什麼？你是真的瘋了嗎？不，這個女人不是一般的女人，跟那個女人是一夥的。否則一樣的女人怎麼會用一樣的說詞坐到我旁邊來？

直到下車的十五分鐘之間，在腦中黏滑地播映的淫蕩影像、對著影像沒完沒了地反覆上演的一人兩角原地兜圈子的自問自答，讓他疲累異常。女人沒有動手。連根指頭都沒有碰他。女人也沒有睡，只是茫茫然空洞地坐在旁邊。這是當然的。在公車上相鄰而坐，本來就是這樣。

他苦澀地體味著牛頭不對馬嘴的留戀，站了起來。這次的女人沒有用動作厚臉皮地要求他擠過前面。為了讓道給旁邊的他，她起身禮貌地站到通道上。這是個隨處可見、遵循一般常識的普通胖女人。然而這反而讓他覺得沒道理，因為一股自私任性的認定已經開始在他的內心紮了根，相信女人身上的肥肉，一定就是從內在滿溢而出的淫慾。

他混在其他乘客之間，懷著難以釋然的情緒下了公車。初秋的涼意撫過臉頰，終於覺得恢復冷靜的剎那，忽然一個天經地義的疑念，重新帶著明晰的輪廓湧上心頭：真有這種事嗎？一模一樣的體型、一模一樣的笑容，然後一模一樣地坐到旁邊來……世上真有這種事嗎？

公車在背後發出低吼，慢吞吞地動了起來。他驚訝回頭。彷彿互刺一般，兩人的眼神對上了。那個女人在飽含黯淡的燈光穿過夜色的公車裡，疲倦沉默的陰鬱乘客當中，確實看著他這裡，兀自明確地微笑了。現在看起來就像是同一張臉，他瞬間感到一股恐怖的靈魂震盪，就好像不小心一腳踩進了噩夢當中。兩人相連的視線拖曳出綿長的絲線，終至斷裂。

第二個女人的出現讓他強烈地困惑，終於開始懷疑自己的神智是否正常。那種女人居然會有兩個？會不會其實是同一個人？下巴的痣、眼角的皺紋、髮型那些，全都是他記錯了，這麼想還比較合理。但他的記憶鮮明到甚至可以把第一個女人下巴上的痣從腦袋裡捏出來。如果她們真的是同一個人，那顆痣消失到哪裡去了？有什麼逐漸錯位了……這種危險的感受逐漸侵蝕腦袋中心。現實錯位、記憶錯位、人生錯位。世界錯位，將他誘進錯位的公車裡，和一點一滴錯位的女人坐在一起，他自身也逐漸錯位、滑落……

而且這樣的疑惑和混亂是日漸加劇。四天後，第三個女人出現了。這次不是在公車上，而是私鐵T線的電車裡。一如往例，是下班回家路上，晚上十點多，他隨意挑選了雙人靠窗座。

「可以坐旁邊嗎？」曖曖含光般的同樣一句話，讓他驚訝抬頭。幾乎要壓將上來的軀體上方，灑下熟悉的微笑。

一樣的眼睛。彷彿才剛用細毛筆勾勒出來般陰暗細長而水潤的眼睛……出其不意的狀況，反而讓他錯失了相應的驚愕，視線則毫不猶豫地盯在下巴上。沒有痣，但也不是上次的女人。他再也說不出話來，只能顫抖地點點頭。

第三個女人看上去比第一個女人更年輕一些，大概二十來歲。長及胸部的鬈髮染成褐色，臉上抹著蠢笨的腮紅，粗織毛衣吃力地包裹住幾乎要滿溢而出的肉。和第一個及第二個女人完全不同，渾身上下放射出愚蠢的年輕氣息。

冰冷的驚奇一點一滴滲透胸口。這種女人，居然有三個？或者她們果然是同一個女人？每遇上一個女人，就會變得稍微不一樣嗎？變得愈來愈不一樣的女人？你在說什麼啊？想點更有邏輯的解釋吧！可是手臂所感受到巨大黏膩的溫熱，以及沉甸甸的肥肉晃動著，讓他完全無法分辨，並且從下腹撩撥著他憔悴卻仍沒有枯竭跡象的情慾。想要不顧一切，盡情吸吮這個女人、這團肉。以某一刻為界，將來、工作、家人、理性，所有的一切束縛崩壞，他委身於洶湧怒濤的欲望，發出呻吟，凶猛地撲向女人……在抵達離家最近的車站的二十分鐘之間，如此瘋狂的景象在他的腦中反覆上演。但他終於沒有付諸實行的勇氣，女人也如同現代的年輕人，只是一臉沒事地滑著手機。

他踩著虛浮的腳步走出車站月臺，提心吊膽地回頭斜眼偷瞄車廂。女人正抬頭看著這裡。顯然看著這裡，然後得意洋洋地微笑著。他早就知道了。驀地，一個字浮現心胸：「罰」……這是不是懲罰？第一天晚上，拒絕女人逃走的懲罰……然而電車門在面前關上，彷彿在說：光憑這樣的醒悟，距離赦免還太遙遠。

接下來兩個月之間，他遇到了多達十七個胖女人。或許有年紀外貌分毫不差的女人重複出現了兩三次，但他已經喪失了記住細節的注意力，而且看在他的眼中，她們全是同一個女人，只是每次遇到又稍微有些不同了而已。每次女人現身，他就感覺到世界逐漸變得狹窄的壓迫感。在這個小世界裡，只有他和日漸變化的那個女人，是真正有血有肉的人；

職場同事、工作上打交道的人、路上的男女老幼，甚至是幸枝，都像戲劇的背景畫一樣單薄，他們就只是圍繞著這齣不知何時會結束的奇異雙人戲劇。

他的睡眠一天比一天淺，夢境與現實的境界愈來愈模糊。每天他都會好幾次陷入宛如置身極漫長夢境的錯覺。工作經常在不知不覺間停頓，開車時為自己心不在焉的駕駛膽戰心驚，講電話的時候對方的聲音也愈來愈遠。當然，他小錯連連，為了彌補，不得不無謂地擺出卑躬屈膝的態度。現在捅的婁子還在自己能收爛攤子的範圍內，但不曉得什麼時候會犯下不可收拾的大錯。然而對於這樣的狀況，他有種可怕的冷感，就彷彿他並未感受到應當要有的害怕，或甚至想要撇下一切撒手不管。他覺得這樣下去不行，為了驅逐邪念，經常關在職場的廁所裡倉促地自慰。但那女人紮下的根太深，短短一小時後，又搖晃著一身肥肉，婀娜多姿地重返他的腦海。

幸枝似乎相信丈夫是因為工作上的壓力而得了憂鬱症。這也難怪。效率差到這種地步，自然也就天天晚歸了。就算回家，飯也吃得有一搭沒一搭，對著電視的視線也混濁空洞，一上床立刻轉身背對妻子，一整晚陷沒在橫溢的肉中，輾轉反側。他過著這樣的每一天。結果，幸枝也小心翼翼，但以帶著玩笑的口氣掩蓋話中的嚴肅，問：「你果然是得了最近流行的憂鬱症吧？」他擠出虛弱的笑，回應：「不是啦，只是太忙很累而已……」結果看起來更像那麼一回事了。

某天，幸枝帶著沒能如她所願地顯得那麼調侃的微弱笑容，喃喃說：

「如果是外遇，應該會更有精神一點嘛……」

好遠——驀地，他這麼想。兩人正坐在餐桌的兩端，然而他卻感覺幸枝已經遙遠到絕對觸摸不到了，他們彷彿在陳列著許多銀燭臺的長桌兩端，永遠沉默地用餐一樣。

「外遇啊……事到如今也不可能外遇嘛……」

聽著自己的嘴巴囁嚅著外遇，他在心中一隅茫茫然地想著：我怎麼會跟幸枝說這種話呢？我們怎麼會在一起呢？為什麼我每天晚上都回來這裡呢？明明我們已經結束了……不經意浮現內心的呢喃自語，讓他一陣驚愕。不，還沒有。還沒有結束。他一點都不想放棄幸枝，也不想去到那一邊。

想要再一次變回為幸枝神魂顛倒地擁抱她的自己。可是這無可救藥的距離，到底是怎麼回事……？只要站起來伸出手，現在立刻默默地抱緊她就行了。只要抱緊她，或許就能回想起什麼，就像嗅到淡淡的餘香一樣。然而手卻抬不起來。彷彿他正把那女人的肉抱個滿懷一樣，手怎麼樣都抬不起來。

「喂，你在聽嗎？」幸枝從遠處又說，開玩笑似的伸手在他眼前揮動。

「喂，回來喔。」

他也不思索該說什麼，就只是呆呆地看著幸枝。他想不出任何貶低幸枝的話。他不愛幸枝。但他應該要愛幸枝。幸枝是他應該要愛的女人。既然會覺得應該要愛她，或許自己還愛著她。或許還能愛她。只要能修補現實的破綻，或是理智的破綻，把塞滿這顆腦袋的那女人、那團淫蕩的肉，推回遙遠的地方……

後來十天過去了。那天回程的電車裡，也沒有遇到女人。已經快半夜十二點了。錯過最後一班公車了。他在冷清的車站公車站牌前，大大地嘆了一口有如千斤重的氣。已經到極限了。他立下決心，下次女人再要求坐旁邊時，他一定要做個了結，然而女人卻彷彿看透了這件事，從此再也沒有現身。原本箭在弦上的決心一天天鬆弛下來。是底下沉澱著煩躁的可厭鬆弛。

說要做個了結，他自己也不明白要如何了結這件事。難道女人一現身，就對她吼「不要再讓我看到你」嗎？還是等她坐到旁邊，對她哭求「拜託，請你消失」？不管怎麼開口，看起來一定都像他才是瘋子吧。

錯過最後一班公車的他排隊等計程車。這天是星期五晚上，頂著醉紅的臉、腳步蹣跚的醉漢讓隊伍排得老長，更讓他覺得不耐。但終於輪到自己，才剛坐進後座，就被已經幾乎放棄的那聲音殺個措手不及，使他全身僵硬。

「可以坐旁邊嗎？」

敞開的車門外，女人帶著冰冷刺眼的微笑，彎身看著這裡。豐滿的肉體、三十多歲的外貌，但他的視線不是看著別處，而是盯在女人的下巴上。有痣。是第一個晚上在公車裡引起他注意的那顆痣。

瞬間，腦袋中心一陣天旋地轉。對他來說，這個女人就像是每天浮蕩著一點一滴改變形姿的肉之化身。儘管如此，眼前的女人卻和第一次在公車遇到的女人一模一樣。坦白說，接連不斷遇到女人，讓他的記憶漸漸變得不確實，但現在看到女人的瞬間，那一晚的景象又鮮明地在腦中復甦，連細節都完全重疊。怎麼回事？這毫無疑問是第一個女人。就像月亮的圓缺變化一般，她的模樣終於繞了一圈又回來了嗎？同時，他的腹部深處滾滾湧出嗆人的濃密欲望，驚愕與情慾將他切割成上下兩邊。就像要抓住他的困惑，女人綻放著黏膩的微笑，再問了一次：

「可以坐旁邊嗎？」

他笨拙地點了點頭，女人一副憑他那一下點頭便買下了他全副靈魂的蠻橫，將肥碩的臀部擠到旁邊來。接著深深地靠坐到椅背上，撇下他，以尖高清澈的聲音對司機說：

「到我家……」

司機透過照後鏡和女人短暫地對望了一眼，彷彿明瞭了一切來龍去脈，默默地關上了車門。他忍不住吃了一驚，覺得好似沉重的監獄門扉被關上一般。計程車應該是他先上來的，瞬間卻有種寄居女人籬下的不自在。緊接著，女人若無其事的一句話，化成無法置若罔聞的內容，確實地進入他的意識……

到我家？現在要去這女人的家嗎？我們兩個一起？首先興起的是這些疑問。但接下來的疑問更強烈地攪亂了他的心。司機為什麼沒有問**她家**在哪裡？

他透過照後鏡觀察司機陰暗的身影。年約五、六十歲，戴著一板一眼的銀框眼鏡，頭髮三七分，有著一張好似打定主意不顯露出任何特徵的臉。上車的時候沒有注意，但這時看看儀表板上的證照，似乎是個人計程車。瞬間，兩人的視線在照後鏡裡相遇了。但司機只是將彷彿依靠寡默而活的堅硬視線挪向了前方。

車子已經緩緩動了起來。司機似乎真的不打算問地址。要是就這樣默默坐著，自然就會抵達女人說的**她家**了嗎？又不可能這裡的計程車司機每一個都知道這女人家住哪裡。還是女人跟這個司機聯手，從一開始就在埋伏等我上車？他更加混亂了。這十天以來，他一直在思索該怎麼了結這件事，但他覺得女人出人意表的招數，把他的一切策略都從桌上吹走了。

話說回來，去**她家**？真的要去這女人的家嗎？儘管不安愈來愈深，巨大的期待和瘋狂搖晃的肉之想像卻不斷膨脹，幾乎要撐破他的胸口。這時，幸枝無力的笑容和輕揮的手掠過腦中，讓他驚覺回神。喂，回來啊。沒錯，我不是要了結這女人嗎？不是應該對她怒吼，叫她從我面前消失嗎？不是要結束這段噩夢般的關係，把人生拖回正道嗎？然而內在的這聲音實在是太細微、太軟弱了。肉塊般一眨眼便膨脹起來的欲望，一下子就將渺小的幸枝埋沒了。

彷彿嗅到了自毛細孔傳出的情慾氣味，女人悠悠轉過來，臉上漾起盛大的微笑，幾乎要把相遇以來令人頭暈目眩的煩悶時日整個包裹起來，說：

「等很久了嗎？」

女人的眼睛幾乎要化入後車座的黑暗，濡濕閃耀著。他一清二楚地聽見自己硬生生嚥下唾液的聲音。

計程車經過離家最近的公車站，鑽進陰暗的巷弄，頓時他完全陌生了。車子在微妙蜿蜒、混淆方向感的路上行駛了一段路，在錯綜複雜的住宅區左右拐彎了許多次，終於，一股憑自己絕對到不了這裡的死心在他的內心擴散開來。

女人從剛才就沒有說話，因此他也沒有開口。但車子裡也並非凝結著扎刺的沉默。就他而言，他害怕無聊的一句話可能會污濁了兩人之間逐漸滋長的期待，並懷著奇妙的確信，相信女人也是一樣的心情。

計程車突然停了。是一處宛如沉浸在深夜窪地的寂靜住宅區。後車門打開，女人像貓一樣滑出車外。啊，這女人沒付錢，他想，反射性地看計費錶，錶卻不知為何沒有跑。他現在才發現這件事。看看司機，司機用有些厭煩的眼神催促他快下車。他更感到訝異，然而在高漲的欲望推動下，他也跌跌撞撞地下了車。

女人站在一棟豪宅門前等著他。他感到意外。他原本猜測女人一個人住公寓，但女人似乎要將他帶進被高聳的籬笆圍繞的純和風宅第。而且不是普通的房子，看上去就像自古便坐落在此的大地主根據地。頂著屋瓦的門面威風堂堂，散發出一種年歲久遠的威嚴，一個皺眉就能把生客驅走。他怎麼也無法想像，三十來歲的女人一個人在這種地方起居的景象。難不成她要把來歷不明的男人帶進家人都在的住處嗎？不，這女人真的是這幢大宅的居民嗎？他正訝異著，女人已經抓住厚重的對開木門，熟門熟路地把門整個推開來。彷彿看透了他的疑心，女人的唇角擠出淺淺的笑，以手勢示意他入內。

計程車逃之夭夭地拐過轉角消失後，夜晚突然噤聲不語，緊繃的寂靜鋪天蓋地而來。大門內，是一片彷彿要覆蓋上來的森森庭園。矩形的飛石點點畫出弧線朝左方延伸，兩側立著腳異樣細長、亮著微弱燈光的燈籠。那光看起來就像把人誘入異界咽喉的鮟鱇魚群，讓他不敢輕易跨出腳步。在計程車那突然冒出的女人也好、這棟豪宅也好，都完全顛覆了他的想像。

他直盯著腳下的門檻。只要跨過這裡，就無法回頭了。但他已經立下決心了。戒慎恐懼地跨過門檻。大門發出聲響在背後關上。瞬間，他以為是女人從外面關上了門，驚嚇地回頭。結果女人穿過怔立的他旁邊，鞋跟在飛石上敲出聲響往前走去。他連忙跟上去。女人渾圓肥碩的臀部搖晃著。就快了。就快要可以擁抱這女人了。可以盡情享受這女人全身每一寸的肉。太久了。好幾個月以來，他近乎瘋狂地等待著這一天、這一刻。

彎進灰泥牆倉庫的轉角，望見聳立的主屋全貌，他忍不住倒抽了一口氣。一樓有燈光。簷廊的紙門一片白亮。而且紙門上有許多人影晃動著，就像正在大和室舉行宴會。但奇妙的是，即使豎耳聆聽，也完全聽不見宴會的熱鬧聲響。整幢屋子依然一片寂靜，同時卻又充滿了不下十幾二十人的熱鬧氣息。

這女人到底要把我引誘到什麼裡面？他因為太困惑了，靈魂彷彿茫茫出竅了好半晌。但下一秒，一切都茅塞頓開了。原來是這麼一回事？原本神祕不可解的事，忽然間清晰地呈現出輪廓，先前那段時日帶著明確的脈絡與深度，開始在記憶中浮現。宛如一眼望盡自身宿命的骨架一般……

女人在莊嚴的銅皮屋頂玄關前停步回頭。一樣帶著深邃靜謐的微笑。他覺得第一次理解了女人不斷浮現的微笑意義。而今，他也開始露出同樣的微笑了。

「大家都在等你……」女人說，「喏，走吧。」

當然了。大家都在等我。他回視女人的眼睛，點了點頭。嵌著霧面玻璃的格子門裡，透出微亮的玄關。女人豐腴的手緩緩地推開那道格子門。隨著玄關透出的淡金色光芒照亮他，一股宛如熱浪升起般的溫熱空氣濕黏地籠罩了他的全身。

裡面有鋪滿黝黑反光的石板的脫鞋處，有久經擦拭而成了飴糖色的臺階，有莊嚴的地板框，更裡面則是一群女人。一絲不掛的肥胖女人、帶著相同微笑的女人、潔白的柔膚宛如抹了油一般油亮的女人，她們毫不吝惜地暴露出豐碩的乳房，併攏飽滿渾圓的膝蓋，手覆在陰影處，化成了一片肉牆，擠得甚至無立錐之地。成群的肉、成群的微笑、成群的色慾……到底有多少女人？光是這裡看到的，肯定就有四十人——不，五十人。只要踏進大和室，一定有上百個女人在等著他。肉、肉、肉……這裡是一片肉海。很快地，這片肉海就會湧上來將我吞沒。我一定再也不會從這裡浮上來了。

赤裸的女人們身上散發的蒸騰氣味擴張他的鼻腔，誘發出宛如一頭栽進肉海的眩暈。只聽見「叩咚」一聲，是提在左手的皮包掉在地上，以慢得令人心焦的速度倒下。冷不防地，一陣猛烈的風颳過，後方蓊鬱的竹林和修剪得一絲不苟的庭木嘩嘩地在頭頂舞蹈起來。啊，這裡好冷，他想。這些女人一定會溫暖我吧。會溫暖我的最深處，讓我再也感受不到這樣的寒冷。

「她們都是我的家人，是我們一族的女人，」站在旁邊的黑痣女人滿臉驕傲地說，「我們一起選擇了你……」

他有些心不在焉地看女人。女人也回視他。他的欲望現在已經滿到了靈魂邊緣，滲出瞳眸搖晃著，幾乎溢出，但他覺得在女人的眼中也看到了相同的事物。他緩緩地抬起雙手，慢慢地抓住女人的肩膀。指頭就像溫柔地融化般沉陷進去。就是這肉。現在終於到手的這肉，就是一切。其餘的他都不要。不管是過去還是未來，他什麼都不要。

「你……你……」他夢囈般反覆說著，卻完全不知道自己想說什麼，糊里糊塗地，欲望一陣激盪溢出靈魂邊緣，理性和超越理性之物碎成片片，他自身的輪廓與他肉慾的輪廓完美重疊在一起，再也無法分辨。男人終於化成了赤裸裸的欲望本身，屹立於世界的中心。

男人動了起來。他粗魯地擁過女人的肩膀，瘋狂地摟住她的頭，以眼球幾乎相觸的距離注視彼此，分不清是哪一方主動，咬住彼此，牙齒碰磕出聲響，吞入彼此鮮血般赤紅的舌頭。然後難分難捨地一腳跳過門檻，倒進去似的踩上臺階，一起投向蠕動的大片肉海。

激烈擁抱的男女被哄嚷的肉浪所承接，數十隻手伸出來抓住兩人身上的衣物扯掉，抓住又扯掉。這段期間，男人發出幾乎要吐出五臟六腑的咆哮，震動胸膛；女人則是歡喜地哄笑，乳房搖顫。兩人褪下一件又一件衣物，回歸剛出生的形姿，終於竭盡全副心力貪求彼此的身體，覺得還太遠、還不夠、還想要更近、更深，不斷地深入交媾。女人們就像鮮活流動的潔白沼澤般顫動、激盪、起伏在他的全身上下，男人感覺在這片沼澤深處，如怪物般巨大的快樂正緩緩地浮升，逼近眼前。然後他被那駭人的快樂吞沒，天旋地轉，在女人如虛空的肚腹中一次又一次射精，幾乎全身崩裂。

接下來的幾天，男人片刻不休息，在肉海中泅泳，對所有湧上來的肉，他一把抓住、撫摩、搓揉、搖晃、掰開、推開，將臉埋進去、咬上去、舔上去，盡情揉捏，但這肉不管怎麼抓，都似乎永遠抓不住，因此他覺得要擁抱這些女人們，需要數不盡的時間。在如此恍惚到極點的日子中，他和一個個源源不絕上前挑逗的女人全數交媾了無數次，騎在女人身上，或是被女人騎在身上，在每一個女人的肚腹射出數不清的精液，終至枯竭。男人耗竭著自己的生命，心想：這些奇妙的女人就是在歷史陰暗的腳邊像這樣不斷地增殖，往後也會無止盡地增殖下去，我就是被織入這連綿不斷的歷史中、短暫但絕不可或缺的無數線頭之一。

男人在肉海中漂蕩著，不知不覺間，漂流到躺在大宅最深處一個格外巨大的女人胸懷裡。女人巨大如擱淺的白鯨，和那些他交媾的女人們一模一樣，卻已經不像是雌性人類了。母親，母親，我們始祖的太母，女人們的身軀起伏著，如此稱呼這個巨女，異口同聲讚頌她如大地女神的豐饒之美，把男人骨瘦如柴的身體滑行似的從肉浪上運送到這裡。

巨女宛如涅槃佛般悠然躺臥，若是她站起來，可能不下五公尺之高。靈活轉動的漆黑大眼，約有嬰兒的頭那麼大，濕暖的氣息進出的大口，只要有那個意思，能夠一口吞下男人。男人只是茫然望著女人的巨軀，潔白閃爍的乳房就像有一人環抱之大的年糕，沉甸甸地下垂扁塌，一層又一層的肚肉，每條皺褶宛如被個別賦予了生命般，緩慢地起伏著。

只見巨女抬起岩石般的頭部，將地板壓得吱嘎作響，緩慢地起身，從遙遠的高處俯視男子。女人們所繼承的巨大微笑從頂上陰陰暗暗地罩下來，宛如死亡一般，在精盡的男子身上落下濃濃的陰影。巨女的嘴唇帶著微笑蠕動，以宛如在地面爬行、人耳實在不可能聽辨的聲音，似乎說了：「沒什麼好怕的……」但或許巨女並不是這樣說。你只是回來了而已，只是回到了柔軟的地方，回到所有的男人出生的地方，回到一切生命孕育之處……

巨女伸出圓木般的兩隻手，抓住徹底枯竭的男人肉體，高高舉起，宛如剛接生下來的宿命的嬰兒。男人覺得自己從幾乎與星辰比肩的天空，俯視著坐在大地的巨女，以及在她周圍化成肉海喧嚷的女人們。很快地，在女人們鳴動大宅的歡呼聲包圍下，巨女緩緩地打開左右膝頭，宛如拉開兩座小山一般。

男人看見了潛藏在巨女的胯間深處的原初陰影。悅樂的預感讓男人顫抖。就是那裡。我就是從那裡來的。所有的男人帶著一切的災禍和一切的喜悅，從那裡來到世上。啊，一切的男人都是從女人的肚腹生出來的，這個事實令人恐懼。一切的故事都是從女人的肚腹生出來的，這個事實令人戰慄。男人醒悟到，連多少年都已不確定的過往生涯，只不過是在巨女的肚腹不遠處的庭院嬉戲一場。即便划行到地球的另一側、飛到宇宙的盡頭，只要回頭，女人們的陰影隨時都在那裡，注視著男人們的一切。

男人被輕輕放到巨女的胯間。那是濕熱的空氣淤積的深邃白肉谷底。男人踉蹌、跪地、頹倒。他站了起來，膝蓋顫抖著往前進。巨女的大腿內側終於化成兩片聳立的肉壁逼近，令人窒息地夾上來。男人絞盡最後的力氣，分開溫熱柔軟的白肉，朝向原初的陰影，一心一意游入白濁的肉海之中。不知從何處傳來的女人們鼓勵的嬌喊在肉谷之間迴響，給了男人一把力氣。只差一點了！就在那裡！回去吧！回去一切的根源……！

男人的眼睛已經幾乎失去了光芒，但他知道指頭終於觸碰到濕潤的裂縫。男人一把推開暗紅的濕潤，將頭頂進去，如精蟲般扭動著身體，鑽滑進去。這時，沿著濡濕的肉牆，血肉的搖籃傳來地鳴般的轟聲，令人懷念的震顫包裹了男人。

再次把你生下來吧！只要你想，多少次都把你生下來。在世界終結之前，多少次都把你生下來。如果世界終結了，就隨著新世界一起，多少次都把你生下來。因為男人這東西，想生多少就能生出多少……在那之前，好好安眠吧……忘掉一切世界的醜惡、悲傷、可怕、無可救藥，好好地沉睡，直到想要再次出生的那天……

但男人早已忘掉了一切語言，迷濛地打著盹，除了身體仍無休無止地扭動著，朝向柔軟的黑暗根源不斷地回溯。

農場

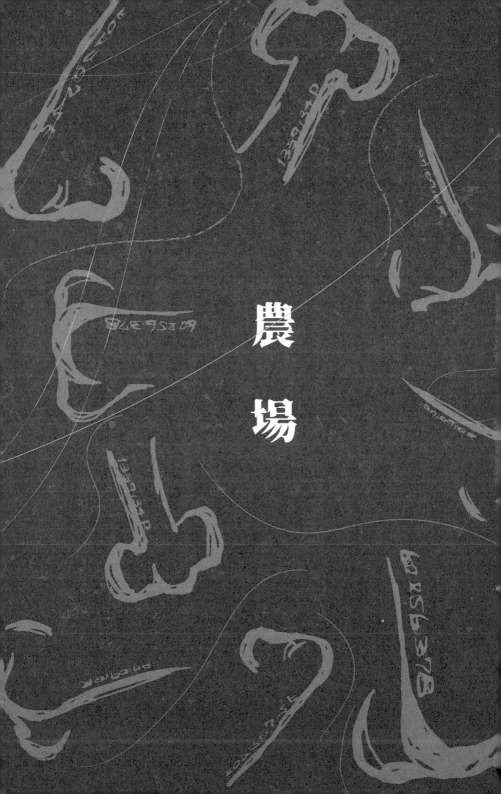

那名無家的年輕人，應該在兩天前迎接生日，滿二十八歲了，但因為手機沒電了，尚無法確定日期，如今仍在二十七與二十八之間飄忽不定。現在的他無依無靠，沒有工作，也沒有東西吃。說到他擁有的，只有不知道能丟去哪裡的乾瘦身體，和孤伶伶地懸在半空中的點一般的心。

白天，他在東京都內的公園長椅上撿拾斷斷續續的睡眠，太陽西下後，就像被拋棄的黑影般起身，為了禦寒，漫無目的地在夜晚的街頭遊蕩，漸漸地，他開始遺忘身為人類是什麼樣子。他是逐漸從人類應有的形姿脫落了，或是正逐漸逼近生而為人的核心呢？

年輕人過去身強力壯，肌肉厚實，但這半年來有一頓沒一頓的生活，讓他瘦得像根牛蒡，唯有盛滿了無處發洩的憤怒、死心與孤獨的一雙大眼，在嶙峋突出的顴骨上放射著幽光，就宛如從洞穴深底怒目而視一般。顯得頑固的粗鼻梁布滿點點泛紅化膿的痘子，粗糙不平，偏小的嘴巴牢牢地癟縮著，顯得寡默。及肩的頭髮像烏鴉般沾染黏膩的光澤，套了一層又一層衣物的胸口不斷散發出臭酸的刺鼻體味。儘管變鈍的T型剃刀刮得他吃痛呻吟，但年輕人仍會對著公共廁所模糊的鏡子刮鬍子，這是因為他還保有最後一小撮自尊，絕不願沉淪到和在公園松林裡搭起藍帳篷過活的那群人相同的境地。

年輕人名叫井上輝生。如同其名，他被期待擁有光輝的人生，但現在這飛揚的名字，卻讓他痛恨到不行。但他痛恨的並不只有名字而已。在便當店上班，一個女人家把他拉拔長大的母親、動不動就送東西給他的慈祥祖父母、在耳邊迴響的故鄉朋友們歡樂的笑聲、和二十八年的人生中唯一交過的女友一起去草津溫泉的旅行，這些光彩奪目的回憶，都像是為了剝奪而送給他的時光，令他痛恨不已。

高中畢業後，輝生進入當地的水產加工公司，日復一日製造罐頭。他生來就沒什麼雄心壯志，而且天生耐性十足，因此這份工作並不讓他覺得辛苦，但二十三歲的時候，老闆突然人間蒸發，公司倒閉，他被拋棄在沒什麼職缺的鄉下小鎮。後來他來到東京，在汽車零件工廠得到一份包住的工作，但一年半後沒被續聘，這回無依無靠地被拋棄在大東京。雖然思念故鄉，但他早已失去回去的地方。因為在他來到東京的期間，母親在職場的廁所突然倒下，年僅五十一歲就因為蜘蛛膜下腔出血而撒手人寰；誇口要活到一百歲的爺爺，在輝生十七歲時因大腸癌離世；把他捧在掌心疼愛的奶奶開始失智，連孫子的臉都不記得，被富山的阿姨接走了。就算回到故鄉，也僅剩長滿了苔蘚的冷清墓地。

後來輝生仍留在首都圈，幹著各種賤賣時間與生命的無聊工作，但每換一次工作，境況就更糟一些，還不到三十歲，他的人生就已經逼近暗澹的最底層。幾個月前，他被趕出家電工廠的宿舍，終於連住的地方都沒有了。他靠著領日薪的派遣工作糊口，暫時在網咖之間流浪，但因為有段時期身體狀況不佳，錢開始不知不覺間見底，現在銀行戶頭餘額只剩下五十二圓，錢包裡總共只有三二四圓，陷入甚至動彈不得的困頓深淵了。說到財產，只有一個破爛的背包。多到用不完的時間就像真空，無時無刻不折磨著他，但即使是開玩笑，也無法稱之為自由，因為他再清楚不過，在這樣餐風露宿的生活中，所謂的自由，說到底並非時間的自由，而是花錢的自由。

即使如此，他的背包裡還是有兩本書。一本是東京的地圖，另一本是以前在二手書店的推車特賣買下的古今東西名言集。名言集又重又占空間，但他期待只要細讀，可以從這本書裡獲得幾十本書的人生體味，一直留在身邊。漸漸地，他覺得自己是將說出名言的上百名偉人的幽魂夾在書裡帶著走……

二月一個日暮時分，他在公園寒冷的噴水池畔無所事事地翻著那本名言集，忽然停在已經翻出摺痕的一頁，不經意看到上面的一句話。

他被死亡的概念所纏身，在腦海中想像自己死亡的狀況，在腦中排演死亡，豢養了一個執行絕對命令的替身。那就像是一名毒蟲，如同毒蟲被毒品所控制，他被死亡所糾纏。

這是瓦勒里——不知道哪個時代、哪一國人——或者是女人？總之是瓦勒里所說的話。這段話他不是第一次讀，這陣子反倒是只要一翻開這本書，目光就會被它所吸引。這是因為不知不覺間，輝生的腦中也被「死亡的概念」所盤踞，「執行絕對命令的替身」這部分讓他莫名地恐懼，忍不住想像它不祥的樣貌。

宛如一團黑暗，只有眼睛熚熚發光的替身，不論是睡是醒，都緊緊貼在背後，以他的死亡概念作為灌溉，像跳蚤般日漸肥大。不管多麼迅速地回頭，黑暗也只是閃過視野邊角，無法捕捉它的全貌，遑論甩開是絕對不可能的事，若想葬送自己的影子，就只能沉陷在更巨大的黑暗當中。比方說，如黑夜、如死亡一般的黑暗中。

「你想怎麼死？朋友……」影子也曾經從肩後細語詢問。

「我還沒決定。」

「上吊需要繩索喔。現在的你，連一條繩索都買不起。」

「我知道。」

「要跳軌嗎？會給許多人造成麻煩。」

「我不打算這麼做。」

「那要跳樓嗎？你的血肉會弄髒了那棟大樓。」

「這我也知道。」

「那跳河如何？這個季節的話，一下子就會凍死了吧。或是……」

就在他拿著名言集，與死亡進行這樣的對話時，人生的轉機到來了。忽然有人從長椅後方出聲向他攀談。

「你喜歡看書嗎……？」

聲音沙啞，就像兩張紙磨擦發出的聲音。他嚇了一跳，以為替身真的向他說話了，驚詫回頭，但他天生就不是那種會把當下的感情顯露在臉上的人，因此是以一種本來就在等人的自然模樣轉向陌生的男子。

對方是一名六十開外、膚色黝黑的壯漢。瞬間，輝生以為是住在藍帳篷的流浪漢之一，但對方的行頭沒那麼糟。圖案俗氣、沾滿體垢的毛衣外面，罩著感覺價格不菲的深藍色厚羽絨外套，油膩的半白頭髮上戴著花俏的橘色毛線帽。袖口處，沉甸甸的手錶散發金色的光輝，褐色的皮鞋卻穿得相當破爛了。也就是一副老工人剛剛把人迷昏，打劫撈了一筆的模樣。男人眼角擠出皺紋，露出一排凌亂的黃板牙，臉上帶著裝出來的、但換個角度也算得上樸實的笑容。

「沒有……」輝生搖搖頭。他從以前就很嚮往愛書人，但閱讀這個行為讓他覺得慢吞吞的受不了，怎麼樣也讀不久。

男子繞到長椅前面問：「我可以坐旁邊嗎？」輝生把背包放到腳邊。男子鬆垮地「嘿嘿」一笑，坐了下來，一股菸臭味掠過鼻頭。接著男子帶著那笨拙的笑，探頭看輝生問：

「你有地方住嗎？」

輝生再次搖頭。若是被穿著體面的人突然這麼問，應該會感到羞恥，但男人姿態卑微，就好像現在的日本，左看右看全是無家可歸的人，因此他忍不住照實回答了。

「那，你有手機嗎？」男子接著又問。

輝生默默側頭，微微張開手。手機有是有，但因為沒錢被停話了。男子應該看出來了，苦著臉，嗯嗯點頭，就像為這艱難的世道憂慮。正當輝生訝異男子到底想做什麼時，他終於將身子往前探，似乎總算要談到正題了。

「那，工作呢？」男子像樂園的蛇般細語道，「你喜歡工作嗎？」

二

三十分鐘後，輝生坐在男子駕駛的白色廂型車副駕駛座裡。聽完工作的大致介紹後，他認定不可能丟了性命，坐上了車。

車子裡充斥的菸味刺痛鼻腔，感覺就好像一直被男子抱在懷裡。廂型車後方雜亂地堆著許多紙箱，每當車身搖晃，就發出陰鬱的沙沙聲響。輝生不經意地看向紙箱上的文字，搬家業者、蘋果、小松菜、衛生紙，雜亂無章，找不到任何感覺與接下來要去的地方有關的詞彙。

男子自稱篠田。雖然看起來不像好人，但也不像壞人。為了糊口，大部分的事都做得出來，但若是越了線，好陣子都會坐立難安，感覺是這樣的人。篠田的口氣從頭到尾都不熱情，但也有些浮躁笨拙地體恤著輝生。篠田有著輝生不認得的口音。與其說是某地的鄉音，更像是年輕時候在各地輾轉，沒能融入任何地方，扭曲地固定下來的口音。

篠田把接下來要去的地方稱為「農場」。輝生好像要被雇用為那處農場的作業員。「農家」或「農地」他經常聽到，但「農場」這個乍看之下無害的詞彙，卻帶有圈養奴隸般沉重的音色。那處農場似乎承包某個生化相關企業的委託，栽種實驗作物。「生化相關企業」

幾個字從篠田的口中說出來，聽起來就像欲蓋彌彰的假髮，一吹就會飛走。事實上，篠田似乎只是負責招攬人手，並不清楚細節。

不過那種實驗作物的名稱叫作「HANABAE」，這似乎是確定的。聽到「HANABAE」，輝生腦中浮現的漢字是「花蠅」二字，但既然是作物，應該不是蟲吧。這HANABAE的苗在三月中旬栽種，九月收穫，接下來還有各種繁雜的作業，一整年都必須緊鑼密鼓地辛勤照料。篠田說他去年在大阪的釜崎找到的年輕人，剛收穫完就丟下工作跑了。那個人好像本來在當牛郎，毫無定性，受不了鄉下生活的無趣。農場沒什麼娛樂，沒有年輕女人，沒有電腦也沒有手機。說到在那裡的樂趣，就只有電視、電玩和書籍，吃飯睡覺還有泡澡。其餘的，就是還活著而已。

「說穿了，人生在世，不就是這麼回事嗎……？」篠田說，喉嚨深處發出沙啞的笑聲，「到了這把年紀啊，每天真是無聊透頂……已經沒有會像年輕時候那樣痴迷地去做的事情了。古人說『人生五十年』，說得真是好，五十年恰恰好。接下來就像線香花火的尾巴一樣，有氣無力，不會再發生什麼了不得的事啦。」

輝生也跟著露出含糊的笑，回想起他被年長的男人們問過好幾次這類問題，每次他都不知道該怎麼回答。接下來篠田大概沉默了十分鐘之久，但突然又接著說起話來，就好像剛才的話題還規規矩矩地等在一旁。

「可是啊，你不一樣。你還年輕嘛……剛才我也說過，接下來要去的地方，你會看到讓人有些驚訝的東西。會覺得：啊，原來世上還有這樣的東西啊。但人總是會習慣的。我們一定是老早以前就被打進了地獄，才會在這種地方，可是因為已經完全習慣了，才會以為所謂的地獄是在更下面的地方。真是樂天呢。」

確實，「讓人有些驚訝的東西」這件事，篠田在公園裡也稍微對他提過，但說到那到底是什麼，篠田只是別有深意地瞇起眼睛，苦笑不語。他不打算透露細節，但就像是暗示懷裡藏有利刃，算是警告過了的意思吧。如果你聽完打了退堂鼓，這件事就此作罷。但如果你要下海，就別再過問。

不過說是「現在要去的地方」，篠田甚至沒有明確地說出農場在哪裡。車子開上東名高速公路，所以確實是往西邊，但篠田只說「關西那裡」、「很鄉下」，顯然在避談目的地，也不明說是在哪個縣。篠田說那個生化相關企業不希望農場的地點曝光，但連對接下來要在那裡工作的人都隱瞞所在地，用意何在？

輝生問，工作地點在關西，為什麼要跑到東京找人？篠田說平常都是在大阪找人，但剛好有事去東京，所以順帶問了幾個人，如此而已。理所當然，輝生萌生出可怕的猜測：

篠田是不是料定東京有一堆和故鄉斷絕關係、無依無靠的工人，也就是即使人間蒸發，也不會有人尋找的人？但輝生走投無路。錢包裡只剩下三二四圓。他沒有加入那群藍帳篷的勇氣，只好尋找其他的洞穴棲身。

不知不覺間，夕陽西沉，將前方的捲積雲染成淡紅色，篠田說：「啊，你應該餓了吧？」從後車座挖出麵包飯糰等等給輝生。輝生狼吞虎嚥起來，篠田說：「吃吧，全部吃掉，不必留給我。」發出這天最暢快的笑聲，然後將一個不鏽鋼保溫瓶遞到他面前。是撞出許多凹痕、用了很久的保溫瓶。篠田說裡面裝了溫咖啡。事後想想，這實在很不自然。因為駕駛座那一側的杯架上就擺了一罐咖啡，篠田時不時會拿起來啜個幾口。但輝生很久沒喝咖啡了，想喝得要命，絲毫沒有起疑。而且他根本沒有自己會遇上這類事情的猜想，也不記得味道有什麼不對。不到一個小時，睡魔突然襲來，強硬地拉下他的眼皮時，他仍不覺得有哪裡不對勁。只記得意識一隅似乎聽見篠田說「到了會叫你」。

輝生深深地沉入睡夢深淵，忽然覺得肩膀久違地輕盈，就好像「執行絕對命令的替身」已經不再攀附在他的背上了。或者替身只是拉開了一些距離，仍然坐在後方另一頭的紙箱旁，怨恨地抱著膝蓋，在黑暗中亮著饑渴的眼神？

「只要製造出我就完了，朋友，你絕對甩不掉我的，」他似乎在半夢半醒間聽到這樣的呢喃，「就算天涯海角，我也會追上去。我會一直看著你。不論幾年、幾十年、幾百年……」

三

昏暗中，輝生穿著羽絨衣，在布滿灰塵的墊子上醒來了。泛青的光線冰冰涼涼地從簾子的四角滲透出來。他在陌生房間的陌生床上驚嚇地爬起來。但也不知道自己置身何處，意識茫茫然地在半空浮游了半晌。一會兒後，他想起自己上了自稱篠田的男人的車，吃了他給的各種食物，喝了保溫瓶裡的咖啡後，記憶就中斷了。篠田說要帶他去所謂的農場，這裡就是農場嗎？

有許多令人費解之處。而且篠田不是說，到了會叫他嗎？不，是沒醒來的自己不好嗎？話說回來，居然睡得那麼死，彷彿摔進洞裡一樣，令人不解。都這把年紀的人了，居然睡得像小孩一樣，連被搬出車子都沒醒來，這讓他一時難以置信。難不成自己被下了藥？

房間約有三坪大，有一扇窗，一道門，還有寬近兩公尺像壁櫥的東西。地板鋪榻榻米，牆壁貼白壁紙，天花板是廉價的木板。門前約半張榻榻米大小的空間下陷一層，權充玄關，熟悉的髒運動鞋隨意對著另一邊擺放。房間角落，一臺小電視和像是DVD播放器的東西直接擺在榻榻米上，旁邊有空的多格櫃，再旁邊是一張像矮書桌的東西，底下塞了薄薄的座墊。算是他全副家當的背包放在壁櫥前面。他覺得背包比自己還清楚是怎麼被帶到這裡來的，但背包當然什麼都不會告訴他。

他四肢跪地爬到窗邊，稍微掀開窗簾。是一樓。首先躍入眼簾的，是一面高聳的鐵絲網。高度約有四、五公尺吧。圍欄上呈螺旋狀繞著一圈有刺鐵絲，再過去數公尺前方，一片像漆成白色鐵板的東西形成圍牆，密不通風地聳立著。換句話說，這裡和另一邊，遭到雙重的阻隔。問題是哪邊是裡面，哪邊是外面？輝生總覺得這邊是裡面。以前在戰爭電影中看到的場面掠過腦際：強制收容所當中，一群骨瘦如柴的男人們怨恨地抓著鐵絲網。要是現在爬出這道窗戶，試圖翻越那片圍欄，會發生什麼事？會響起震耳欲聾的警報聲嗎？還是有一群狗齜牙裂嘴撲上來？

他豎耳聆聽，雖然隱隱約約，但遠方有一些腳步聲、像是拖動椅子的沉悶磨擦聲等等，是人的動靜。忽地，他看見背包後方掉著一個小鬧鐘。六點二十分……當然應該是早上，但搞不好自己昏睡了超過二十個小時，太陽又要西沉了。

他再次鑽進被窩裡，雙手交握在後腦，仰望昏暗的天花板。直到昨天，他還站在世界盡頭的懸崖邊，走投無路，朦朧的腦袋只想著死亡。然而現在呢？在完全不知道是哪裡的陌生土地的陌生房間裡醒來，也不曉得殘餘的人生將往哪裡去。他以為期待的情緒老早就已經乾涸了，即使如此，仍有一小撮希望推開模糊的不安，開始萌發。

「接下來會怎麼樣……？」

輝生以適合這個新世界的沉靜喃喃道。聽起來不像自己的聲音，就彷彿真實本身以真確實在的聲音在述說著。

房間漸漸亮了起來。果然是早晨。

四

眼前高高地矗立著裝滿半透明赤黑色液體的巨大玻璃水槽，俯視著輝生。水槽呈直立的蠶繭狀，高度可能有近六公尺。若要測量圓周，大概需要四、五個男人牽手圍成一圈。

乍看之下像是為紅酒之類的液體加工的機器，但輝生馬上就知道不是了。因為隔著厚實的玻璃、帶點黏稠的稀釋血液般的液體中，隱約可見漂浮著形狀詭異的無數不純物。

那些不純物都有五、六公分大，似乎呈膚色，但是在水槽各處混濁的液體中快速地忽隱忽現，不願輕易現出真身。難道這些是……？危險的推測在輝生的腦中逐漸升起，但近乎願望的「不可能吧」試圖把它壓下來。

先不論這一點，從剛才開始，輝生就感覺到一股灼灼視線扎在臉頰上。站在旁邊的小個子老人面露打趣的冷笑，目不轉睛地觀察著輝生的臉色。是想要看看他對這異樣物體的反應吧。擺出一副天經地義沒什麼的表情才是正確答案嗎？還是當場翻白眼昏倒才是對的？老人就像看出了輝生的困惑，以獨特的尖銳嗓音，賊賊地勾起嘴唇問：

「看起來像什麼？」

輝生再次凝目細看玻璃另一頭。水槽裡的液體約七分滿，內容物連同液體緩慢地旋轉著，就像有成群的沙丁魚游動的圓筒狀水槽。不過在赤黑色的液體中旋繞般對流的不是什麼沙丁魚。被問到它們看起來像什麼，他只想到一個答案。

「像……鼻子……」

從臉上割下來的人鼻……不只幾十個，恐怕有上百，甚至是上千個。

「哈哈！」老人的笑聲彷彿從腦門竄出，「還像呢！鼻子就是鼻子……又不是天空的雲，還能像其他的什麼？」

背後也斷續傳來彷彿在喉嚨深處揉捏出來的許多笑聲。七對眼睛，也就是五名男子和兩名女子，從剛才開始就半好玩地看著輝生和老人對話。他不知道有多少人在這座農場工作，但這七人似乎是不惜丟下工作跑來見識新人的。輝生的目光迅速掃過穿著藍綠色工作服的他們。看上去三十到六十多歲的男女當中，有一名身高近兩公尺、相貌愚鈍的巨漢特別惹眼，但每張臉都只是浮現著疲憊的諷刺笑容，並不像瘋狂割人鼻子的獵奇殺人犯集團。

輝生知道名字的，只有站在旁邊的老人。他好像叫權田。權田頭上戴著深紅色鴨舌帽，底下溢出泛黃的白髮。老人有著一張戽斗的臉，臉頰就像被刮刀刮過一樣凹陷，膚色深褐，感覺即使被宣判明天就是死刑，那張死咬著世界一角不放的頑固表情也不會改變。

就在剛才，權田就頂著這張臉，去輝生的房間叫醒他。他一開門，就蹦出一句：「你應該沒尿出來吧？」好似每三人裡面就有一人會在來到這裡的夜晚失禁。輝生雖然沒有嚇到失禁，但也沒有勇氣主動離開房間，因此確實憋了很久的尿。他嚇了一跳起身，冷不防和權田對望了。不是一看就非善類的剽悍壯漢，而是個工人樣貌的小個子老人，讓他內心大感放心，但老人對魯鈍年輕人頤指氣使的凶狠氣勢嚇到了他，他忍不住正襟危坐說：「還沒有。」權田發出奇妙的「庫卡卡」笑聲，就像在說輝生的年輕實在滑稽。

輝生不知道該看哪裡才好，又仰望水槽。權田帶輝生去廁所後，突然說要讓他看「保苗槽」，把他帶來這個房間。入口鐵門上的牌子也寫著「保苗室」。天花板可能有八公尺高，大小約有四十平方公尺。鋼筋結構裸露，感覺就像工廠或倉庫的一部分。右邊的巨大鐵捲門打開一半，儘管眼前的光景詭異非常，那裡卻燦爛地射入稱得上格格不入的健康陽光。

既然叫「保苗槽」，那麼這些像鼻子的東西——不，就是鼻子，也就是苗嗎？他想起篠田說的「HANABAE」，那麼這個詞的漢字應該是「鼻生」囉？實驗性作物……這種東西會長出什麼來？輝生胡思亂想著，漸漸被一股不明所以的激動情緒所驅動，忍不住沙啞地問出口：

「這些鼻子……是從哪裡……」

權田嗤笑一聲，滿不在乎地說：

「如果要問是從哪裡來的，當然是從臉上來的。趁著夜晚，從後方朝腦門來個一記，活生生地割下鼻子。『求求你，放過我的鼻子，放過我的鼻子……』」

後面的七人哄堂大笑。似乎是老哏玩笑了。但輝生聽不出是當成虛構的情節而笑，還是視為真實發生的事而笑。輝生再次掃視七人面露淡笑的臉，內心納悶他們有可能是全被相同的瘋狂所附身的集團嗎？

瞬間，他想像自己鑽出右邊的鐵捲門底下，驚慌失措地奔向不知何處的彼方，但不出所料，沒能翻越刺鐵絲，從鐵絲網被拉扯下來，輕易帶回了這裡。龐然如小山的巨漢會在這裡，難不成就是為了這個目的？篠田說的「丟下工作逃跑」的那個人，是怎麼跑掉的？或只是試圖逃跑，失敗告終？其實想要逃走的不只一兩人，甚至不下十幾二十人，每個人都被割下鼻子，現在仍在那座水槽裡載浮載沉。若是這樣，怎麼辦？

「你那是什麼表情？」權田賊笑說，「你以為你一定也會進去那裡面？看來你已經打算要用鼻子游泳了。」

七人又放聲大笑。權田似乎是他們當中的長老，老人調侃新人，眾人就會一起笑。權田又發出「庫卡卡」的笑聲。

「噯，別那麼緊張，」他用浮現黑斑的拳頭敲了輝生的肩膀一下，「你的鼻子才沒人要呢。這裡頭的鼻子啊，可不是什麼阿狗阿貓的鼻子。是經過正規程序，一個個蒐集而來、身家清白的鼻子。喏，你仔細看，每個鼻子上頭都寫了字吧？」

輝生已經發現了。雖然很淡，但每個鼻子沿著鼻梁，都寫著青黑色像文字的東西。是共七、八位的數字加上英文字母，看起來像管理編號。每一個鼻子都知道來歷嗎？那麼它們的主人是哪裡的什麼人呢？鼻子是死後才被割下來的嗎？或者真的是活生生割下來的？權田說的「正規程序」是什麼？有什麼不觸犯法律的正規程序，足以將這詭異而冒瀆的光景正當化嗎？權田彷彿搶先預知了輝生這些疑問，苦澀地壓低了聲音說：

「不要多問。不管你想知道什麼，只要在這裡工作，遲早都會知道的。」

五

不到一個月，輝生已經知道了許多事。電視臺的一號頻道是ＮＨＫ神戶臺，那麼這裡一定是兵庫縣內。從圍牆上放眼望去，全是布滿未經人為整修的茂密山林。看來這座農場是位在被平緩山地圍繞的山谷中。

權田說，整座農場占地超過二十公頃。當然大半都是田地，但也零星散布著建築物。輝生等作業員起居的二層樓建築物，就單純地被稱為「宿舍」。除了作業員的單人房以外，還有食堂、澡堂、廁所、圖書室等等，日常生活的一切在宿舍裡就可以解決，完全不需要踏出去一步。宿舍北邊有稱為「研究所」的純白色建築物，巨大玻璃水槽所在的保苗室也在那裡。研究所的更北方，有三棟相連的褐色細長狀組合屋般的建築物，被稱為「倉庫」，但輝生還沒有進去過，不僅如此，甚至從來沒見過有人進出。不過倉庫格外巨大醒目，看得出是這座農場不可或缺的重要設施。

輝生每天早上八點下田，和權田搭檔，一直工作到日落。施肥、耕土，罩上黑色農用塑膠布，每天就重複這些工作。這是輝生第一次務農，但就連門外漢的他，都感覺得出這不是在栽種一般的作物。對於肥料的量、泥土混合的方式、田壟的大小和形狀這些種種，權田都非常計較，尤其對田壟的製作，更是展現出近乎狂熱的講究，他會對著一塊田壟上下左右打量，龜毛地指示輝生該如何修整。田壟的長寬高都必須正確測量，靈巧使用鋤頭堆成完美的橫躺半圓柱形。權田的說法是，醜陋的心會做出醜陋的田壟，醜陋的田壟會長出醜陋的「鼻生」。而醜陋的「鼻生」似乎一文不值。

結束一天的工作時，每天都累得像條破抹布。從來沒意識過的肌肉到處發出哀嚎，握鋤頭的手反覆磨出繭又破裂，手掌愈來愈硬實，幾乎可以倒立著生活了。權田用一種像打趣又像鼓勵的口吻不停地說「現在是最辛苦的時期」，要不是這樣，輝生覺得自己實在是撐不下去。因為農場沒有休假。

說到生活中的樂趣，就只有吃飯、洗澡、睡覺和看電視。他對食物沒有不滿。早午晚一天三次，食堂餐桌會擺出還可以的餐點。有人盯著吊在天花板上的電視，孤僻地獨自默默動筷，也有人邊聊天邊悠哉地用餐。住宿舍的人，包括輝生在內共有二十一個，研究所好像也住了十人左右，但輝生從來沒有跟那邊的人交談過，只曾遠遠地看見他們經過窗邊，或是在農場走來走去的身影。

用餐時間，輝生總是坐在權田旁邊。輝生從一開始就是由權田負責管理。輝生漸漸明白了一件事，自己似乎是被帶來協助年老而愈來愈難務農的權田。確實，權田的動作開始帶有老衰的陰影。他彎腰駝背，走路時肩膀左右搖晃，步態僵硬，工作時也經常扶著腰皺眉頭。日復一日從早到晚一起工作，日久生情，輝生內心也萌生出擔心老人身體的感情，但老人總是惡狠狠地罵他做不好，從來不曾慰勞他。兩人不是那種溫馨的關係。權田可能是年紀的關係，或是生來如此，個性急躁又沒口德，而輝生也有種自己是被騙來的彆扭感受。

但自己真的是被騙來的嗎？輝生有時會如此自問。這裡有遮風蔽雨的地方，也不愁三餐。用餐的時候他豎起耳朵聽別人對話，似乎就像篠田說的，每個月都有支付薪水。問題是錢怎麼用。聽說只要向研究所辦公室一個叫大內的女人申請想要的東西，大部分的物品都會送到農場來。但是被關在這種連位在何處都不曉得的荒僻箱庭裡，到底會想要什麼？

時髦的衣物無用武之處，車子和電腦本來就是管制品。有個姓鹿島的男人，會在食堂彈奏據說一把上百萬的原聲吉他，但頂多也就這樣了。其他人或許打算離開這裡之後再揮霍，但真的有辦法離開這裡嗎？

有時夜半忽然醒來，輝生會陷入宛如躺在薄冰上深不可測的不安。這裡到底是什麼地方？在這裡的到底是什麼人？他們什麼時候來的、又打算待到何時？這裡沒有半個人對輝生的過去追根究柢地探問，輝生當然也沒有這麼做。因為會漂流到如此異樣空間的人，或多或少一定都有些不可告人的過去。雖然自然而然地互叫名字或綽號，但就算有名字，當然也不確定就是本名，凶惡通緝犯用假名混進來的可能性也不能說沒有。

輝生連權田的事都不太瞭解。權田看起來八十出頭，但也有可能是辛苦的農務讓他看起來比實際更蒼老，其實才七十多歲，但若說他九十幾歲，也有著符合的滄桑氣質。權田對工作的熟練度，當然不是五年十年的資歷，假設他已經在這裡待了三十年呢？感覺很有可能。或許還要更長。比方說，宿舍隨便一處裝潢，像是老舊的印花合板、廁所和澡堂的小磁磚、油氈地板、燈罩泛黃的燈具……這些種種的一切，看起來都熬過了比二十八歲的輝生更漫長的歷史。

假設權田真的在這座農場關了三十年之久，他再也不可能回歸花花世界了吧。因為他就形同動物園裡有人餵養的動物。但若要這麼說，不只是權田而已。其他人也絕口不談離開這裡以後的事，頂著一張諷刺又鬆垮的臉過日子，就像已經打定主意要永遠憑靠在這座牢籠上。但從某個意義來說，他們肯定也已經有了覺悟。否則不可能跟默默漂浮在血泊中的無數鼻子那麼駭人的東西一起生活。

有一次在田裡，權田說：「如果想離開就說，馬上就放你出去。」輝生細細地觀察權田的神情，想看出這話究竟是否認真，但權田只是皺起眉頭，彷彿受不了輝生的理解力之差。那話聽起來不像玩笑，也不像氣憤之下說出根本不可能做到的事。只是輝生沒把握可以把這話當真。如果可以任意離開，那些鐵絲網是為了什麼？外面的圍牆是為了什麼？

輝生認為這或許是一種試探，看看新人是否願意把靈魂賣給農場，因此只是漫應了一聲：「嗯……」如果那時候他回答「那，現在就讓我離開」，究竟會發生什麼事？畢竟這裡是連釋迦牟尼佛都管不到的邊境監獄。就算用柴刀鋸子將無依無靠的流浪漢碎屍萬段，灑在田裡，也不會在外頭的世界激起一絲波瀾。而他們也不會再談論又是一個期待落空的新人……這樣的噩夢，或許已經在這塊土地上演多次。

六

輝生已經經歷過好幾次近乎苦行的無聊工作，和權田兩個人坐在保苗槽前面，默默盯著漂浮的鼻子一小時之久。這似乎是一份輪班監看的差事，目的是在早期發現保存狀態不良的苗。不過這項工作也只到今天為止。

冬天仍流連不去，但漸漸遠離農場，三月下旬，研究所後方的大辛夷花開始綻放潔白的花朵。辛夷花被稱為告知種植時期的花，不過實際種植的日子，是由月亮來決定。新月之日，就是栽苗之日，而那天終於到來了，一大清早，作業員全都被聚集到保苗室。終於要把鼻子從保苗槽取出來了。

輝生第一次看到水槽的蓋子打開。半球狀的不鏽鋼蓋子，就像踩踏板就會打開的垃圾桶蓋子般張開來。他正想著，總不可能用網子從那裡把鼻子一個個撈出來吧？這時來自左邊玻璃管的赤黑色保苗液的供給停止，水槽的水位漸漸下降了。隨著水位下降，鼻子更是擠成一團，就像待洗的薯類，數量驚人的鼻子最後浸泡在未能完全排出的保苗液裡，沉沉地堆積在圓弧狀的水槽底部。侷促地擠在一塊的鼻子們，比在液體中旋繞時看起來更鮮活，甚至讓輝生想像起它們對彼此吐出濕暖氣息的搔癢觸感。

巨漢津田轉動水槽下方的把手，排水管像溜滑梯一樣傾斜，開始涓滴漏出剩餘的保苗液，流入置於管下的不鏽鋼巨大定音鼓狀容器。鼻子滾了出來。一個、兩個……速度愈來愈快，槽內的鼻子發出潮濕的聲響，落入不鏽鋼容器裡。這個巨大的容器可能是因為底下有輪子，被稱為「推車」。他從旁邊悄悄探頭望去，推車裡套著一個像咖啡濾紙的白色布袋，鼻子在裡面堆成了一座小山。似乎是用來濾掉剩餘的保苗液，只留下鼻子。

所有的鼻子都掉出來後，推車被推到房間中央，眾人圍繞在旁邊。接著解開掛在推車邊緣的繩索，八人合力抓住布的邊緣，讓它呈八角形。載著鼻子的布就像拉開彈跳床那樣被抬起，推車從底下被推到房間角落去。然後布就像神轎一樣小心翼翼地被放下來，地面出現了一座隆起的鼻山。

接下來輝生也戴上橡皮手套，在權田的指導下加入作業。將鼻子一個個撿起來，小心地放進稱為「貨盤」的透明扁平塑膠盤裡，整齊擺放。貨盤裡分成十乘十的格狀，等於一盤剛好可以放一百個鼻子。不過不是隨便往哪一格放都行。哪一盤的哪一格要放哪一個鼻子，都已經決定好了。所以每一個鼻子才會印有管理編號。

撿起第一個鼻子，需要一股決心。捏起鼻子的瞬間，輝生感到一陣惡寒竄過背脊，但沒有湧升至皮膚，很快就消散了。隔著手套觸碰到的觸感，完全就是人類的鼻子。柔軟的皮肉裡面，較硬的軟骨反彈回來。那與其說是軟骨具備的單純彈力，感覺也像是人類生命原初的彈性。瞬間，輝生陷入強烈的錯覺，彷彿手中的鼻子還連在那張臉上、連在人的身上，他維持跪地捏起鼻子的姿勢，僵固在原地，好陣子連呼吸都忘了。「這可是如假包換的捏鼻者*……」權田在旁邊打諢，眾人一邊忙著，卻也抬眼吃吃地笑，輝生也不知為何，湧出一股害羞的笑意。

但撿了五、六個鼻子後，他漸漸鎮定下來，開始看見各種細節了。輝生首先注意到的，是鼻子的多采多姿。有些鼻子泛著斑點，像是老人的鼻子；也有小巧的幼童鼻子，看了直教人想哭；有的鼻子又紅又腫，可以推測出主人一定愛喝酒；也有鼻梁纖細白皙的鼻子，讓人期待主人會是個美女。簡而言之，感覺不分男女老幼，各種鼻子都在這裡了，沒有任何區別。而令人驚訝的是，每一個鼻子看起來都極新鮮，就好像剛從隔壁房間被割下來一樣。儘管一直浸泡在保苗液裡，卻沒有泡爛的樣子，感覺若是現在物歸原主，就能輕易回歸臉部中央。

輝生接著發現的，是割鼻子的人技術高超。不知道他用的是什麼刀具，但鼻子的斷面感覺不到任何猶豫或遲疑，那完美的曲線，就宛如各個鼻子身負的宿命。從人中根部倏地深入，完整保留了塑形鼻孔的環，俐落地從硬骨和軟骨的境界之間掬起。割鼻者熟練的技術不用說，能做到這件事，也需要被割鼻的人一動不動。不是屍體，就是因麻醉而沉睡，否則就是在手術臺般的地方，頭部被完全固定。

鼻子最後全部被分配到十五個貨盤上。換句話說，總共有一千四百多個鼻子。輝生原本猜想會有更多，但是都蒐集了超過一千四百個割下的鼻子，實在沒道理還嫌不夠。

有人打開鐵捲門，清澈無比的陽光踹開蒼白的螢光燈光線湧了進來，舒適的春風開始吹過保苗室。完成一大清早的工作，眾人的臉都刺眼地瞇起，看似微微露出笑意。若是在相隔一步之遠的距離看著他們，完全就是從事正當工作的平凡勞工，沒有任何可恥之處，正大光明。然而近旁長桌上的塑膠盤裡，並排著許多割下來整齊存放的鼻子。這是一幕讓人無法相信目睹之物的扭曲景象。輝生正想著這些，權田一臉嚴肅地走過來，說：

「你端一盤……今天要全部種完。」

這聽起來也像是應該在光天化日之下說出口、更崇高深遠的話，但是要種的東西，當然是那些鼻子。

＊「捏鼻者」（鼻摘まみ者）在日文中有「受人厭惡者」的意思。

「要當作一座田壟裡面埋了一個人。」權田說。

輝生好幾次想像種植鼻子的方法，結果完全如同他的想像。斷面朝下種植，就像是田壟長出人類的鼻子那樣。但不是放在泥土上就好了。首先把覆蓋田壟的黑色塑膠布剪掉一塊，在露出的泥土挖出凹坑，把鼻子種在凹坑底部。

「要當作鼻子還在呼吸。」權田說。

也就是說，必須留意不能讓鼻孔被泥土堵住，同時又必須讓鼻子的邊緣稍微埋進土裡，種植深度極為精妙。

話說回來，權田處理鼻子的動作是多麼地溫柔啊！就彷彿輕輕捏起落下鳥巢的雛鳥一般。要發揮這完全不符合權田個性的纖細，或許意外地需要平日的沒口德。

不過幾乎所有的鼻子都是輝生種的。權田會探頭看，執拗地指出一切缺點，用指頭進行修正。但到了傍晚時分，種完一整盤的時候，權田也沒什麼好訂正的地方了。輝生悟出，種鼻子最重要的不是技術，而是一些熟練，最重要的是感情。一個鼻子一個鼻子，極盡鄭重地種下去。只要種植的時候有一點草率的心態，權田就一定會動手修正。

關於農場，有數不清讓輝生覺得奇妙的地方，但罩在頭頂煩人的網子也是其中之一。不過並非整片農場土地都被網子罩住，只在田地有田壟的部分才有。離地三公尺的高處拉起綠色的網子，在各處打進鐵管作為支撐網子的支柱。網目間隔二公分，意外地細密，因此感覺好像隨時有人壓在頭上，壓迫感很重，但種鼻子的時候，他忽然想到那是用來驅鳥的。麻雀或鴿子應該不會感興趣，但若有烏鴉或老鷹，感覺會喜孜孜地叼走鼻子。

這個想法一浮現，圍繞著土地的鐵絲網和鐵板似乎也具有不同的意義了。應該還是有限制人員進出的功用，但最重要的功能，或許還是阻隔動物吧。要是有山豬或猴子闖進來，一定會像看到滿地乳酪喜上雲霄的老鼠那樣，一個接著一個吃掉源源不絕的鼻子。這麼一想，重新環顧一看，露出田壟的鼻子實在是毫無防備、危機重重。但是會這麼感覺，或許表示輝生也開始對鼻子萌生出類似喜愛的感情了。

所有的鼻子在天黑前都順利種下了。回宿舍的路上，走在前面的權田回頭瞥了他一眼，輕輕丟下一句：

「辛苦了……」

這是權田第一次慰勞他。輝生因為太驚訝了，只能點點頭應：「喔……」這份工作有數道關卡，如果第一道關卡是看到水槽裡的鼻子，那麼種鼻子或許就是第二道關卡。

隔天起，巡田的工作開始了。每天早晨傍晚各一次，輝生和權田一起巡視他們負責的區域，確認鼻子的狀態。

頭頂的網子和鐵絲網可以防止鳥獸，但小昆蟲會任意活動。每天早上都要用噴霧器對鼻子噴乳白色的殺蟲劑，但蟲子還是聚集過來的話，就必須用鑷子逐一摘除。很多時候，會有像紅色的蟎的蟲子在鼻子上爬。好像也不是在吃鼻子，但鼻子會因此受損。鼻子若是受損，當然也會影響「鼻生」的收成。風雨也不能小看。雨勢太猛烈的時候，就必須在鼻子上方蓋上稱為「傘」的特殊覆蓋物。只要被沖離田壟，那個鼻子今年就不能用了，必須切斷長到一半的根，放回保苗槽。當然也不能忘了除草。權田說，有句話是「大農不看草除草，中農看草除草，小農看草仍不除草」。不看草是要怎麼除草？

不過工作變得輕鬆許多了。只需要早晨和傍晚工作兩、三個小時就行了。突然閒下來後，輝生開始到圖書室看書。圖書室約有二十平方公尺大，整面牆都是塞滿了書的書架，輝生因為太閒而數了一下，感覺有將近一萬冊藏書。一萬除以三百六十五天，當他發現就算每天讀一本，也得近二十七年才能讀完時，內心一陣怵然。因為他想像起自己二十七年後仍繼續走進這個房間的背影。二十七年間，一步也沒有踏出農場，步入五十五歲的自己……這個想像隨即堵在了眼前，若是繼續磨蹭下去，它一定會慢慢地覆蓋上來，重疊在自己身上。

輝生幾乎都讀漫畫和推理小說，但也會拿起感覺古老艱澀的作品。像是赫爾曼・梅爾維爾的《白鯨記》、夏目漱石的《明暗》、高橋和巳的《邪宗門》，他發現這些書裡一定都蓋有藏書印。可能是外行人自己刻的，相當笨拙，但勉強辨認得出「大崎巖」三個字。他好奇起來，查了一下，發現藏書裡面大概每五本就有一本是大崎巖的書，有些驚訝。現在的農場沒看到像是大崎巖的人，但圖書室裡充滿這麼多大崎巖的名字，是否代表過去這裡有位叫這個名字的讀書家？

「巖」這個名字，讓輝生私心想像是個神情嚴肅的巨漢。他比權田還要資深，或是和權田一起來到這裡的嗎？若是問人，或許輕易就可以得到答案，但他已經養成了不打探任何事的習慣，而且也並非不害怕打草驚蛇，不慎踩到可怕事物的尾巴。雖然不知道為什麼，但他不認為大崎巖離開了這裡。輝生感覺，不論那是什麼時候，大崎巖一定都死在這裡了。

七

進入九月後，輝生也看得出來，眾人似乎開始隱隱浮躁起來。因為收穫的季節近了。植苗在新月的白天進行，但聽說收穫在滿月的夜裡進行。他當然疑惑為何要特地選在夜晚收穫，但若要追究起來，就連選擇新月或滿月都令人費解。預定收穫日是九月九日。也有可能是八日，但權田板著臉說「唔，九號會來吧」。什麼東西會來？輝生思考這件事，漸漸看出來了。倒不如說，他覺得老早就已經知道了。明明知道，卻不願承認現實會發生這種事。

種下鼻子當時，輝生想像鼻子冒出小芽，開枝展葉的茂盛景象，但完全沒有出現這樣的狀況。幾天過去、幾星期過去，鼻子只是維持被種下時的模樣，在田壟中暴露著脆弱的身姿而已。但他知道斷面長出了根。只要泥土稍微從鼻子的邊緣崩落，就能看出鼻子密密麻麻地長出了絹絲般細白的根，貪婪地鑽進土裡尋求養分。

八日，天還亮著，所有的田壟就撤去了塑膠布。入夜以後，所有的作業員聚集在食堂，看電視喝茶翻雜誌或無所事事，各自度過坐立不安的等待時間。一整晚，眾人輪流巡視田地，但回到宿舍後，都同樣地搖頭。東方天際開始泛白後，長老權田緩緩站起來，說：「那麼，今晚繼續麻煩大家了……」眾人一臉睏倦地點點頭，踩著倦怠的步伐魚貫返回房間休息。輝生也回去自己的房間，拉上窗簾躺到床上，卻怎麼也抓不住感覺就在身邊飄蕩的睡意，翻過來仰躺睜開眼睛，意識片刻間浮上暗青色的天花板旁。

不知不覺間，輝生做了夢。是逃離農場的夢。灑下遍地銀光的滿月之夜，他發現不知為何，通往外界的門敞開著，便從門縫間悄悄溜出了外頭。排山倒海的絕大自由，讓他就要笑出來，他拚命壓抑著這股衝動，幾乎是小跑步地走在陰暗的山路上，沒多久在路邊發現了一戶民宅。走近一看，那戶人家的後方有一塊田，那片田地覆蓋著和農場一模一樣隆起的詭異田壟。上面點點露出的小玩意兒，難道是鼻子？輝生後退，繼續趕路。但左右張望，熟悉的田壟不斷映入眼簾。只要有一點平坦的土地，就到處都是田壟。難道這整座山化成了被另一層鐵絲網圍繞的巨大農場？不，也有可能是他遠離社會的這段時間，全世界都被種鼻子的田壟所覆蓋了。今晚的月亮沒有一絲陰影，是如假包換的滿月。幾乎滿溢而出的月光灑遍田壟，收穫一定隨時都要開始了。輝生一陣戰慄，再次小跑步前進，很快地變成全速奔跑，滾下坡似的衝下山。

可是，這是怎麼回事？一股被什麼東西追趕的迫切感緊貼在背後，他倉皇回頭。視野一隅，像一團夜色的黑暗閃身而過。他一次又一次回頭，就像追趕著自己尾巴的瘋狗。但每一次黑暗都迅速閃到他背後。是**他**！**他**回來了！輝生無計可施，茫然怔立。**他**一直在等我嗎？在等我離開農場？

「朋友啊！」黑影在身後細語，「前面剛好有座合適的懸崖。從那裡跳下去如何？腦袋開花，全身骨折——」

「滾開！我已經不需要你了！」輝生喊叫，像在泥浴的動物般滿地打滾。

「這樣啊，你怕痛啊。那還有別的法子。喏，你看，鑽進那座林子裡，躺在樹木之間就行了。躺著躺著，不斷地躺下去，雖然不知道要多少天，但遲早可以餓死吧。」

「好了！我回去就是了！回農場就是了！」輝生躺著喘氣，懇求原諒，「我回去就行了吧？回去就是了！」

「我不建議你這麼做，朋友。你知道你在那裡種植著什麼嗎？一定不知道吧。要是知道，你絕對不會說什麼要回去那裡。」

「那你就知道嗎？那到底是什麼？」

「想知道的話，就親眼去確定。看，到處都是田壟不是嗎？自己埋下的黑暗祕密，自己挖出來，這才是道理。如果沒有這份勇氣，就只能把自己埋起來。對吧？不用擔心，不只你一個人而已。每個人都在自己埋下的黑暗祕密旁邊，挖掘著自己的墳墓。回去那裡？

是啊，回去就是了。我可不急。多少年、幾十年我都會等你。不管射來的光再強，影子都不會消失。因為人類的肚子裡，總是一片漆黑嘛……」

輝生就像把自己從噩夢裡扯出來似的驚醒了。他仰望著房間的天花板。他躺在被褥上，氣息有些急促，就好像真的溜出農場，又灰溜溜地逃了回來。他覺得黑影的呢喃還在脖子爬來爬去，但很快地感覺到自由與恐懼依依不捨地退到了彼方。

看看鬧鐘，七點多。他嚇了一跳，以為自己睡過頭了，但窗簾外射來蒼白的陽光。還是早上。接下來他仍反覆打盹又被夢趕回來，到了午飯時間，終於決心放棄入睡。

晚上六點半左右，太陽一落下水平線，熟透欲滴的紅色巨大滿月籠罩著光暈緩緩現身，彷彿在說她已經在山的另一頭喝了一杯，等了好久。作業員都已經來到田裡，散布在各地，各自瞪視著月亮現身。雖然有雲，但朦朧微弱，月光就像一片紗幕大剌剌地從雲後傾灑在農場的每一個角落。

第一個「鼻生」在七點多的時候醒來。名叫石川、貌似五十多歲的瘦女子在距離輝生約兩百公尺遠的地方冷不防高喊一聲：「早安！」揭開了漫漫長夜的序幕。

身在窒息寂靜中的輝生嚇了一跳，望向聲音的方向。旁邊的權田看向他，微微點頭，默默地指著石川那裡。好像是在叫他過去。輝生邁步跑過去時，其他的作業員也已經往她那裡去了。

輝生一邊跑，一邊看見石川腳下的田壟兀自隆了起來。漆黑的泥土蠕動著，緩慢抬升，左右崩落，一團鮮豔的白色物體驀地現身了。是「鼻生」在田壟中坐起了上半身。果然！裡面果然埋著**像人的東西！**儘管早已察覺，實際目睹，一股戰慄依舊爬上了背脊。那東西的頭部沾滿了泥土，看不清樣貌，但從寬闊的肩膀看得出是個男人。

比輝生更早趕到的鹿島說著「早安」，探頭看了一下坐起來的「鼻生」沾滿泥土的臉，接著用脖子上的毛巾擦拭那張臉。「鼻生」似乎不喜歡這個動作，舉起半埋在土裡的手，想要拂開鹿島的手，但動作緩慢又笨拙，好似整個人痴呆，幾乎是任憑擺布。眾人逐一靠過去，七嘴八舌地對「鼻生」說「早安」。這似乎是這裡的習慣，但「鼻生」不僅沒有回話的樣子，甚至不像聽進去了。

輝生提心吊膽地從眾人的縫隙間俯視蜷著背癱坐在崩落田壟中的「鼻生」。他看上去四十多歲，不過把全身洗乾淨，或許會是更年輕的男人。夾雜著泥土的頭髮貼著頭，長度到肩膀。當然是一絲不掛、剛出生的模樣，但可能是因為在陽光照射不到的地方埋了近半年，皮膚在月光下一片蒼白，宛如蠟燭般滑膩。只有鼻子微微泛紅，果然是承受了一個夏季的日曬，只有那裡曬黑了吧。

不過最吸引輝生的，是「鼻生」的表情。更正確地說，是面無表情。他的雙眼就像蛇張大的嘴巴，冰冷空洞，不知道是否面肌不發達，皮膚看起來鬆鬆垮垮。嘴巴邋遢地半張著，不時微微嗆咳，吐出黑色的土塊。外表和人類一模一樣，看上去卻連在地上爬行的蟲子那點靈魂都沒有。這根本就只是個泥偶。一定是失敗品。輝生正這麼想，不知不覺間來到背後的權田看著「鼻生」，卻喃喃說：「還可以。」其他作業員也滿面喜色地說：「很不錯了。算是很棒的了。」

跪在「鼻生」旁邊的鹿島抬頭，環顧聚集而來的眾人。他一發現輝生，立刻招手說：「菜鳥，過來幫忙！」權田從後面輕戳他的肩膀，就像在說「去試試吧」。輝生聽從鹿島的催促，繞到「鼻生」的左側，把手穿進腋下，抱住左臂。輝生幾乎是在情勢使然下這麼做，但坦白說，他渾身驚懼不已。那是與人類完全無異的柔軟皮肉，深處確實有著堅硬的骨骼觸感。一個巨大的疑問湧上腦袋最深處：**這到底是什麼？我現在到底在摸什麼？人嗎？植物嗎？還是土塊？**

總之輝生和鹿島從左右抓住「鼻生」的手，合力讓他站起來。難道要這樣把他拖著走嗎？正當輝生為今晚接下來的發展感到憂心，重量忽然變輕了。是「鼻生」用自己的雙腳站到地上了。雖然有些前屈，但不需要任何支撐，用自己的腳筆直站立。接著提心吊膽地開始把腳往前挪，眾人見狀露出安心的笑，一同鼓掌，彷彿得到了今年豐收的確證。的確，那模樣也可以視為剛出生的草食動物堅強的本能，但輝生腦中第一個浮現的，卻是全身赤裸沾滿泥巴、四處遊蕩的失智老人不忍卒睹的模樣。

「喏，帶去倉庫囉！」鹿島說。輝生回神，模仿鹿島抓住「鼻生」的上臂，三人並排慢慢地穿過壟間，走向倉庫。「鼻生」依然一臉痴呆，但也沒有特別排斥的樣子，順著催促，搖搖晃晃地往前跟上來。抓著「鼻生」上臂的右手，感受到讓人忍不住想甩開的可怕觸感，但比這種觸感，更強烈激起輝生的不安的，是這個「鼻生」還只是第一個而已。接下來會有超過一千四百個這樣的東西，從田壟中站起來。他覺得接下來絕對會是他這輩子最漫長的一晚，如果內心緊繃的弦斷掉，他的理性將會徹底崩潰，直至無形。

輝生走向倉庫，發現鹿島正從「鼻生」的另一側頻頻偷瞄他。也就是說，這一刻才是測試新人是否真的管用的試金石。過去的七個月只不過是試用期。他回想起篠田埋怨在輝生之前雇用的男人在收穫之後就丟下工作跑了。他幾乎可以歷歷在目地看見，不曾見過的男人在田裡嚇軟了腿發抖的樣子。或是男人失去理智，發出怪叫，爬上鐵絲網跑掉了？

背後又傳來某人開朗的招呼：「早安！」

倉庫所在的一區，在農場土地裡也大相逕庭。農場本身就像被鐵絲網圍繞的強制收容所，但倉庫周圍就像是在內部打造的收容所中的收容所，氣氛肅殺，因為只有那裡又架設了另一層鐵絲網。鐵絲網內側，地面全都鋪上了混凝土，寸草不生，感覺冷冷冰冰。今晚鐵絲網上方的許多照明將倉庫前庭照得一片通亮，彷彿只有那裡的夜色全被驅散，在農場中顯得一團亮白。雖然被輝生和鹿島抓著手，但「鼻生」會乖乖地往倉庫走，或許就如同飛蛾撲火那樣，是被光所吸引。

輝生第一次看到圍繞倉庫的鐵絲網的門打開。對開門大大地往內推開，等待著接下來將陸續擁入的「鼻生」們。前庭已經有幾個人影，輝生以為已經有幾個其他的「鼻生」被帶來了，但仔細一看，是研究所那邊平時幾乎沒有交流的人。他們平常都穿白袍，但唯有今晚，就和作業員一樣，穿著T恤和藍綠色工作褲。

他們帶著「鼻生」穿過柵門，左邊就是一張長桌，上面的塑膠盒裡插滿了細細長長像白色長紙條的東西。戴白色口罩的女所員走過來，讀出記在「鼻生」鼻梁上管理編號的開頭部分：「D之四十一……」接著從塑膠盒裡抽出印刷著「D－41」的紙條，發出嗞嗞嗞的聲音套在「鼻生」的左手腕上。似乎不是紙條，而是管理用的標籤手環。套上手環的「鼻生」似乎就不需要作業員了，鹿島把「鼻生」推向手持疑似高壓清洗機的機器的所員們，揮手做出「回去囉」的動作，匆匆離開柵門。輝生跟著鹿島離開，回頭望去。D－41全身遭到清洗機噴水，發出微弱的尖叫聲，當場縮起來扭動顫抖，似乎連逃走的想法都沒有。「鼻生」不只是像一般人一樣會感覺到冷，甚至可以出聲。

輝生望向田地，許多「鼻生」正被其他作業員帶往這裡。被扯著手哭哭啼啼地走過來的五歲女孩、蜷著背的八旬老頭、年約六十的胖女人、二十來歲乾巴巴的年輕人……每一個都赤身裸體，渾身泥土，男女老幼都有，看不出任何共通之處。輝生不由得再次思忖：**這些到底是什麼**？難不成真的有人像惡魔一樣，把這些當成作物吃掉嗎？雖然這種可怕的想法也掠過腦海，但孩童和年輕人也就罷了，世上有哪個食人魔會想吃皮肉鬆弛的老人，或是肥胖的老女人？或許有。或許這世上什麼人都有。輝生叫自己不要再想了。要想事後再想，現在先換上鐵石心腸吧！可是這世上一定有數不清的人，就是因為決定事後再想、只想先熬過眼前這一關，而犯下無可挽回的過錯。

那天晚上到底從田壟中拉出了多少個「鼻生」，輝生當然不記得。也不記得追逐了多少個「鼻生」，把多少個「鼻生」從鐵絲網上拖下來。他也不記得多少次精疲力竭，在泥土上腿軟坐倒、被田壟絆倒跌跤。但也有他正確明白的事。天亮之前，有一四三六個「鼻生」自力從田壟中爬起來，被沖掉泥土，穿上像醫院住院服的衣物，收容在倉庫裡。然後有七個「鼻生」在月亮沉落、太陽升起後，依然埋在土裡，沒有起來。驚濤駭浪之後的田地被朝陽所照亮，作業員們不停地深切嘆息，將那七個「鼻生」挖起來。似乎不是腐爛了，也不是死了。肉體都長好了，好像也在呼吸，卻沒有自己動起來，而是微睜著眼，全身僵硬，像根棒子似的。七個都是一樣的狀態。

「唔，大概就這樣吧。」權田說，眾人默默點頭。似乎每年都會有約這個數字沒長好的作物。儘管明白，但無法接受。如此苦悶的氣氛微弱地彌漫在無底的疲倦上方。這七個「鼻生」最後被放上擔架抬進研究所，但仍然甩不開搬運棺柩的送葬隊伍般陰沉的氣氛。後來作業員返回宿舍，洗了澡。眾人在浴池裡不斷地發出難以分辨是愉悅還是苦悶的呻吟，但話都很少。

輝生感覺肚腹又沉又硬，就像吞了塊醃菜石般，什麼都沒吃，七點多就上床，一下便昏睡過去。身體沉重無比，彷彿體內流的不是血而是鉛，就像連同被褥一起深深地沉陷至地底。沒能完全化成夢境、幾乎就像瘋狂的事物成群結隊造訪房間，一個接著一個陪他入睡。其中一個瘋狂不斷地對他細語：從明天開始，每天每一餐的餐桌上都是「鼻生」，要花上一整個冬天，吃完一千四百個「鼻生」。

八

醒來一看，房間一片昏暗，輝生知道太陽快下山了。剛過晚上六點。他去小解之後前往食堂，已經有幾個人開始用晚飯了。舍監問輝生需不需要用餐，他點點頭，在老位置坐下來。

忽地，他發現離電視最近的座位，坐著一名陌生的老人。那個位置不知為何都沒有人要坐，總是空著，可是老人坐在那裡可以嗎？老人看上去年約七旬，身材中等，頭髮灰白，生了張國字臉，眼睛垂得厲害，幾乎看不到眼白。他的臉色很差，總覺得像大病初癒。老人面前沒有餐點，只有一杯水，也沒做什麼，就只是呆呆地盯著電視螢幕。他的表情十分無依，彷彿意識的焦點不在任何一處，而且坐不安分，就好像屁股濕了一樣。正當輝生納悶，總不可能帶這樣一個老人進來當新人，這時總算發現他的鼻子異樣地紅。看那失魂落魄般的表情、蒼白的皮膚、赤紅的鼻子……**是「鼻生」！這個老人是「鼻生」**！可是不知為何，鼻子上沒有管理編號。他原以為那就像刺青，但看來是可以抹去的。

輝生觀察食堂裡作業員的神情，眾人都一如往常，吃飯看電視翻雜誌，對於「鼻生」在場，沒有絲毫在乎的樣子。輝生感到奇異這件事，眾人應該也都察覺到了，卻沒有人要跟他對望，這表示他們不打算特地向新人解釋老人的事。如同往例，意思是「不要問，以後自然會明白」嗎？

實際上，輝生也很快就明白了。眾人都叫老人「巖叔」。一條線在輝生腦中連接在一起了。藏書印的名字是「大崎巖」……一定是的，那個老人以前一定是這裡的作業員。然而不知為何，他成了「鼻生」。果然是死了嗎？因病或事故過世了，但有人從屍體割下鼻子，將鼻子放進保苗槽。就是這麼回事嗎？也就是說，「鼻生」就是復活的死人嗎？

想到這裡，一股震撼腦袋深處的駭人想像滾滾升起。怎麼能說只有那個老人是「鼻生」呢？搞不好權田、鹿島、津田、石川……不，也有可能這座農場除了自己以外，其實每一個人都是「鼻生」啊！不，等等，你怎麼能說只有自己不是？雖然上了篠田的車，但是記憶從途中就中斷了。醒來的時候，人已經在這裡了。自己會不會在昏睡的期間，被篠田勒死，割下鼻子，其實只有鼻子來到了這裡？但這種離奇的疑念立刻就消退了。因為他很快就發現，大崎絕對不會進食。雖然會喝水，但什麼也不吃，就像植物一樣。

話雖如此，也不是說大崎有什麼其他像植物的地方。白得透明的皮膚底下有著暗青色的血管，張開嘴巴時，看得到口中莫名白皙小巧的整齊齒列。照道理來想，只有被曬紅的鼻子是真的，此外的部分全都是從斷面長出來的根。而這些根像人類一樣行走、看電視、洗澡、出聲。若是潑水，不只會發出尖叫，還會說人話。

實際上，大崎的話一天比一天更多。眾人向他攀談，第一天他連回應都不太會，而隔天雖然糊里糊塗的，但已經會發出「喔」的聲音，笨拙地抬手。過了一星期左右，該說是五官變得活潑立體了嗎？連神情都變得英氣煥發，就彷彿蓄積在鼻子的記憶逐漸逆流到大腦，開始慢慢地想起眾人的名字了。

大崎在宿舍走廊突然在權田面前停下腳步，細細地端詳他，開口說：「喔，是阿權啊……」這時輝生就在旁邊。權田賊笑了一下，拍了拍大崎的肩膀，說：「愈來愈有精神啦。巖叔就得這樣嘛……」權田因為接下來還有工作，當場和大崎道別，但輝生眼尖地看見，權田後來好陣子嘴上仍掛著淡淡的笑意。權田顯然沉浸在喜悅中。他第一次看到權田這樣。

雖然驚濤駭浪般的一夜收穫結束，但農場也不是就此閒下來了。作業員必須二十四小時輪班巡視倉庫裡面。如果要說倉庫裡面像什麼，應該就像監獄或拘留所吧。但輝生第一個想到的不是監獄或拘留所，而是設在寵物店牆邊的成排展示櫃，裡面裝著小狗小貓，供客人隔著玻璃觀看。不過沒有客人會來倉庫，從房間外面觀看「鼻生」的，就只有作業員。

倉庫裡面有U字型的長廊，兩側是成排的牢房。房間大小約三十平方公尺，基本上一間收容六個「鼻生」。面對走廊的牆壁是強化玻璃，只有出入口是鐵柵門。房間內牆和地板鋪著像泡沫橡膠的東西，柔軟度適中。倉庫裡隨時播放著像管弦樂的悠揚音樂，輝生猜想或許是莫札特。他沒什麼音樂方面的素養，但在電視上看過，讓農作物或乳牛聽莫札特，就會長得比較快，擠出來的奶也比較多。

先不論是否為音樂的功效，「鼻生」們在只有床鋪的單調房間裡，沒有發生衝突，安穩度日。然而像人又非人的東西被關在玻璃房間裡，這樣的景象還是只能稱為異常。人們聽到地獄會想到的，是更可怕、陰暗、灼熱、寒冷、骯髒、荒蕪，最重要的是不斷地傳出垂死慘叫的世界吧；但是巡視著倉庫，輝生開始覺得地獄的某一區或許也有這樣的場所。不熱也不冷，不痛也不苦。取代慘叫和慟哭的，是無止盡重複的療癒音樂。在這裡，人們穿著一樣的衣服，躺在床上，坐在牆邊，不停地走來走去，偶爾對望便有些害羞地交換鬆垮的微笑。如果原本的地獄是無盡輪迴的死亡過程，那麼這座倉庫，是否就是任何動盪都會被柔軟的牆壁吸收進去、寧靜且永無終日的封閉地獄？

然而慶幸的是，這只不過是錯覺。這裡完全沒有地獄所具備的絕望與永恆。起初看起來就像把一群末期失智病患塞在一起、毫無救贖的世界，但就像大崎一天天恢復過去的心智般，其他「鼻生」的臉也漸漸生動起來，口中慢慢找回話語了。與此並行，每天都有以數十人為單位的「鼻生」被送出農場。也就是出貨。將「鼻生」塞進一天開進來好幾臺的小巴士或廂型車裡，也是作業員的工作。不過也不是隨便抓了就往車上塞，哪一個「鼻生」要坐上哪一臺車，事前都決定好了。或許根據要出貨的地點，坐的車也不一樣，但輝生不是很清楚。有時會有普通的轎車過來，只載走一個，他也不知道那個「鼻生」和其他的「鼻生」有什麼不同。

很快地，他發現有相同的小巴士和廂型車重複來回載運「鼻生」，司機也都是同一群人，其中之一就是篠田。篠田和輝生對望，用如同記憶中靠在廂型車上的姿勢，賊賊地勾起嘴角。看起來也像是尷尬的笑，但或許在東京第一次碰面時，他就是這樣笑了。那天他一定也一直感到尷尬吧。篠田開口問：「怎麼樣……？」就好像他知道一句能解開複雜芥蒂的魔法咒語。

輝生才想知道呢。我現在怎麼樣……？

「還活著啦，現在還算是……」輝生冷漠地回答。

「是喔？覺得你鼻子有點紅呢。」

輝生忍不住笑了。篠田張大嘴巴無聲地笑著，重重地拍了他的肩膀一下。後面的權田也發出「庫卡卡」的笑聲。

被送出去的「鼻生」數目愈來愈少，到了十月，偌大的倉庫裡只剩下五個「鼻生」了。這五個「鼻生」被移到有電視的房間，也給了他們書和雜誌消磨時間，但某一天，這群「鼻生」突然同時不見了。沒有人告訴輝生發生了什麼事。這五個一定是沒有人要吧。無處可去的「鼻生」會怎麼樣，輝生當然不知道。隔天開始，作業員花了一星期，清潔所有的房間，接著倉庫就關閉了。直到明年的九月為止，又再次進入漫長的睡眠。

九

話說回來，農場裡並非沒有半個「鼻生」了。大崎就這樣一直留在宿舍裡。輝生已經知道，宿舍有大崎的房間。也許是他以前當作業員的時候住的地方，因此原封不動地保留下來吧。但大崎似乎不喜歡關在房間裡，明明不進食，仍會跑到食堂和眾人閒聊，早晨和傍晚也一定會在農場裡散步。有時作業員們會陪他散步，但他沒有邀過輝生。如果大崎邀約，我會去嗎？輝生想了一下。坦白說，他還有點害怕大崎。雖然每天碰面，但大崎就像跑進眼睛裡的沙子，卡在那裡不斷製造違和感。其他作業員都滿不在乎地與大崎相處，就好像大崎只是出去長期旅行了一趟回來。然而，沒有半個作業員告訴過輝生關於大崎的任何事。

大崎——真正的大崎、鼻子以外的大崎，應該是死了吧。那麼食堂裡的那個物體是什麼？是「鼻生」。是人類的仿品。可是感覺大崎的「鼻生」完全清楚自己是仿品。若非認知到自己是「鼻生」，他一定會像其他人一樣在用餐時間吃東西吧。如果沒有食欲，一定也會疑惑自己為何一直都沒有食欲。然而大崎卻沒有這些懷疑。他絲毫沒有訝異自己的身體狀況，或懷著無法滿足的欲望並為此煩躁的樣子。他只是在面前擺上一杯水，一副慈祥老爺爺的模樣，臉上泛著枯萎的微笑，聆聽眾人說話，或仰望電視機。換言之，不論是作業員還是大崎，這都是眾人明瞭一切而聯手演出的鬧劇。

那麼，其他的一千四百多個「鼻生」，也是被送進了相同的鬧劇裡嗎？然後在以前的家人圍繞下，作為幸福過去的餘香，臉上泛著淡淡的微笑？不，這可說不準。他們也有可能就像奴隸一樣遭到鞭笞，或被迫從事一般人類實在不可能辦到的危險工作或骯髒差事。他在倉庫裡看到幾個美麗的女「鼻生」，想到她們，輝生不由自主想像她們會被什麼樣的男人買走、淪為怎樣的洩慾工具，上演如何淒慘又淫蕩的場面。這些想像，只是下流的揣測嗎？不管怎麼樣，唯一可以確定的是，有人為復活的死者付錢，在農場工作的人就靠著這些錢糊口。

輝生知道，一度排空的保苗槽已經再次注滿赤黑色液體。乍看之下似乎只有保苗液，但仔細觀察，有時會有鼻子忽然掠過玻璃。裡面已經裝了幾個鼻子了。那或許是沒有順利成長，在田壟裡僵固的「鼻生」。如果是新來的鼻子的話，有多少鼻子，日本某處應該就有多少具沒有鼻子的遺體被火化吧。

可是，雖然輝生依靠天馬行空的想像覺得似乎明白了許多事情，但他仍然怎麼樣都想不透大崎在這裡的理由。是眾人希望大崎作為「鼻生」歸來嗎？還是大崎自己想要回來？如果兩邊都不是，難道是需要一個測量「鼻生」長得好不好的樣本？

無論如何，不認識生前大崎的輝生，實在不願意主動親近「鼻生」。大崎似乎也是一樣的。即使在走廊擦身而過，他也不曾詢問「新來的嗎？」這類不言可喻的問題，偶爾在食堂對望，也總是大崎先別開目光。似乎也不是對輝生沒興趣，但怎麼說，就像是死過一次，失去了和新事物建立關係的力量，或只能活在認識生前的自己的人當中，總之大崎有種類似這種感覺的脆弱氛圍。

不過只有一次，輝生和大崎單獨交談過。某天輝生心血來潮踏進圖書室，發現大崎在裡面。他嚇了一跳，忍不住在入口停步。大崎背對入口站在窗邊，似乎藉著射入的陽光在看書，但聽見開門的聲音，用老人家遲鈍的動作轉身，嘴唇浮現有些討好的鬆弛笑容。輝生幾乎是反射性地點頭行禮。

大崎彷彿對死者讀書這件事感到內疚，有些尷尬地說：

「沒有啦……」

就好像急著要對幾乎沒說過什麼話的輝生辯解。但接下來就是沉默了。大崎作為「鼻生」回到宿舍，已經過了兩個月左右，但仍有反應遲鈍，表情也有些遙遠的時候。輝生經常看見他想說些什麼，話語卻一下被風吹走一般，不知所措，只好無力地笑著含混過去。大崎生前一定不是這樣的吧；他肯定動作更機敏、對答更清楚。儘管他剛開始的恢復令人驚異，但仿品畢竟只是仿品嗎？輝生突然對這個被丟進尷尬沉默的仿品感到憐憫，走近他問：「怎麼了嗎？」

他彎身看大崎手中的書本封面，上面印著《舊約聖經》。是紙頁泛黃的精裝書。這一定也是大崎的書。輝生為了找話題，說：

「是《聖經》嗎？」

瞬間，大崎的臉一亮，神采奕奕，「對啊，對啊，這《創世記》的部分……」他開始流暢地說了起來，「喏，這裡。」

輝生探頭，看大崎指示的部分。上面已經用紅筆畫了線，寫著「神用地上的塵土造人、將生氣吹在他鼻孔裡」。

頁面邊緣已經被手垢摸成了褐色。從生前開始，大崎就反覆閱讀這一段吧。不，或許不只大崎一個人。在這裡工作的人，是不是都悄悄地來到這間圖書室，像要確定什麼似的閱讀這段文字，然後回歸稱得上殘忍的日常工作裡？彷彿透過這麼做，可以稍微改變什麼一般，輝生亦出聲唸道：

「『將生氣吹在他鼻孔裡』。」

結果，一種毫無模糊之處的得意笑容，宛如理知描繪出來的漣漪般，擴散到大崎臉上的每一個角落。然後下一秒，大崎倏地舉起右手，輕捏似的抹了一下或許被吹進了生氣的鼻子。這動作實在太自然了，輝生無法判別大崎是故意開玩笑而這麼做，或只是過去的習慣動作。

十

輝生早就隱隱明白，這種事不可能永遠持續下去。進入十一月下旬的時候，大崎整個人瞬間不對勁起來，宛如被肆虐的冬季冷風吹垮了一般。

剛來到宿舍時，大崎的皮膚白得幾乎透明，但現在日漸泛黃。外表也是，本來似乎逐漸接近身邊的人，現在卻如同花朵枯萎般逐漸泛褐黯淡。伴隨著這種變化，他的動作日漸笨拙，表情也開始僵硬，向他說話時的反應也變遲鈍了。大崎還是一樣，來到食堂，面前擺上一杯水，雖然偶爾拿起來就口，杯中的水卻完全沒有減少。輝生以前常看到這種醉鬼，手幾乎拿不住杯子，還會突然整個沉默下去，現在的大崎就像這個樣子。

顯而易見，大崎壽命將盡。尤其是指頭，衰弱得特別嚴重，不只是泛褐，還宛如凍傷般漸漸泛黑了。心智也退化得十分顯著，好像一天比一天健忘，愈來愈多時候，他認不出是誰在跟他說話。大崎是這個樣子，被送出去的一千四百多個「鼻生」肯定也經歷了相同的過程。日本各地，正在發生這種宛如一度盛開的花朵在眼前腐爛的悲痛現場。結束將會如何到來呢？就任其腐敗，丟在床上嗎？等到真的死了，再摸黑悄悄埋在庭院裡嗎？

輝生焦急地在內心搓揉著這樣的疑問，某天答案主動上門了。散布在全國各地的「鼻生」陸續回到農場來了。就和離開的時候一樣，小巴士和廂型車陸續抵達。雖然程度有差，但「鼻生」們都開始劣化，完全失去了剛從田壟爬起來時那種透明白皙的肌膚。眼睛全都一片混濁，嘴唇時而蠕動，發出夢囈般的聲音。回來的「鼻生」暫時收容在倉庫前庭，但沒有再被放回倉庫裡，就好像他們已經不值得這樣的待遇了。

枯萎的「鼻生」們被關在鐵絲網圍繞的前庭，暴露在寒風當中。有些人像幽魂般茫然遊蕩；有些人無力地靠在鐵絲網上；有些人躺在地上就像死了一樣；有些人哀怨地攀在鐵絲網看著外面。輝生這才發現，他們被送出去的時候還是幸福的，那是正要開始成長的時候。不過，這些「鼻生」接下來會被如何處置？他訝異地看著鐵絲網裡面，這時權田露出前所未見的嚴峻表情，豎起食指勾了勾，說：「過來。」

權田進入研究所後，打開保苗室旁邊掛著「回收室」牌子的門。這是他第一次踏進這個地方。房間約莫四十平方公尺大，氣氛和保苗室很像，一派肅殺，但這裡當然沒有保苗槽，取而代之是五張大椅子般的東西一字排開。它們就像理髮廳的椅子，用一根粗柱子牢固定在混凝土地板上，但一望可知，不是那種優雅的東西。輝生第一個想到的是電椅。當然，他不可能看過真正的電椅，但年代悠久的黑色皮革椅面、疑似固定入坐者頭部的裝置，不僅看起來陰森，甚至不祥，作為與死亡相關道具的想法，無可避免地在他的腦中重疊在一起。

還有另一樣散發出可怕氣息的物品。椅子旁邊有個不鏽鋼臺子，上面陳列著像刀具的東西，一副準備要執行手術的景象，但那不是手術刀也不是剪刀，而是形狀從未看過的刀具。細長的刀刃，兩端附有約十公分長的木柄，看起來是用兩手操作的。薄而銳利的刀刃部分寬五公厘、長五公分，就像湯匙斷面一樣彎曲。輝生甚至不勞想像，就知道它是用來割下鼻子的工具。每一把刀子的長度和彎曲角度微妙地不同，一定是為了配合鼻子的大小和形狀，分別運用。

先來到回收室的只有鹿島，他和權田對望，沒有說話，彼此沉重地點了點頭。權田在房間角落的洗臉臺仔細洗過手，回到椅子那裡，小聲對輝生說：「你先看著。」

回收室和隔壁的保苗室之間，有一道門可以通行。另一邊的牆壁也有一道對開門，就像超市的後場入口，與輝生還沒有進去過的鄰室相連。鹿島推開那道門，向鄰室的某人招手。於是很快地，傳來滾輪推動的聲音，接著兩名穿白袍的所員推著一臺推床，從門那裡進來了。推床上，全身赤裸地躺著一名年約五十多歲的禿頭男「鼻生」。那名「鼻生」只是以半張著的空洞眼睛仰望天花板，完全沒有動彈。他已經死了。他不經意地望向鼻梁，一度抹去的管理編號，又重新濃濃地刻印上去，散發出一股疏離冰冷的氣息，就彷彿那編號再次讓它變回了在保苗槽漂浮的物體。

一名所員和鹿島合力扶起那名「鼻生」的屍體，讓他坐到等待著獵物的椅子上。權田迅速轉動椅子後方像把手的東西，於是讓人聯想到鍬形蟲大顎的細長墊子縮小間隔，從兩側夾住「鼻生」的太陽穴，牢牢固定住。權田抓住「鼻生」的下巴搖晃幾下，確定臉不會動之後，終於從臺子挑出一支專用的刀具——那是叫割鼻刀嗎？——拿起來。這項工作或許睽違一年了，但權田沒有特別緊張或起勁的樣子。

權田只用食指和拇指左右拿好割鼻刀，其他三根指頭扶在「鼻生」的顴骨上，將有彈性的彎刀用力抵住鼻子下方。刀子朝鼻子深處陷了進去，他沒有絲毫猶豫，接著推起刀子，向眉間掬起。應該只有短短兩、三秒的工夫。接著，權田輕輕捏起鼻子，鼻子便毫無抵抗地被拎了起來。泛著赤黑濕光的三角形傷口取而代之，出現在臉部中央。宛如骸骨般細長的鼻孔張著暗口。不知道是否因為心臟已經停止跳動的關係，沒有流血，傷口安靜得甚至稱得上寡默。

被割下鼻子的臉會是什麼樣的？這是輝生自從第一次看到保苗槽裡漂浮的鼻子以來，就在腦中近乎執拗地想像的光景，然而那並非遠遠超乎想像的驚悚。不過話說回來，失去鼻子的「鼻生」，怎麼會顯得如此空洞？是因為已經知道「鼻生」這種東西的關係嗎？面對沒有鼻子的屍體，輝生第一個想到的是「空殼」一詞。

椅子後面的牆邊，擺著裝滿疑似保苗液液體的不鏽鋼水桶，權田把鼻子放進那裡面。鹿島和一名所員抬起椅子上的「鼻生」，再次放到推床上。兩名所員將床推向走廊那裡，就這樣離開不見了。

接著屍體陸續推進來，由權田俐落地割下鼻子，又被送去某處。途中開始，輝生取代所員，和鹿島一起將屍體移到椅子上，再搬回推床上。很快地，輝生發現送來的「鼻生」上臂有像小點的傷痕。那一定是注射的痕跡。等待壽終的「鼻生」被注射某種藥劑，提前死亡了。如果等到他們自然衰弱去世，或許會連下一季還能使用的鼻子都腐爛光。

到了下午，輝生和一名叫若林的男作業員搭檔幫忙權田。鹿島轉移到隔壁的椅子，也開始割「鼻生」的鼻子。傍晚五點左右，這天的工作結束了。水桶裡應該裝了數十個鼻子，但因為泡在保苗液裡，無法計算。不過桶子是雙層的，鹿島提起內側瀝籃狀的部分，裡面鼻子堆積如山。鹿島將鼻子逐一排在不鏽鋼製的盤子上，檢查管理編號後，再次放回瀝籃。若林提著瀝籃前往隔壁的保苗室，扳起牆上的把手，打開保苗槽的蓋子，爬上梯子，將今天回收的鼻子全數倒進去。

接下來，日復一日都是割鼻子的作業。輝生漸漸發現，有幾名作業員絕對不會參與割鼻子的現場。一定是因為生理上無法接受吧。會像古時候的貴婦那樣昏倒，或是像菜鳥刑警那樣在命案現場嘔吐。輝生沒有昏倒，也沒有嘔吐，但開始感到一股來歷不明的消耗，就彷彿生命的中心一點一滴被消磨殆盡。有時候他並不特別累，腹部深底卻整天不斷湧出倦懶的嘆息。殺人割鼻、殺人割鼻……我怎麼能待在如此瘋狂的世界？他久違地想起篠田的話：「因為已經完全習慣了，才會以為所謂的地獄是在更下面的地方。」或許就像篠田說的。或許這裡就是地獄。來到這裡以後，他在某本書上看到「阿鼻地獄」這個詞，在八大地獄當中，似乎也是最慘烈的地獄。為何其中會有個「鼻」字呢？

關於割鼻，他還有一個發現。擁有割鼻技術的，似乎只有四個人。除了權田以外，就只有鹿島、八幡和木村。若林和及川似乎還只是見習。輝生隱約感覺到，自己正被列入見習生當中。應該是要他先幫忙一個冬天的工作，觀察他是否受得了吧。但輝生很快就知道，權田可沒那麼慢悠悠。

某天，在毫無心理準備的情況下，送來了一具熟悉的屍體。是大崎。那天早上就像平常一樣，在食堂看到大崎，但下午他就已經精赤條條地躺在推床上了。輝生嚇了一跳，忍不住看向權田，但權田面不改色地說：「怎麼啦？快點搬到椅子上。」輝生懷疑權田沒發現那是大崎嗎？但一瞬間露出訝異表情的若林結果也沒說話，似乎已經立下覺悟，刻意淡定地處理這一切。輝生一直以為大崎會得到某些更特別的待遇，沒想到完全不是如此。他被平等地殺害、平等地割鼻。更令人驚訝的是，將大崎搬到椅子後，權田說：

「井上，你來。」

不知何時開始，權田不再叫輝生「新來的」了。但他不感到開心。點名反而讓他覺得被明確地聚焦在自己這個存在，令人窒息。**井上，你來**。

「做……什麼？」

「我幫你扶著，你割下巖叔的鼻子。你看了這麼多遍，知道怎麼做吧？」

輝生突然好像明白為什麼大崎會被做成「鼻生」了。大崎是練習臺。或許他推測沒人要的那幾個「鼻生」，也被當成練習臺使用了。他瞥了若林和及川一眼。他們兩個也割過大崎的鼻子嗎？是去年還是前年，還是更早以前……？大崎恐怕是醒來後被割鼻子，醒來後又被割鼻子，作為練習臺，永遠不斷地回歸此處。不，或許不只是練習臺，也是讓新人學習「鼻生」是什麼的活標本。從連話都不會說的狀態，漸漸成長到讓人回想起往年的明晰，可是又徐徐醜陋地枯萎，就是「鼻生」這種淒慘的形姿……大崎不斷地復活，或許就是為了親身為後生演示。

悸動陡然升起。耳底怦怦迴響著自己的心跳聲。權田可能會失望，但自己一定可以拒絕。然而輝生發現自己的心早已跨越了某一道線。這份悸動不是來自於迷惘，而是來自「我一定會動手」的想法。這絕非勇氣，而是無法走在陽光底下之人的死心認命、是漂流至這個地獄之人的黑暗宿命，輝生怯怯地跨出下一步。

冷笑閃過權田的嘴唇，他望向一字排開的刀具，說：「好了，你要挑哪一支？」

輝生早就決定好了。

十一

後來，四十四年的歲月過去了。許多事物改變了。但驀然回首，一切的變化都像是理所當然，自然而然，反倒是沒有變化的事物，像是發揮了不自然的冥頑不靈。沒有變化的事物之一，就是農場。農場的土地沒有擴大，也沒有縮小。和四十四年前一樣巨大的玻璃保苗槽裡，裝滿赤黑色的保苗液，其中數量驚人的鼻子宛如輪迴般旋繞著。這副景象在四十四年前就顯得莊嚴且古老，但現在不僅僅是如此，就彷彿過去沉沒在海中的古文明神話般的科學技術，僅在此地勉強維繫著命脈。

在農場，許多事物保留了過去的形姿，在某個意義上，井上輝生或許也稱得上其中之一。師父權田那種憤世嫉俗的態度，輝生終究沒能學到。已經七十二歲的現在，輝生依然和第一次被帶來這裡時一樣的寡默、面無表情、勤勉。說到他改變的地方，就是獲得了出類拔萃的一流知識與技術，以及得到黃楊木材，親自刻了藏書印，開始購買書本吧。實際上，輝生愈來愈像他第一次割鼻子的大崎了。他漫不經心地聆聽眾人聊天的模樣，以及偶爾露出的那種眼角幾乎要垂到兩肩的笑容也如出一轍。

無論收穫的時期造訪多少次，大崎都沒有再回到農場。大崎在四十年前卸下了這個任務。繼承大崎的是權田。某個冬季早晨，權田被發現倒在廁所。鹿島立刻割下他的鼻子。權田要繼承大崎一事，似乎從以前就決定了。據說權田講過：「割了那麼多人的鼻子，沒道理自己死後，不讓別人割自己的鼻子吧？」此後每到秋季，權田就會回來農場。

三十年前，偶然食堂裡只有兩人的時候，權田的「鼻生」說了生前的他不可能會說的奇妙話語：

「為什麼人在指自己的時候，會指鼻子呢？」

輝生不可能知道答案，但覺得很有趣。被這麼一說，這個動作確實很奇妙，彷彿在說靈魂就在鼻子裡。

但輝生給了個無聊的答案：「因為鼻子突出，比較好指吧？」結果權田賊笑，指了指自己的下巴。權田下巴戽斗，比鼻子還要突出。權田用食指做出從下面割掉下巴的動作，詭笑了片刻。但接著突然一本正經，喃喃道：

「今年第十年了啊……」

沒錯。眼前的權田剛好是第十個「鼻生」。

「你記得嗎？」輝生問。

「不是……」權田說，「有月曆啊，很方便。」

這回換輝生賊笑了一下。不過就像權田說的吧。每一年，「鼻生」一定都是懷著第一次復活般的感受，伴隨著驚愕復活。每一天每一刻，生前的記憶逐漸恢復，那段期間的感覺或許就像世界在眼前拓展開來，宛如一連串絢爛的奇蹟，但身為「鼻生」經歷的秋季的記憶，絕不會累積下來吧。不過輝生還是忍不住要想，即使如此，一定還是有什麼保留下來了。每次復活，都有什麼漸漸地蓄積。十年份的什麼，如渣滓般陰暗地沉澱在權田的靈魂深處。輝生不知道那是好東西還是壞東西，現在依然不明白。

「開始累了嗎？」他問。

權田用鼻子哼笑一聲。然後冬天又來了，見習生割下了他的鼻子。

權田的「鼻生」在這一季迎接了第四十次的秋天，前些日子又回去保苗槽了。第四十次……多可怕的數字。如此漫長的歲月，總教人聯想到監牢。然後割下這第四十次的鼻子的，是一個叫吉本理亞夢的年輕人。理亞夢皮膚黝黑，頭髮鬈得厲害，輪廓深邃，長相相當複雜。一定是混到非洲或中南美洲的血吧。老實說，輝生覺得他的名字實在很糟，但最近的年輕人，每個都是這種華而不實的名字。不過作為作業員，理亞夢表現不錯。今年已經是他進來的第四年。

最近輝生多半和理亞夢搭檔監看保苗槽。理亞夢話很多，監看工作膩了，馬上就會開口攀談。輝生比較喜歡默默地看漂浮的鼻子，但還是會適度地搭腔。因為他覺得這裡對年輕人來說實在太無聊了，老人家聽聽他們說話也不為過。現在理亞夢得了流感病倒了。還有三人也病得無法起身。監看工作雖然是兩個人一起值班，但輝生叫理亞夢繼續去睡。理亞夢神氣地頂嘴說「不用你說，我已經睡了」，輝生說「那你起來」，理亞夢只是笑。

輝生坐在折疊椅上，一個人仰望保苗槽。他早就明白，不需要盯得那麼仔細，連一隻螞蟻都不放過。放鬆肩膀，伸出雙腳，隨意看著就行了。不過若是有開始腐爛的鼻子經過，還是會讓他驚覺。以前他非常痛恨值這種班，但也許是年紀大了，現在反而很享受這段時光。時刻都在變化，但以整體來看，卻是不斷在循環，眺望這樣的事物，已經不讓他覺得痛苦了。

因為理亞夢不在，四下寧靜異常。大群鼻子在水槽中巡繞，發出滑入腹部深底般的低沉聲響。話說話來，這些人多麼地寡默啊！被奪走光、聲音、話語、膚觸的人們，在不知何時才會結束的赤黑色液體裡不斷地漂流。不過，有時他會想，真的是這樣嗎？他們真的什麼感覺都沒有嗎？他們在保苗液裡面，雖然鬆散，但是否相連為一體，形成生者無法想像的、宛如靈魂坩堝般的世界？他們生前蓄積的一切記憶全部融出液體，以此創造出壯大的模擬世界，他們就在那裡沉浸於只有亡者才能享受的虛渺睡眠，不是嗎？

後來大約三十分鐘的時間，輝生默默地仰望著保苗槽。坐著一動不動，身體還是會難受，他一下靠在椅背上，屁股往前挪，一下把手放在大腿上，坐滿整張椅子。偶爾抓抓身體的某部分，或看看手錶，但也只有這樣了。如果有人從暗處悄悄觀察輝生這模樣，應該也看不出任何不同於平時的樣子。但若是觀察者付出充分的注意，或許會發現有一名訪客來到了輝生身邊。

輝生的左邊，應該是理亞夢要坐的折疊椅斜擺著放在那裡。然而那把椅子的腳突然磨擦出刺耳的聲響，刮過地面轉向前方。接著有人在那裡坐了下來，將椅身壓得發出痛苦的傾軋聲。輝生聽見那聲音了，卻恍若無事地繼續仰望著保苗槽。視線一隅，他看見訪客漆黑似腳的物體。但那腳實在太過漆黑了，流淌著黑暗，就宛如剛從夜晚深處的沼澤爬出來。

這時輝生交抱雙臂，膝蓋半開地伸出腳，坐到旁邊的影子也擺出完全相同的姿勢。輝生把手放到膝上，影子也把手放到膝上，輝生用手磨擦人中，影子也跟著這麼做。影子的動作沒有半分延遲，看起來甚至比他快了一些。片刻之間，兩人就這樣安靜地扮演著實相與影子。但下一刻，輝生採取的行動，影子沒有模仿了。因為輝生對影子說話了。

「好久不見了。」輝生說。

「不是好久不見，」影子回答，那聲音就像從兒時埋在地下的罐子裡蹦出來一樣，令人感到懷念，以及淡淡的害羞，「朋友，我一直都在。一直在你身邊。你也知道吧？」

「嗯，我一定都知道。」

「過了真久。四十四年的歲月吶……」

「是啊。不過感覺就像昨天的事。最近我會忽然有種好像快突然驚醒的感覺。在那座公園、在那種絕望中驚醒……」

「沒錯。你現在仍在夢裡。你才二十八歲，躺在東京的公園長椅上，在二月冷冽的寒風肆虐下，埋著臉，貪求著貧瘠的淺眠，不斷做著噩夢——被來自地獄的使者相中，成為地獄獄卒的噩夢。不斷地割下亡者的鼻子，讓他們復活，延後自己死亡的噩夢。不過這場夢也要結束了。人只要活著，多少次都會醒來。無論是怎樣的夢，遲早也都會醒來。然而，不管剝開多少夢丟下，最後醒來的時候，在你身邊的都會是我——絕不會背叛、宛如故鄉般令人懷念的我這個朋友。」

半晌間，輝生無聲地笑了。但影子沒有笑，彷彿在說「你應該也不是真的覺得那麼好笑」。影子沒有笑，而是再次把椅子壓出聲響，緩慢地站了起來。然後他幽幽地站到輝生面前，伸出漆黑的手，彷彿在要求握手。

「起來吧。我們也走了吧。」

輝生仰望影子。影子的眼睛從夜空般的高度筆直地俯視輝生。在他背後，保苗槽的蓋子將鏈子震出聲響，自行張大嘴巴開啟，彷彿迫不及待兩人進去。

輝生的笑容消失了，他再也沒有說話，牽起耗費四十四年的歲月滋養的影子的手。影子已儲備了充分的力量，緊緊地握住主人的手，彷彿拿起話筒般，輕易地讓輝生站了起來。影子現在已經肥碩到主人的兩倍之大，俯視著這裡的身姿，幾乎要把他整個包裹住。

輝生吐出一個又粗又重的嘆息，幾乎要淹沒自己的腳踝，接著走近保苗槽，彷彿對靠在水槽上的梯子的每一階說話一般，慢慢地爬升上去。他一邊爬，一邊在近處看著成群忽隱忽現的鼻子。這裡面，有任何一個他從來沒割過的鼻子嗎？他再也無法將他們視為只是經過自己人生的無名亡者。他們每一個都刻畫著輝生手起刀落的軌跡。那究竟是打醒亡者的鞭痕，還是將他們從深邃黑暗的沉眠中拉起的慈愛之手？

輝生爬到梯子頂端，扶著水槽邊緣，探頭看裡面。浮著淡粉紅色泡沫的保苗液黏稠地畫著圓流動，就宛如通往地殼下方廣大亡者世界的小泉。證據就是，鼻子們不時現身，嬉戲一般引誘著輝生。忽地，他覺得權田的鼻子經過了眼前。

「權田叔，四十年過去了。真是漫長啊……」

輝生說著，從外套口袋裡掏出他慣用的一把割鼻刀，注視磨得又寬又薄的刀身光輝片刻，接著再次望向保苗槽裡面，喃喃道：

「差不多該我來代替你了。實在太久了呢……」

輝生把手伸向自己的臉，輕捏衰老的鼻子抹了抹，就像在確定被吹入的生氣殘餘。接著雙手再次握好刀子，以探頭察看保苗槽的姿勢，將刀刃抵在自己的鼻子下方。那把刀精準地抵在輝生的鼻子下方，就彷彿過去割下的所有的鼻子，全都只是漫長的繞道，而今晚它終於要達成原本的使命。

宛如從夜色切割下來的黑影投射在打旋的液面上。那肯定是自己的影子，但他覺得自已從來不曾投射過如此深濃的影子。輝生閉上了眼睛。半晌間就這麼閉著。數十年來一直等待著這一天的黑影，覆上登上梯子的輝生背後似的貼上來，粗壯的雙手從兩側繞上去，和輝生一起緊緊握住刀柄。下一秒，影子被迅速吸入，與輝生的身體重疊在一起，刀刃在一瞬間滑過鼻子深處。

沒有人知道，輝生是否見證了自己的鼻子落入赤黑色的世界。輝生在梯上陡然後仰，以將鮮血淋漓的刀子高舉眼前祈禱般的姿勢，片刻間仰望天空，接著就像在森林深處不為人知地倒下的老樹般，緩緩地向後傾斜，從腦門落至堅硬冰冷的混凝土上。不過，那或許已不再是輝生，只是一具空殼。

髮禍

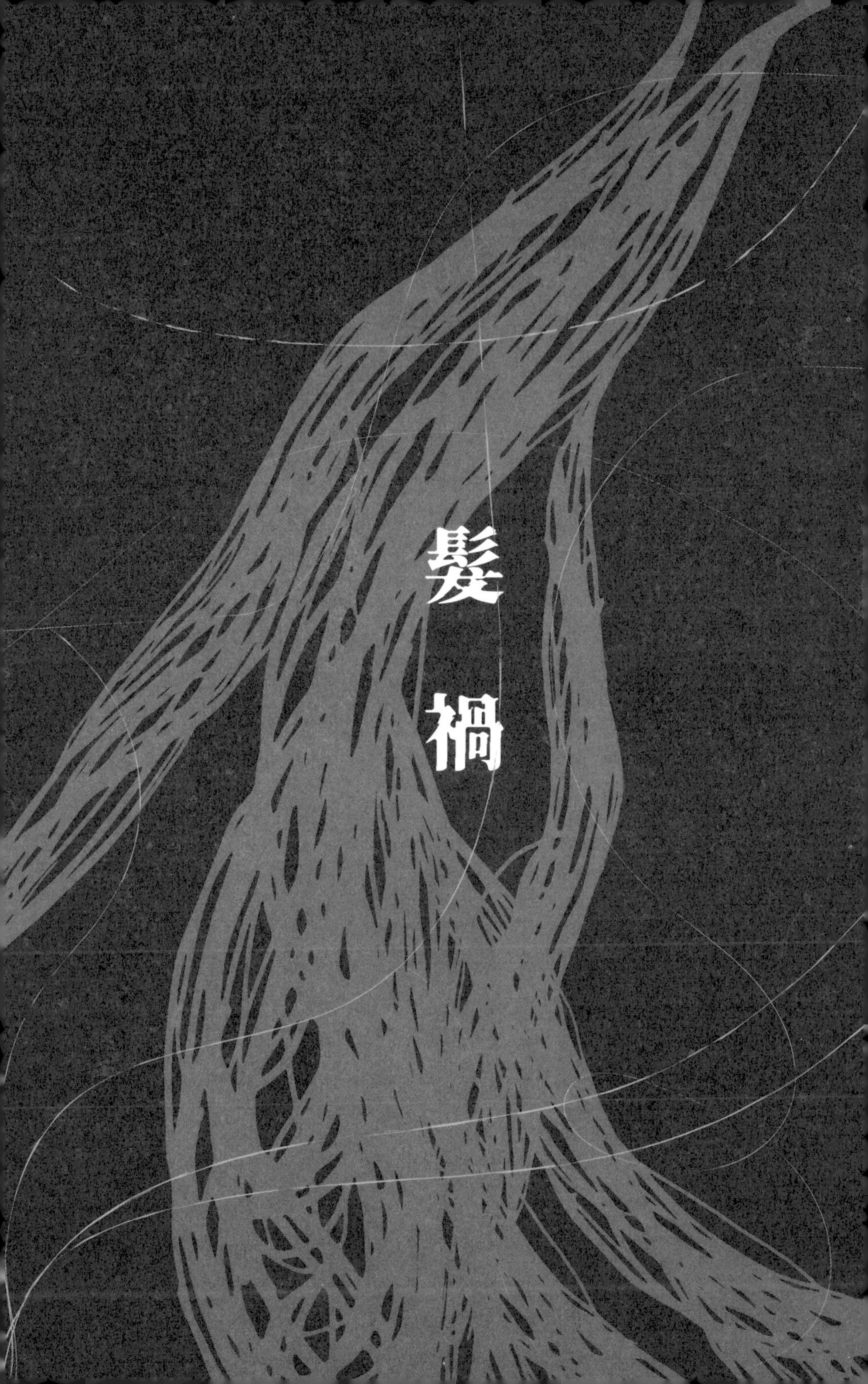

從小開始，我就極度討厭剪頭髮。直到升上國中左右，都是在浴室讓母親理髮，但結束後，母親會叫我自己把散落一地的頭髮清理乾淨。這讓我害怕得幾乎顫抖，總是一邊撿拾散髮，全身邊爬滿雞皮疙瘩。我懷疑連母親都不想碰我的頭髮，才會叫小小年紀的女兒收拾善後。我覺得這種生理性的嫌惡感是融入血中，世代相傳的。

話說回來，頭髮真是奇妙。直到上一刻都還長在自己的頭上，但是被剪刀剪斷落到地上的瞬間，就變得像是完全的屍體一樣。雖然看似相同，但指甲和牙齒就沒這麼噁心。只有頭髮具有那種獨特的死亡陰影，散發出陰暗的怨恨，彷彿在控訴遭到活生生的肉體背叛，從生者的世界被放逐。忘了什麼時候，母親告訴過我，只有人類知道自己會死；我又想到，只有人類的頭會長出這種毛髮。這兩件事重疊在一起，曾讓我陷入「人類是唯一頭上戴著死亡的生物」這種離譜的迷思。因為我是獨生女，只能依靠奔放的想像力來排遣無聊與孤獨。

母親沒有挑男人的眼光。她結過兩次婚，也離過兩次婚。兩段婚姻不僅是在戶籍，也確實在肉體留下了痕跡。她左手掌切斷生命線的傷痕，是第一任卡車司機丈夫揮菜刀砍的；裝了假牙的左上門牙，則是第二任水電工丈夫的拳頭造成的。母親是沒有酒精就無法承受夜晚重量的人，她大口灌著裝在大得荒唐的紙盒包裝裡的甜膩紅酒，有時會對我這個女兒說這種赤裸裸的男女之事，還說她找到了辨別有暴力傾向的男人的訣竅。

「跟男人交往時，首先要看他的拳頭。會打女人的男人，骨頭這裡突出的地方，會有皮肉磨損的傷疤。這種男人只要火氣一上來，不只是女人，還會打牆壁、打電線桿、打郵筒，所以會留下疤痕。」

雖然不知道是否因為發現這個法則的緣故，據說她後來交往的我父親，是個不會打人的男人。不過兩人沒能結婚。因為是不倫戀。母親的身體雖然沒有留下傷痕，卻留下了我這個累贅。明明墮掉就好了，母親卻沒有墮胎。母親一定是誤以為自己會喜歡小孩吧。實際生下我一看，她一定對小孩這種生物大失所望，也對不愛小孩的自己感到失望。上了高中，我開始徹夜不歸，她便以有些認命的口氣說「要做好避孕啊」，彷彿在說女兒已經重蹈了自己泥濘的覆轍。

「你實在很像我。」這是母親的口頭禪。討厭牛奶、討厭香菇、受不了湯勺刮過鍋底的聲音、討厭羊毛衣，都跟母親一個樣。進入青春期以後，每次聽到母親說我們像，我就覺得很反感，但這種相像，就像是脫不掉的一層皮，無可奈何。

實際上，我們連外貌都很像。個子高䠷，五官立體，頗受男人喜愛。因為下巴尖細，一口亂牙，我和母親一樣養成了不敢開口笑的習慣，但看在男人眼裡，似乎顯得很神祕。

至於我，由於還有顆賣弄般的哭痣，不只一兩回被人誇張地說是「夜晚女人的臉」。我曾被男友說不適合陽光，也被說過不適合白色內衣褲。但我最厭惡的，是被四年前離婚的前夫說我不適合幸福。明明是他外遇，被我指責，就反過來耍流氓說出這種詛咒般的話。愚蠢和幸福只有一線之隔，看來在前夫眼中，腦袋少了兩三條神經的傻呼呼小三，才像適合幸福的女人。前夫是拳頭皮膚很漂亮、不打人的男人，但不會外遇的男人，要看哪裡才會知道？

不知是否丈夫的詛咒成真了，三十三歲的現在，我的人生幾乎崩壞。我從二十五歲開始從事照護工作，但職場的工作環境糟得離譜，鉛重般的疲倦滲透到骨髓裡，原因不明的輕微眩暈不斷地搖晃著腦袋。每逢不多的休假，我就像獨裁者的妻子一樣大肆採買一堆無聊的東西，入夜後就開始想死。我變得和母親一樣，不喝酒就睡不著，很快地喝了酒也睡不著了。大腦像石頭一樣又硬又重，我拖著永不放晴的意識，在一個夢又一個夢之間遊走似的工作著。日復一日皆是如此。某天早上，我終於無法下床，辭掉了工作。後來過了好幾個月，大腦依然僵固，睡眠仍像水窪一樣淺。為數不多的存款飛快地減少，彷彿存摺破了個洞。儘管焦慮著必須找工作，但靈魂就像漏了底一樣，什麼事都不想做，從早到晚就只是穿著睡衣唉聲嘆氣。

就在這時，我接到了一通惡魔誘惑般的電話。惡魔名叫脇田。說來丟臉，年輕時候，我做過類似賣春的工作，和脇田就是在那時候認識的。他是風俗店的經理，膚色黝黑，眼睛凹陷，貌似有中東血統，記得比我大上七、八歲。說起話來像機關槍，腦袋也很聰明，但笑起來就露出赤黑色的牙齦，活像馬一樣，他的笑聲輕浮，彷彿一笑就跟著漏光誠信，讓人感覺無法信任。而且脇田的雙拳有著明顯的疤痕，也有朋友看過他發酒瘋，連續擊倒路邊許多餐飲店招牌。這是我辭掉那家店以後的事，聽說他偷吃店裡的小姐很多次，結果被開除了。

這樣一個人，突然時隔十年聯絡了我。我吃了一驚，第一個念頭是別理他，但或許有錢賺的直覺追上來，壓過了第一個念頭，我提心吊膽地接起電話。當時我的心已經虛弱到了極點，既然無法主動出擊，只能來者不拒了。「噢，沙也加！最近怎麼樣啊？」手機猛地跳出那輕薄的聲音，口氣親暱得彷彿一腳跨越這十年的隔閡。這傢伙還是得提防才行，這個想法充塞胸口，但下一句話讓我實在不由得錯愕。「你現在是什麼髮型？」我忍不住毫無防備地「咦？」了一聲。

結果我的直覺是對的。脇田說有個兩天一夜的工作，酬勞是十萬圓。沒有插入，不必摸男人也不用被摸，不需要拍照攝影，雖然必須換上對方準備的衣物，但甚至不必裸露，換句話說，不是色情工作。那到底是什麼？反而更啟人疑竇了。脇田的答案是：一言以蔽之，是某個宗教儀式的暗樁。在儀式舉行的期間，一整晚什麼都不必做，只要坐在宗教會場觀看，就能領到十萬圓。不過原則上這是一場祕密儀式，禁止外人入內，因此當天看到什麼、聽到什麼，絕不能透露。換句話說，這十萬圓裡面，也包括了封口費……

理所當然，聽到宗教，我忍不住覺得苗頭不對。我問那宗教團體叫什麼，脇田說叫「惟髮天道會」，是「髮」，而不是「神」*。當然我沒看過也沒聽說過這個宗教。聽到頭髮，死亡的意象瞬間在腦中飄散，讓我有了一股不舒服的感覺。我問脇田他也是信徒嗎？他說為了方便，他登記為信徒，但實際上只是打雜的，承包各種雜務。召集這類人手，也是他的工作之一。

這是後來我上網查到的，教祖是個叫「髮讀日留女」的九旬老太婆，顧名思義，具有從人的頭髮讀出各種事的神奇力量，據說她曾經神準地說中降臨的災禍，甚至是未來應該選擇的道路。惟髮天道會創立於昭和三十二年，教祖三十四歲的時候。教祖原本住在北大阪市的老街，但丈夫和兩個孩子死於住家發生的祝融，後來她染上原因不明的怪病，在鬼門關徘徊了三天，不知為何，這段期間全身的毛髮都掉光了。當時，自稱「大髮主」、宛如黑色太陽的神現身在她的夢境，下達成為教義核心的神諭：「髮即為神。人心自髮而生，復歸於髮。」那看起來像黑色太陽的東西，其實是一團毛髮，人類頭頂所有的頭髮，都是此神所賜予的。網頁上介紹了教祖的話：

「我曾經因為生病，全身的毛髮一根不剩，悉數脫落。後來宛如重生一般，從頭部開始不斷地長出粗黑濃密的毛髮。我原本的頭髮又細又乾，一扯就斷，但新的頭髮截然不同。我心想：啊，這不是普通的頭髮，是神明賜給我的、無比珍貴的頭髮。我們頭上長出來的頭髮，全都是神明所賜，但幾乎沒有人知道這個重要的事實。這些人的頭髮，就只是普通的頭髮，也就是死掉的頭髮。但醒悟後的人，頭髮會不斷地變化，變成與神明連結的活生生的頭髮。這種活生生的頭髮，我們稱之為『靈髮』。得到靈髮的人，將會受到神明的眷顧與召喚，蛻變為更高等的人。進入新階段的人，我們稱為『髮人』。」

什麼靈髮、髮人，可疑到不行。說到新興宗教，一般都還是以佛教或神道系統為基礎，但這個教團似乎憑空創造出一個嶄新的神話來。而且內容愈來愈詭異：

「髮人是神的使者，目標是將靈髮、將連結神明的活生生的頭髮傳播到全世界。髮人

＊　日文中，「神」與「髮」同音，皆為KAMI。

有將靈髮分給人們的力量，因此一個髮人能生出百名髮人，百名髮人能生出萬名髮人。透過這樣，我們人類能夠藉由靈髮合而為一。大髮主神的慈愛，透過靈髮隨時澆灌著我們。這樣的世界再也沒有孤獨，也沒有憎恨或紛爭，只有恆久的和平。通往這個境界的道路，我們稱為『惟髮之道』。」

不過可喜可賀的是，髮人這種使者似乎還沒有出現。

「遺憾的是，我們的時代，尚未有髮人誕生。但髮人即將出世。具有大髮主神偉大力量的救世主，有朝一日將會降臨此地，成為第一個髮人——大髮人。我必須在此明確地聲明，我並非大髮人。我沒有那樣的力量。我只是個開路先鋒。我的任務，是為大髮人開拓道路，並且將這具衰老的身子奉獻給這條路。」

這些教義愈讀愈教人頭皮發麻，但最重要的問題是，宗教儀式為什麼會需要我這樣的暗樁？脇田說，這次即將舉行的儀式，是惟髮天道會成立以來最大的一場活動——公開教祖繼承人的儀式「讓髮之儀」。所以為了場面好看，需要年輕貌美——然後似乎最重要的是，需要長髮女子來充場面。但光靠信徒，符合條件的人數不夠。如果需要長髮女子，問題是多長才算及格，脇田說原本希望長及心窩，但只要到胸部左右就可以了，只是還有另一個條件，就是一定要是黑髮，如果染過，必須在當天以前染回黑色。關於這一點，我完全沒問題，我的髮梢剛好到碰到乳頭，而且烏黑亮麗。因為這幾年來，我沒有半點餘力去顧及外表，打理頭髮。

聽著脇田說話，太久沒和別人聊這麼久的我就像是醉了一樣，腦袋愈來愈混亂了。所以我說「讓我考慮一下」，但脇田用一種強勢遊說的口吻說「那明天以前一定要給我回覆」，還死纏爛打地提醒「只要坐上一晚，就能拿到十萬圓，這麼好康的差事這年頭上哪找？」我甩開他的話，好不容易掛了電話，總覺得累到不行，在床上攤了好陣子。

我上網查了一下，得知教團本部在三十年左右以前，從北大阪市遷到和歌山縣的H町。是一處群山環繞的偏遠鄉間。看看網站上的導覽地圖，占地相當遼闊，還有讓人發毛的介紹：「除了宗教設施以外，還有散步道、大澡堂和運動設施，附近充滿著大自然蘊藏的良善、友愛和進化的力量。」整件事愈想愈可疑。宗教執著於女人的長髮，這件事也讓人感到淫穢下流。脇田說是不可外傳的宗教儀式，各種血腥殘暴的想像不斷地在腦中膨脹炸裂：淫祀邪教、在篝火照耀下無止盡地亂交、在邪惡的祭壇前殺害嬰兒，輪流喝下鮮血等等。脇田那滲透出焦慮、無論如何都必須湊足女人數目的口氣，還有不惜聯絡失聯了十年的女人的不擇手段，也激發了我的不安。但我從掛電話的瞬間就依稀明白了，我一定會答應的。我已經萌生出要靠著這份可疑的差事驅動自己，再次抬頭走入社會活下去的念頭。

隔天脇田在電話裡交代，大阪市內有座叫N公園的大公園，會有一輛貼著「KT旅遊團」紙張的巴士停在那裡的北停車場，坐上那輛巴士就行了。KT應該是「惟髮天道」的縮寫，但隱瞞宗教團體身分的企圖欲蓋彌彰，感覺很不舒服。

下午六點前，我抵達傍晚的停車場一看，吃了一驚。聽到會有巴士來接，我一直以為是小巴士，沒想到等在那裡的是應該有五十人座的豪華大型遊覽車。擋風玻璃的內側確實貼著「KT旅遊團」的告示，脇田站在車門外等著。

十年不見的脇田穿著深藍色的樸素西裝，打著時髦的領帶，連稱得上他正字標記的色咪咪鬍渣都刮得一乾二淨。認識他以前樣子的我，第一個想到的不是「裝老實」而是「裝正派」。脇田一看到我，臉上立刻堆滿了賊笑，手下流地搭上我的肩，說：「噢，沙也加！你來得太好了。今天真的謝謝你啦，真的多謝啦。」那叨絮的口氣就像在強迫推銷親密，感覺很有可能說出「人類皆兄弟」、「日日是感謝」這種話來，我暗忖他現在的工作真的很不妙，再次湧出苦澀的情緒。

脇田彷彿讀出了我的不信任，從擺在旁邊桌子的手提保險箱取出一個信封，說「這是說好的……」，又露出賊笑。「說好的」是指先付五萬，剩下的五萬在回去的時候付清。在這個階段還有另一個重點，就是領取前金時，要將手機和相機等有拍攝功能的機器全都交給脇田保管。既然原則上是祕密儀式，這做法也不是不能理解，但即便只是暫時，失去與外界聯絡的手段還是讓人害怕，而且把手機交給來歷不明的教團，就如同把心臟交給陌生人一樣令人不安。

被脇田搜過皮包後，總算領到了信封，「這樣真的就好了嗎？」我懷著疑問，乘上了巴士。但看看司機，是個六十開外、穿著有模有樣司機制服的男子，因此我安撫自己不會有事，踏進座位之間的通道。座位已經坐了七成。我一邊前進，同時不著痕跡地掃視，確實每一個女人都留了一頭烏黑長髮，年紀在近二十歲到三十多歲之間。有些女人一看就是做特種行業的；有些女人就像瞞著丈夫欠了一大筆債，懷著拚死的決心踏上這場大冒險；有的女人年近四十，外貌窮酸邋遢；也有貌似離家出走的少女，一副管他去死的態度。再怎麼客套，也稱不上符合脇田所說的「年輕貌美的女人」條件。但是如果能夠窺探她們的腦袋，一定全都是一個樣，迫切的心情正「十萬、十萬……」地數著鈔票，轉個不停。

窗邊座都已經滿了，所以我當作緣分，詢問偶然對上眼的二十出頭女子「我可以坐這裡嗎？」在她旁邊坐下來。入坐的時候，我若無其事地用眼神掃遍了女人全身，她蒼白的瓜子臉脂粉未施，服裝也很廉價樸素，我想像可能是清純的女人被壞男人所騙，財產被搜刮一空。她大方地說「請坐」，但那模樣散發出一種病態的氣息，我忽然懷疑她可能是自殘慣犯，若無其事地偷瞄她的左手腕，一陣驚嚇。因為我看到了完全在預期之外的東西。

女人的左手腕繫著一條編織手環，而且是漆黑的手環。看到的瞬間，我便想：是**頭髮**。人類的頭髮和任何絲線都不一樣，帶有一種獨特的沉鬱色澤。據說以前的人都會在針插包裡面塞頭髮，可能是油脂能讓針變得滑順，但我從來沒聽說有人會把頭髮纏在手腕上。**天哪**，我一陣駭懼，雖然覺得應該沒被發現，但還是忍不住將屁股挪遠一點，拉開距離。我頻頻瞄了好幾次確認，不管看多少次，頭髮就是頭髮，彷彿在反瞪著我說：頭髮不行嗎？這時我總算想到了：啊，這女人是信徒吧。原本我還認定這輛巴士坐的全是暗樁，沒半個信徒。

我湧出疑念，也掃視其他女人，她們的左手腕理所當然地被林立的椅背遮擋看不見，況且我也不知道是不是規定信徒都一定要戴手環。這段期間，不斷地有新人乘上巴士，填滿空位。也有人穿過我旁邊，坐到更後面的座位，每一次我都死盯著她們的左手腕看。結果確定有戴手環的，除了坐旁邊的女人外，就只有一個像是三十多歲的胖女人。車上似乎也有信徒，但我覺得果然大半都是暗樁。走上公車經過通道時，眾人那種毛躁不安的模樣，感覺也證實了我的印象。

座位差不多坐滿後，脇田抱著裝眾人手機的紙箱上了車。他的表情僵硬暴躁，好像還是有幾個女人臨時變卦。那張臉與其說和以前一樣，因為增添了年歲，看起來比過去更加疲憊、殺氣騰騰。脇田把紙箱塞到第一排座位，擠出單薄的笑容，莫名恭敬地說了起來：「感謝各位在百忙之中抽空參加——」接著交代不要弄丟保管手機時給的號碼牌、歸還的時候會交付剩下的「謝酬」等等，大致說明完畢後，宣布：「那麼，現在就出發。」但他接著又說：「我在這裡還有工作，敬祝各位旅途愉快……」下了巴士。上車的時候，我瞥見脇田似乎拿著像名冊的東西，感覺還有幾輛巴士要從這座停車場離開。居然得委託脇田這種小混混般的男人，大量召攬缺錢的女人，這樣的宗教組織會是什麼樣的地方？我的心情再次變得沉重起來。

很快地，巴士動了起來。聽說車程將近三小時，但手機被沒收了，不知道該做什麼打發時間才好。雖然將讀到一半的文庫本放在皮包裡帶來了，然而現在這種狀況，讓人無法沉浸在虛構故事裡。倒不如說，我對旁邊的女人感到更好奇。她左手腕上的編織手環到底是什麼？是剪下自身的頭髮自己編的嗎？還是不知道什麼人的頭髮？無論如何，光是想像某人默默編織剪下來的頭髮那陰森的背影，背脊就感到一陣陰寒。

可能是我內心的訝異顯現在態度上了，女人就像要拂開那片疑雲，突然轉向我問：

「你是來幫忙的嗎？」

她的臉上浮現無可挑剔的微笑，口吻也相當溫和，態度完全就是相信自己因宗教的恩寵站在真理和幸福這一邊，因此必須耐性十足地將這個蒙昧無知的女人引導到正道。但她陰沉的氣質，和突然表現出來的笑吟吟態度總顯得格格不入，也有種危險的感覺。

「對，我朋友找我幫忙。就是剛才站在巴士外面的脇田先生……」

「哦……」女人拉長了聲音點點頭，但她的態度也像是熟知內情，彷彿連過去不可告人的職業都被女人在內心摸透了，令我感覺很不舒服。但反正像我這樣被找來當暗樁的女人或多或少都有不可告人之處，事到如今也沒什麼好羞愧的。我覺得她向我攀談正是個好機會，打探說：

「其實，我沒聽到什麼說明就來了，今天到底是要辦什麼儀式？」

結果女人抱歉地蹙眉說：

「其實我也不是很清楚。因為我才第七髮位而已……」

「第七髮位？」

「是的。成為信徒後，會從第八髮位開始。第一髮位只有一個人，就是教祖日留女大人。」

「喔，這樣啊……可是我聽說今晚是公布日留女大人繼承人的儀式……」

女人說她姓藤野。藤野說信徒裡面沒有其他擁有讀髮能力的人，因此長久以來，教團的存續危機都是私下議論的焦點，但到了最近，終於找到了擁有繼承第一髮位力量的繼承人。聽到這裡，我好奇讀髮具體來說是怎樣的能力，結果聽了更感到嫌惡了。藤野說是把一根頭髮放進裝了水的碗中，一口氣吞下去。就像吸蕎麥麵那樣，滋嚕嚕吸進去……藤野也讓教祖讀髮過一次，據說當時教祖準確地說中了藤野十四歲時遭遇的「大災禍」，摟著她的肩膀和她一起哭泣。雖然不曉得其中是怎樣的居心，但我情不自禁地想像一個醜惡的老太婆摟著敏感的女孩，在背後吐舌頭假哭的模樣。

藤野戴在手上的東西似乎叫髮輪，而那居然是年過九十的日留女大人的頭髮。當然，我不由得感到訝異，因為以九旬老太婆的頭髮而言，它未免過於烏黑了。藤野說，教祖沒有半根白頭髮。還說今晚她應該會在眾人面前顯現她奇蹟的外貌，我可以親眼見證。她說教祖連分線處都看不到半點染過的痕跡，一頭黑髮就像少女般烏黑亮麗。藤野沒說那髮輪是她出錢買的，但絕對掏了不少的一筆錢吧。我警覺地想：要是領了十萬圓，卻被逼著買下百萬圓的垃圾，那就血本無歸了，得繃緊神經應付才行。

不過和藤野聊著，心情確實輕鬆了一些，一方面也是因為身為信徒的藤野看起來不具威脅性。不過該怎麼說？就好像模糊地看到了最糟糕的狀況會是什麼樣，原本在腦中盤旋的各種地獄景象遠離，我開始覺得沒什麼大不了的，最慘頂多就是被強迫推銷宗教商品吧。

巴士沿著阪和道南下的期間，太陽徹底沉沒，不知不覺間，車子開進了左右全是黑魆魆森林的陰暗山路。雖然不知道時間，但藤野附耳過來說差不多快到了，我開始坐立難安，不知道究竟有什麼在等著我。我也想過乾脆一下公車就跑掉，但是在遠離城鎮的荒郊野外，就著陌生的夜色行走實在可怕，而且手機被當成了人質，若非有相當的覺悟，不可能逃得掉。也許不讓人用手機錄影只是藉口，其實真的是當作人質——不，物質，想到這裡，一股不祥的預感又沿著背脊爬升上來。

這時，像是惟髮天道會總部的建築物終於出現在前方了。這裡是四方皆被蓊鬱山林圍繞的荒僻土地，然而在這片濃密黑暗的懷裡，卻有許多建築物宛如不夜城般被燦爛地照亮，櫛比鱗次。脇田說信徒數目有二十萬人，一聽就很假，網站上也如此宣稱，但眼前富麗堂皇、宛如寺院神社的鋼筋水泥建築物，讓人覺得或許並不誇張。其中格外引人注目的，是有著山形屋頂、肖似日本武道館的八角形建築物。比武道館小一些，但頂部一樣有一顆洋蔥型的黑亮飾物，有些神氣飛揚地高指天際。看到它的瞬間，我直覺就是要在那裡舉行所謂的儀式。

很快地，巴士穿過鑄鐵大門，抵達被五層樓建築物圍繞的圓環，停了下來。這裡猶如僻靜的度假中心，圓環中央矗立著一座像是用紅色御影石雕刻出來的女神像，豐腴的手高舉著一個圓形大鐘。時間是晚上九點四十分，我聽說儀式是通宵舉行，所以可以說才剛開始而已。圓環已經停了兩輛同樣的大型遊覽車，乘客陸續下車，被吸入眼前像行政大樓的建築物裡。假設那棟像武道館的建築物可以容納五千人，那麼一輛車載五十人，總共需要出動五百輛車子。若是真的有那麼多參加者，那是遠遠超乎想像的大規模儀式，一股不同於被強迫推銷宗教商品的不安湧上心頭。我問了一下藤野今天會有多少人參加，但她也只是歪頭表示納悶，沒有答案。藤野說，能參加今晚儀式的信徒，也只有一小部分而已。準備也都是教團高層私下進行，像她這種基層信徒，好像是在幾乎什麼都不知情的情況下被找來的。但她似乎並不像我這種外人一樣感到不安，反倒是一臉驕傲，彷彿被選中參加是無比的榮耀。

走下圓環，到處都有戴著「引導員」白色臂章、看上去一絲不苟的男女，催促眾人進入所謂的「第一天道館」。從巴士下來的全是年輕女人，而且好像幾乎都是第一次來這裡，每張臉都顯得忐忑不安。我依照指示，和藤野一起走進建築物，同時若無其事地掃視眾人的左手腕，果然沒幾個女人戴著髮輪。藤野說，信徒也不一定都會戴髮輪，只是不管怎麼想，都是「臨時幫手」比較多。參加宗教團體所謂祕密儀式的居然全是外人，這到底是怎麼回事？我已經不知道該為哪一點疑惑才好了。

我們被帶進一間寫著「龍膽之間」像宴會場所的寬闊房間。榻榻米上等間隔並排著紙箱，一名六十開外的女引導員指示隨便挑一箱，站在箱子後面。光是這個房間，就有約三百名女人，每個人都表情訝異地選了自己的紙箱。我興起莫名天真的想法，覺得只要跟信徒藤野一起行動，應該不至於遇上壞事，站在她旁邊的紙箱後面。好像有人立刻就想要開箱，引導員用麥克風警告：「還不要碰箱子！」

我俯視腳邊的紙箱。很像裝橘子的紙箱，外側什麼都沒有印刷，就只是普通的紙箱。我還沒有碰箱子，但從其他人的腳踢到的感覺來推測，裡面不是塞得滿滿的，但也不是空的。忽然間，我想起脇田說儀式要換衣服，猜到裡面裝的一定就是那衣服。

一會兒後，房間擠滿了人，每個紙箱旁都站了一個人。但走廊不斷地傳來喧鬧聲，可以知道又有新的女人過來，被領到其他房間。愈來愈不得了囉——我正這麼想，引導員開口了：

「各位應該已經從各自的介紹員那裡聽說了，現在要請各位在這裡換上儀式中不可或缺的特別服裝。請打開箱子吧。」

打開紙箱的沙沙聲同時響起，接著四處傳出「嗚哇！」「噫呀！」等分不出是慘叫還是呻吟的聲音。我也提心吊膽地打開箱蓋，嚇了一大跳。箱子底部，整齊地疊放著一件像浴衣的單層和服。問題是它的材質。整面都是黑的，也就是用頭髮織成的。惡寒刺痛地爬上背脊。光是這個房間，就有好幾百個人，總不可能連這些也都是教祖的頭髮吧？其他人的表情也或多或少因噁心而扭曲，而痛恨剪下來的頭髮的我，光是想像要穿上不曉得用誰的頭髮織成的衣服，感覺連骨頭都要冒出雞皮疙瘩來了。

可是看看左邊的藤野，不愧是信徒，她的表情與眾不同。她立刻拿起衣服，用一種興致勃勃、彷彿在說「這就是傳說中的衣服」的眼神端詳著。而且她還轉向我說：

「這叫髮衣，一般要第四髮位以上才有資格穿。而且只有特別的時候才能穿……」

我佩服她居然敢摸。要是脇田事先告訴我這髮衣的事，我根本不會答應這樁差事吧。但我已經收了五萬，手機也被當成了人質。只能默念著「十萬、十萬」，硬著頭皮穿上去，忍耐一個晚上了。引導員強勢推開女人們的嘩然，開始對髮衣做說明：

「各位請肅靜！髮衣不用脫光衣服套上去，但是要盡量遮住身上的衣物——」

引導員指示把私人物品全部放進裝髮衣的紙箱，用膠帶封起來，箱子外側用黑色奇異筆寫下名字。聽到儀式會持續到黎明時分，回到這個房間以前，都不許脫下髮衣，我都快昏過去了。

髮衣穿起來的感覺完全如同想像，糟糕透頂。我在內衣外面穿了件薄線衫，但無數的毛髮依然穿過線衫，像針氈一樣扎刺著全身。而且沉甸甸的，有如一件濕衣，甚至隱約有股像是他人頭皮氣味的油臭味。尺寸對高大的我來說都太大了，袖子不停地扎著手背，衣襬也過長，每跨出一步，就磨擦腳背。最可怕的是脖子，脖子處的髮衣隨時接觸著皮膚，感覺就好像脖子纏了條剝下來的頭皮。就連信徒的藤野都皺眉頻頻伸手抓脖子，撇開生理上的感受，人類的頭髮就像刺蝟一樣，根本不適合拿來做衣服。

我們在引導員引導下離開了「龍膽之間」，眼前的景象光怪陸離。上百名女人都穿著沉沉散發黑光的和服，由於不適，蒼白的臉緊繃著，宛如一群赤著腳的幽魂，魚貫經過走廊。黑色長髮和髮衣融為一體，讓每個女人看起來就像一團黑色的怨念。

引導員說，從巴士裡面看到的像武道館的建築物叫「靈髮殿」，如同我的猜測，就是要在那裡進行所謂「讓髮儀式」的祕密儀式。從第一天道館到靈髮殿似乎有相通的廊道，我們沒有前往玄關，而是化為一條不祥的黑河，默默地流經屋內。同時，其他房間也有身穿髮衣的女人不斷匯流進來，黑色的人流變得愈來愈粗，愈來愈長。我作為這條大河的一滴前進，忽然湧出一種可怕的幻想：地獄某處有死者頭髮漂流構成的黑河，我們現在就是在重現那條河。

從第一天道館穿過第二天道館來到屋外時，眼前出現一道挑高的柱廊。柱廊兩側是一片濃密的竹林，風似乎很強，竹林不停地騷動著，彷彿彼此呢喃著對我們命運的憐憫。室內的走廊都是冰涼的木板地，接下來是更冰冷的石板地，我們踩出無依的腳步聲往前進。柱廊朝左邊畫出大大的弧形，走著走著，靈髮殿的威容漸漸從竹林另一頭現身了。剛才只是從巴士的車窗遠遠地眺望，但是像這樣宛如奴隸被牽引著走近，我漸漸覺得柱廊就像是通往巨獸胃部的長舌。

走過漫長的柱廊後，眼前已經是高聳入雲的靈髮殿了。外牆密密麻麻地漆上沒有光澤的暗灰色，就像木炭，門和窗框等金屬的部分則似乎上了清漆，泛著黑光。走上約十五階的寬闊階梯後，像是後門的大門整個敞開，我們魚貫走進那裡。穿過入口，經過陰暗的走廊，內部是一個空空蕩蕩的巨大八角形空間。

那個空間朝中央緩緩地傾斜而下，底部設有一個約十公尺見方像高起的舞臺的地方。一層又一層數量驚人的座位圍繞著舞臺。天花板是八角形山形，起伏浮雕著讓人聯想到一朵大菊花的繁複花紋。我們全都張口結舌，像個鄉巴佬似的東張西望，朝中央的舞臺走下平緩的階梯。回頭一看，二樓也有座位，已經被換上髮衣的人給坐成了一片漆黑，應該超過千名。看來二樓坐的是信徒，不分男女，有許多年紀都很大。他們應該是藤野說的第四髮位以上的信徒吧。可是地位更高的信徒坐在二樓，只是來幫忙一晚的我們卻坐在靠近舞臺的一樓，這是為什麼？

在抵達的「臨時幫手」當中，我們似乎也算是來得早的，坐在前面數來第五排。我的座位在呈梯形的一區最右邊，左邊坐著藤野。藤野有些激動地小聲對我說：

「你看，你的右邊就是花道。這表示日留女大人會經過你旁邊。我們運氣真的很好，居然能在這麼近的地方看到日留女大人和新的繼承人……」

藤野的口氣無比感激，但不是信徒的我，壓根就不想靠近教祖。不僅如此，我還想像不小心對上眼，被教祖說「給我一根頭髮，讓我剝光你的靈魂」，忍不住懊悔居然坐到這麼糟糕的位置。

後來我們等了很久。這裡沒有時鐘，因此不知道時間，但在儀式開始前，應該等了兩、三個小時有吧。這段期間，穿髮衣的女人們不斷進來，漸漸地一樓也變成一片漆黑。令人驚訝的是，座位最後幾乎都坐滿了，因此應該來了共上千名女人吧。假設找到了五千個

「臨時幫手」，一個人付個十萬圓，總金額多達五億圓。更讓我不寒而慄的，是這五千件的髮衣。不，加上二樓的信徒，應該有六千件之多吧？到底要剪掉多少女人的多少頭髮，才能織成六千件髮衣呢？每一件髮衣背後，有提供頭髮的多名女人，她們附著在頭髮上類似執念的東西，是否充斥了整個靈髮殿？想到這裡，總覺得每一次呼吸都牽出絲來，教人喘不過氣。

會場突然陷入黑暗，宣告儀式開始。就像電影院一樣，照明忽然轉暗，只有中央的舞臺和花道被照亮，明晃晃地浮現在黑暗深底。舞臺沒有屋頂，是和式的木板地舞臺，旁邊圍著矮欄杆，讓人聯想到傳統能劇的舞臺。我心想終於要開始了，眾人緊張的氣息像漣漪般在黑暗中擴散開來。

「惟髮天道會歷經漫長的歲月、眾所期盼已久的絕密儀式——讓髮儀式即將開始。聚集在這座神聖殿堂的各位，今晚正是新時代的開幕，歡喜吧！祝福吧！讚頌吧！……神自天而降，髮亦自天而降……髮即是神，髮即是神……」

帶有獨特濃重節奏、讓人聯想到歌謠的廣播之後，宛如自地底升起一般，漸漸傳出音樂聲。太鼓、鉦、笛，亦即如同祭典配樂般，曲調熱鬧，但笛聲的旋律聽起來很不穩定，就像撫過脖子一樣，音調忽高忽低，一下子走音似的往上衝，又忽然落到原本的位置，總之才剛要放入情緒，就被突然閃開，是很令人不舒服的音樂。

這時，花道傳來好幾對用力踩踏的腳步聲。啊，終於有人出來了。我膽戰心驚地回頭，看見八名舞者颯爽地分開漆黑的簾幕，逐一現身。舞者們在白色無內裡的和服「帷子」外面，一樣罩著髮衣，但衣襬比我們的更長，飛舞跳躍的時候，就隨之飛揚，袖子也像長袖和服那樣長長地垂下，揮舞手部時，袖子劃出黑色的弧線。右手持白扇，左手握著像御幣*的東西，發出乾燥的沙沙聲響。但最引人注目的，還是她們豐盈的頭髮。烏黑的頭髮長及腰部，就像獅子舞一樣巧妙地甩動。她們充分利用不到兩公尺寬的花道，身段流利地舞蹈，腳步粗獷卻整齊畫一，我對舞蹈一竅不通，但一看就明白她們並非這幾天才臨時訓練的舞者。還有她們那恍惚的表情、忘我的神情，彷彿注定要就此跳到生命燃盡。

舞者們從花道躍上方形舞臺，跳了兩圈左右，音樂戛然停止，只剩下她們宛如劇烈心跳的腳步聲。這時，格外刺眼的光芒照亮了花道，眾人的目光又回到那裡。黑幕左右拉開，又有新的兩名舞者從兩側恭敬地抬著一把木椅，現身花道。但這兩人只是引導，教祖款款地從後面走了出來，不過是藤野附耳對我說「那就是日留女大人」，我才知道的。

一言以蔽之，教祖是個嬌小的老太婆。微微俯首的那張臉，符合九十多歲的年紀。眼皮垂得很厲害，眼神陰沉銳利，宛如鬥犬。眉毛很淡，眼袋鼓起，兩邊嘴角往下撇。應該是為了遮蓋斑點，整臉塗滿厚重的白粉，幾乎龜裂，顯得詭異。但最引人注目的還是頭髮。就像藤野說的，只有頭髮黑過了頭，而且長得令人咋舌。才剛看到那張臉，就注意到後面拖出的如彗星尾巴般長長的黑髮。這形容一點都不誇張。因為從後面新出現的兩名舞者，雙手捧著教祖豐盈得不真實的頭髮。

我立刻想：那頭髮是假的。畢竟那頭髮居然有五公尺之長。這是不可能的事。常說頭髮一個月可以長一公分，如果這是真的，那麼一年頂多也才長個十二公分。假設一根頭髮的壽命有十年，最長至多長到一二〇公分。每個人頭髮的生長速度和壽命應該不同，但五公尺的長度，就算是作為宗教效果，也實在太過頭了。可能是感應到我的疑心，藤野細語說：「日留女大人自從聽到大髮主神的神諭以後，一次都沒有剪過頭髮。所以聽說髮輪是從日留女大人自然脫落的頭髮編成的……」但就算退讓百步，這是事實，也無法解釋那怪物般的長髮。我回想起以前在電視上看過印度還是哪裡全世界頭髮最長的男人，他的頭髮像條蛇一樣盤在頭上，記得有好幾公尺長。那麼，教祖的頭髮也是真的嗎？

教祖穿著白布襪的腳滑過我旁邊。走在教祖前方的兩名舞者將抬著的椅子放到舞臺

* 御幣是神道教的祭祀道具，為木棒或竹棒夾起的兩條紙條。

上。椅子很大，高高的椅背上刻有精緻的浮雕。靠肘有雕刻，椅腳也很氣派，突顯出宛如玉座的莊嚴。教祖在舞臺上緩慢地巡了一圈，動作僵硬地在那把椅子坐了下來。長長的頭髮由舞者們擴展成坑穴屋頂般的圓錐形，其中鎮坐著臉塗得像石膏的老太婆，完成了一副既滑稽又詭異的景象。教祖的身體狀況似乎稱不上好，步履蹣跚，動作也顯得慵懶，下巴無力地耷拉在前方，全身散發出濃濃的衰老氣息。我兀自在內心恍然：難怪她會想傳位給繼承人。

好了，教祖登場了，黑色舞者們卻仍繼續蹬踏著，就像在煽動氣氛。似乎還有什麼要登場，我正這麼想，聚光燈又再次滑向花道。好一段時間，就像賣關子一樣，什麼都沒有出現，結果突然一道銅鑼般的轟然巨響，黑幕左右拉開來，這次四名穿著髮衣的年輕男子圍成四方形現身了。四名男子就像鴿子一樣前後搖晃身體，按著蹬踏的節奏，慢慢地往前走，他們的肩上扛著粗棒子，我猜這回似乎是神轎要登場了。而實際上也真的出現了一頂像小祠堂的轎子，但我花了大概十秒，才發現自己看到了什麼。

轎上坐著一個人。由八名男子抬行的神轎，有著一頂整面施以金飾的絢爛屋頂，下方四角以柱子圍繞的空間，擺著一個像是用來盛放磬的厚實座墊，上面坐著一個人。我沒有立刻發現那是人，有幾個理由，首先令人意外的是大小。那個人約有幼兒那麼大，而且一絲不掛，全身赤裸。不過發現那並非幼兒的瞬間，我感到一陣彷彿大腦被靠近的神轎惡狠狠攪動般的驚愕。

那確實是一個女人。因為雖然稱不上豐滿，但胸部隆起，而且胯間有著光滑無毛的女性生殖器官。那麼，那是一名稚齡少女嗎？看不出來。因為那個女人不只是陰部，身體的任何部位都完全沒有毛髮。不只沒有頭髮，也沒有腋毛和眉毛，雖然沒有靠近確認，但恐怕也沒有睫毛。全身是一團蠟燭般光滑的蒼白肉塊……

但光是沒有體毛，應該不會如此令我驚愕。女人缺少了最重要的事物，那就是她沒有任何手腳。這種人，是叫作「蛭子」[*]嗎？肩膀平滑地延續到側腹部，腰部也沒有任何突出，連到陰部。沒有曾經有過四肢的任何痕跡，甚至綻放出一股妖豔，好似在說手腳的存在才會損害人類原本的美，女人靜靜地安置在神轎裡。起初我以為是美術等領域使用的人臺那類模型，但女人的頭左右轉動著，嘴唇也呼吸似的微微蠕動著，我終究不得不承認那是個活生生的人。這應該也在藤野的預期之外，她只是瞠目結舌，完全沒有提到這個女人是誰，但我赫然驚覺，難不成這個女人就是繼承人？缺少四肢的無毛女人君臨於將頭髮視

* 蛭子為日本神話中，伊邪那歧與伊邪那美神之間的第一個孩子，因為沒有手腳，被放上船隻流放大海。

為神崇拜的全國二十萬名信徒之上，多荒謬的情景！

隨著神轎接近，我終於發現，女人似乎連眼睛也看不見。她的眼皮微張，眼睛半瞇，但深處卻沒有眼球濕潤的光澤，就像兩團黑暗的窟窿。或許就和手腳一樣，天生就沒有眼球。即使如此，女人依然繼續轉動頭部，就彷彿空洞的眼窩深處，隱藏著直接捕捉真理的感覺器官。她的臉蛋很美，鼻梁筆直精緻，嘴唇小巧，下巴尖細，皮膚細膩沒有皺褶，脖子纖細柔軟，鎖骨畫出惹人憐愛的曲線，乳房含蓄……應該不到少女那麼童稚，但頂多只有二十歲左右。想像這個年輕女人吞下別人的頭髮，讀出各種事物，奇妙的是，我覺得這是很有可能的事，既然她缺少這麼多事物，最起碼也得具備這點能力，否則生命就太虧待她了。

神轎慢慢行經花道，這時某處似乎焚起了香，一股像是醉漢呼吸般又甜又腥的氣味拂過鼻頭。這是什麼味道？用力嗅聞，每一次都彷彿更深地沁入腦髓，讓我有些微微眩暈起來。眼前展開的異樣情景，加上神祕的氣味，讓我更覺得恍如一場噩夢。

這時，我注意到神轎後方有兩名男子抬著另一把椅子跟了上來。教祖的椅子整體呈褐色，是散發出歲月與深沉的逸品，而這把椅子設計雖然類似，卻是明亮輕盈的新木色，予人的印象，完全就是為了繼承人而新打造的、宛如處女的玉座。神轎登上舞臺後，那把椅子也在教祖對面的位置放下來。接著由兩名男子將繼承人連同座墊從神轎抬起，搬運到椅子上。就這樣，埋沒在豐盈黑髮的老教祖，和無毛的繼承人在舞臺上面對面了。

黑色舞者們執拗的蹬踏陡然停歇，隨著祭典配樂般的音樂再次響起，她們又展開華麗的圓舞。而且這次的音樂更加激烈煽情，明明不可能，我卻感覺節奏不斷地加快。焚香帶來的微醺感受摻雜進來，似快又慢，刺眼又陰暗，燠熱又寒冷，意識被截然相反的感覺所蹂躪。

啊，好像不太對勁。我終於開始意識到危險了。覺得腦袋開始搖搖晃晃，驚覺回神，卻發現自己的頭完全沒動。覺得舞者們甩動的黑髮頻頻掃過鼻頭，卻猛然意識到自己還距離舞臺超過五公尺遠。我應該從側旁注視著面對面的教祖和繼承人，意識卻猛地被吸到舞臺上，好似就坐在兩人之間……往左一看，教祖眼瞼下垂的雙眸，就像要把冰柱推上來似的冰冷瞪視著我；往右一看，無毛女子以埴輪*般空洞的眼睛朝我投來虛無的眼神。不可能，我連忙搖頭，讓意識重回自己的座位，但稍一鬆懈，又隨即被吸引到舞臺上。看來似乎不只我一人如此，旁邊的藤野下巴前伸，眼神空洞，嘴巴半張，我從近處探看她的臉，

* 埴輪是日本古墳時代（三世紀中至七世紀）的中空素陶器，有各種造型。

她也沒有反應。回頭環顧場內，每個女人都是同一個樣子，一臉痴呆地注視著舞臺。

就在這當中，隱隱約約傳來像是低吟的聲響。起初我以為是播放的音樂中開始交雜這樣的聲音，但意識被吸上舞臺時，我注意到教祖的嘴巴不時蠕動著。豎耳聆聽，那並非單純的呻吟，似乎在喃喃著某些話語。我不知道那是經文、祝詞還是咒文，但那聲音帶有一股令人發毛的粗礪感觸，穿插在熱鬧的祭典配樂之間，就好像一排螞蟻鑽入耳中。我覺得這聲音很討厭，摀住耳朵，暫時是聽不見了，但很快又像被找到隙縫般點滴侵入耳中。

我甩不開那聲音，更讓人不舒服的是，另一道聲音開始重疊上來，連繼承人都開始喃喃起什麼來了。她的聲音比教祖更高、更滑順，卻同樣成群結隊鑽進耳裡來，讓我實在無法壓抑哆嗦。四下張望，到處都有人赫然回神，頻頻做出磨擦耳朵般的動作。

我更強烈地有種無處發洩的怪異感受了。兩人的喃喃細語化成兩道行列，在腦中開始蠢動旋繞。它們飛揚，爬行，彼此磨擦、交纏，無止盡地延續。眩暈愈來愈強烈，我怎麼樣都無法撐住身體，只能死命抓住椅子……

就在這時，彷彿先前一切只不過是序幕，異樣的現象靜靜地發生了。教祖呈笠狀垂在舞臺上的黑髮像是被風吹起一般，輕飄飄地開始飛揚。可是完全沒有風吹進來的樣子，實際上從教祖的髮衣、舞者們的頭髮和服裝，都感受不到空氣的流動。只有教祖的頭髮像浪間的海藻般擴散開來，飄搖狂舞。

很快地，教祖的頭髮開始朝著前方飛揚，往繼承人緩緩地招展伸去，就像沾滿了墨汁的巨大毛筆頭。不過大概還差個一公尺，長度不夠。頭髮怨恨地在空中蠕動著，彷彿在說：「碰不到、還碰不到！」這是魔術，一定有什麼機關，我在腦中一隅質疑著，意識卻已經軟了腿，振奮不起要識破機關的強烈情緒。

振作一點！自我激勵的同時，我瞬間目睹了更恐怖的情狀。原以為碰不到繼承人的教祖頭髮條地伸長了。不，只是看起來伸長了，實際上是一整束脫落了。那束頭髮筆直地朝著繼承人，被她那張喃喃著某些話語的美麗小嘴吸了進去。說是頭髮，也是長達五公尺那麼長的頭髮，然而繼承人卻滑溜地將其吸進口中，就好像在吃蕎麥麵一樣。別人的頭髮一整束穿過喉嚨……這景象恐怖到連看的人都要反胃嘔吐了。而脫落的頭髮當然不只一束，接二連三，兩束三束、四束五束，頭髮不斷地從教祖的頭上脫落，被大量地吸入女人的口中。她白嫩纖細的頸喉變得就像吞下獵物的大蛇般粗，開始痙攣起伏。教祖為數龐大的頭髮，光重量肯定就有好幾公斤——不，搞不好超過十公斤以上，如此大量的物體被不斷地吞入瘦小的女人體內。

這個女人真的是人嗎？是不是從某個黑暗世界爬出來的非人之物？這樣的疑問升起

時，我發現了一件奇妙的事。繼承人原本半閉的眼皮一點一點地張開來了。應該是空洞的眼窩裡，有什麼東西蠕動著，我花了好一段時間，才發現那似乎是一團頭髮。黑髮蜷得像一團毛線，宛如眼球忙碌地轉動著。下一秒，有著無數散發昏暗五彩條紋、讓人聯想到昆蟲複眼的眼珠出現了，明明沒有瞳眸也沒有眼白，我卻覺得它正定定地注視著這裡，背脊竄過一陣戰慄。

繼承人出現的變化不只這些。她原本光滑發亮的頭皮罩上了一層灰色，緊接著開始冒出頭髮來了。我心想所謂「讓髮」，就是這麼回事嗎？望向教祖，她的頭露出一塊塊蒼白的頭皮，不斷地擴大，怵目驚心。儘管如此，教祖一點驚慌失措的樣子都沒有，繼續喃喃自語，就彷彿已經把這場儀式當作對今生的告別，枯枝般的手緊緊地握著靠肘，以令人膽寒的神情凝坐不動。

狀況愈來愈令人驚異了。只有頭部的話還可以理解，但繼承人居然連原本應該生著手腳的地方，都像推涼粉條一樣開始冒出頭髮來。應該是四肢的部位冒出成束毛髮組成雙手雙腳，像粗繩般纏繞蚯蟠，逐漸形成讓人聯想到塔蘭圖拉毒蛛帶毛的漆黑手腳。這新的四肢異樣地長，個別有三公尺左右，並且有手肘和膝蓋等關節，因此繼承人現在的形姿，已經變成宛如擁有人體的水蜘蛛。

直到上一刻還是無毛的女子，吞嚥著教祖的頭髮，以詭異彎曲的長手抓住靠肘，終於撐起了上身。接著她就這樣踩穩黑色的腳，像剛生下來的小鹿般，全身顫抖著試圖站起來。那模樣實在太可怕了，各處開始傳出尖叫聲。繼承人半彎著腰，轉動頭部，以一片墨黑的粗糙眼睛緩緩掃視場內，就像在確定「這就是世界」。

這段期間，繼承人仍繼續發出呻吟，像黑煙一樣不斷吸入教祖的頭髮。但教祖的頭髮已經所剩無幾，那張臉也終於浮現苦悶的表情，噴出的汗水一條條沿著臉頰滑下，從下巴滴答淌落。繼承人搖搖晃晃地挺立起來，這瞬間，教祖原本那樣豐盈的黑髮終於見了底，化成光禿禿骷髏頭般的小頭無力地落到膝上。教祖現在就宛如被拔光羽毛的雛鳥，模樣淒慘而孱弱，似乎勉強還有呼吸，但那張嘴吐出的已不是話語，而是流著涎，白濁的眼睛就像死魚，連有沒有意識都不清楚。

吃光了教祖的頭髮後，繼承人借助頭髮纏繞而成的四肢站得更高，昂然俯視我們。從舞臺上到女人的臉約莫有四公尺高，她就像被風吹動的高樹般，緩緩地搖動。

這時，不知何處突然爆出盛大的掌聲。我東張西望，只見二樓的信徒全都站了起來，幾乎要把身體往前探，熱烈鼓掌。因為光線昏暗，無法看到他們的表情，但似乎是在見證新指導者誕生的歡喜驅動下，情不自禁地鼓掌起來。也就是說，上級信徒早就知道會發生這種非比尋常的狀況。

另一方面，只不過是「臨時幫手」的我完全嚇壞了。自己到底看到了什麼、目擊到什麼東西的誕生，我一頭霧水，一團巨大漆黑的恐懼像炸彈一樣從靈魂深底浮了上來。別說拿十萬圓了，就算反過來要我付錢，我也想立刻離開這個鬼地方。儘管這麼想，但我覺得要是我突然行動，會讓場內的感情潰堤，一口氣掀起大恐慌。可是想要逃的似乎不只我一個，場內開始到處傳出緊張的聲音：「咦？」「為什麼？」「怎麼會？」「不要！」「動不了！」「站不起來！」

我血氣盡失。動不了？站不起來？我覺得不可能，也試著起身。但真的站不起來。是髮衣。髮衣不知不覺間硬化，變得像鐵板一樣，將我們維持在坐姿固定於座位上。我心想頭髮織成的衣服不可能這麼硬，使盡渾身力氣想要站起來，卻彷彿被灌了水泥一樣，怎麼樣都站不起來。因為頭還能轉，我看向藤野，她也和其他人一樣，脹紅了臉掙扎著，讓我得知即使是信徒，也不知道髮衣當中隱藏著這樣的陰謀。

我陷入驚愕，但巨大的疑問也同時竄過腦海：可是為什麼？為什麼要剝奪我們的自由？教團應該是預料到眾人會陷入恐懼，試圖逃走，所以才讓我們穿上髮衣，但為什麼非要我們觀看這種東西、把我們嚇得魂飛魄散不可？

不過一切似乎都依照教團的計畫進行。二樓的上級信徒應該也一樣穿著髮衣，他們卻沒有慌亂的樣子，坐在座位上。像祭典配樂的音樂繼續奔走，舞者們也在繼承人腳邊，更加著了魔似的狂舞。教祖力盡時，唸經般的聲音暫時中斷了，但現在又再次響了起來。是繼承人又開始唸誦起來了。熱鬧的音樂不絕於耳，四下充斥著女人們的尖叫嗚咽吵鬧，卻怎麼能聽見那樣細微的呢喃聲？我實在不明白。

這時，繼承人緩緩地抬起長長的手，指向一樓座位，就像在尋找認識的臉孔般，慢慢地往旁邊滑動。那隻漆黑的手格外可怕，每一根手指就彷彿擁有個別生命，宛如巨大的陽遂足。繼承人的指尖逐漸朝我移動，光是這樣就足以讓人嚇得後仰，沒想到它突然停了下來。為什麼是我？

我正在內心尖叫，發現指的不是我。仔細一看，矛頭微妙地往左偏離，似乎是旁邊的藤野雀屏中選，被黑毛指頭點名了。

藤野發出悲痛欲絕的尖叫，雙眼滾出一串淚水。當然，她一定想要拔腿就逃，但她也一樣，從剛才就被髮衣拘束著，動彈不得。我正這麼想，卻看見藤野劇烈顫抖著，僵硬地站了起來。難不成藤野的髮衣沒那麼牢固？我詫異了一下，但那似乎不是藤野自己的意志，而是被髮衣強迫站起。繼承人似乎擁有自在操控我們身上髮衣的力量，可以讓我們任意坐著或站起。

藤野整個人站起，她的頭髮宛如被來自背後的強風吹動，開始朝舞臺飛揚。就像教祖的頭髮步上的命運，她的頭髮一束束脫落，飛過空中，被吸入繼承人口中。藤野一眨眼就失去了頭髮，頭禿得像假人模特兒，接下來卻遭到了更可怕的追擊——她的頭部竟長出了新的頭髮。而且那生長的樣子極為異常，就像硬是被繼承人神祕的力量拖出來一樣。實際上，看向藤野的臉，她甚至連尖叫的力氣都沒了，臉頰抽搐，兩眼翻白，口水流到下巴，似乎還大小便失禁了。新的頭髮不斷地生出來又被拔掉，這段期間，藤野的臉像柿餅一樣迅速萎縮，冒出無數皺紋，變成上百歲油盡燈枯的醜陋老太婆。長出頭髮的生命力消耗殆盡後，藤野終於被釋放，無力地崩倒在座位上，奇妙的是，她仍一息尚存，喉嚨咻咻作響著。

我們終於明白了自己為何會被帶到這裡來。藤野只是第一個祭品，其他女人一個接著一個被迫站起，榨取頭髮，直到變成空殼被拋棄，宛如阿鼻地獄的景象在眼前上演。二樓的上級信徒似乎連這絕望的狀態都早就預料到了，偶爾爆出掌聲和歡呼。

這段期間，繼承人吸入愈多頭髮，形姿變得愈來愈醜怪。那已經不能稱為四肢了，她的肩膀和腿根都長出了各兩隻手腳，終於成了巨大蜘蛛般醜惡至極的姿態，背後伸出四片黑色翅膀張開，幾乎覆蓋整座舞臺。臉也像阿修羅一樣從左右各生出一張漆黑的新臉，並以增加成三張的嘴巴陸續物色獵物。當四片翅膀成長得夠大了，繼承人終於開始悠然展翅，宛如巨蚊在會場上空悠然盤旋吸食頭髮。瞬間，二樓座位再次響起如雷掌聲，好陣子不曾歇止。

我不知道這場噩夢持續了多久。繼承人已經看不出任何曾是人類的痕跡，化為令人駭絕的外貌。無數又長又大的手足可能長達十公尺，如同夜晚化身的巨大翅膀在場內掀起暴風，妖嬈的蒼白肌膚深埋在黑髮當中，胴體已經變成潛水艇般的一團黑塊。底腹並排著許多像昆蟲氣門的洞孔，從那裡不斷地吸食頭髮。如今，連二樓的信徒們也無法倖免。不過與我們不同，他們爭先恐後地往前探，一旦獲得繼承人的青睞，開始被吸食，便發出某種像是歡愉的叫聲。瘋了，一切都瘋狂了，巨大的絕望翻攪著，將僅存的理智放在石磨裡輾磨。我心想乾脆快點把我也吃了，哭喊到力竭，只能茫茫然地懷著縮得像小蟲一樣的心，呆坐在位置上。

然而，不經意地抬頭一看，我看見了更奇妙的事物。有人從被吸走頭髮而頹倒在地上的舞者之中緩緩地在舞臺上站了起來。那人一片漆黑，彷彿將自身從大地撕離的人類影子，就好像穿著從頭包覆到腳、沒有光澤的緊身連身衣……這時我總算發現了，應該癱軟在椅子上的教祖消失了。那麼，那個人型黑影是教祖變成的嗎？定睛一看，我漸漸看出覆蓋教祖全身的似乎也是頭髮，而那些頭髮就像紅蟲一樣蠕動著，逐漸擴張手足，似乎仍在包覆教祖的身體。是髮衣。髮衣緊緊地貼在教祖的身體上，包裹她的肉體，正將她變化成另一種存在。

教祖現在已經化成了髮人，雙手無力地垂在前方，宛如活屍，開始在舞臺上搖搖晃晃地遊蕩。頭部不用說，眼鼻也被頭髮覆蓋了，但為了呼吸，只有口部露出，看得出她正痛苦地喘著氣。很快地，教祖抬起頭來，盯著觀眾席的一處。不，她的眼睛已經完全被靈髮覆蓋了，因此應該說就像感應到什麼似的把臉轉過來吧。接著她張開血盆大口，開始發出野獸般模糊的低吼聲。似乎是發現了還像我一樣殘留著頭髮的人，對著那女人吼叫。教祖的嘴巴也開始吸入頭髮。髮人也像繼承人那樣，擁有吸取頭髮的恐怖力量。

教祖詭異的再生只不過是開始。到處都有黑色的人影一具具站起來，四處徘徊尋找獵物。新生的藤野在我旁邊站起，貪婪地俯視著，將我視為第一份餌食，但盯上我的髮人不只藤野一個，有六、七個人形成人牆包圍了我。我的死期到了嗎？我心想。頭頂有繼承人化成的巨大黑暗四處飛翔，從四面八方吸取頭髮；髮人們在地上一個不留地吞噬剩餘女人的頭髮。甜膩的焚香氣味混雜著女人們排出的糞尿和嘔吐惡臭，每吸進一口氣就讓人感覺鼻孔潰爛。狂亂的祭典配樂漩渦裡，慘叫、哀嚎、慟哭、嗚咽、歡喜的叫聲此起彼落不斷。

我應該竭盡全力在狂叫，但就像身處再怎麼叫都沒有盡頭的噩夢。髮人們輪唱般接連發出低吼，我整片頭皮的毛細孔扭動著，每一根頭髮都倒豎起來。一股被一把扯住頭髮吊到半空中的粗暴浮游感襲來，頭髮被不斷地拉扯而出。與其說是從頭皮被拔走，更像是從我這個人更深層的地方，連同五臟六腑拉扯出去。在天旋地轉的眩暈震蕩中，我連自己是站是坐，或是已經倒下來都分不清了。宛如墜落井底般，眾多影子將世界鑲出一圈漆黑。那影子張開鮮紅的嘴巴，吸起我的頭髮，把我的心也撕扯得支離破碎。逐漸模糊的視線前方，一團宛如淤積在夜晚深底的黑塊笨重地拍動翅膀橫越而過。

我怎麼會在這裡？我應該有某些渴望，卻已經想不起來那到底是什麼了。四處飛散的大量髮束，就像一群朝子宮溯行的黑色蝌蚪般在空中游動，逐漸被吸入君臨世界的黑暗。身體傾軋著浮起。心碎成片片浮起。其實根本沒有浮起嗎？是在下墜嗎？不知道。我什麼都不知道了。只是委身於逐漸遠離的意識，在靈魂深處呢喃：原來也有這樣的死法啊……

* * *

……經歷了密實的溫暖擁抱的舒適睡眠，以及完美的覺醒。似乎做了一場漫長的可怕噩夢，但噩夢的不愉快已經遠離消散，我再也感受不到一丁點的恐懼。沒有不安，沒有憤怒，也沒有悲傷。身心沒有任何陰影，完滿充足。一切都是日留女大人的恩賜。日留女大人慈愛結晶的靈髮覆蓋我的全身，彷彿散發出漆黑的聖光，讓我在無止境的至福之中醒了過來。

爬起來一看，我感覺到五千六百七十二個髮人們排成隊伍，陸續走出靈髮殿。我也必須和他們一起離開。必須一起從這裡出發、作戰。他們都是我的伙伴。我們都是日留女大人的士卒，為她征戰的士兵。我們透過覆蓋全身的靈髮彼此相連，切膚地感受到眾人奮勇的使命感。

我們僅是起始的髮人。一個髮人找到百名蒙昧無知的人類，奪走他們死亡的頭髮，取而代之，以神聖的靈髮將其溫柔地包裹起來。必須像這樣開啟他們的心眼，迎接他們成為新的伙伴。然後很快地，百名髮人會增加成萬名，萬名髮人會增加成百萬名，百萬名髮人會成長為一億人的軍團。

我站起來，加入眾人出征的行列。仰望頭頂，以美麗的形姿新生的日留女大人，展開具現勝利與慈愛的髮翼，悠然盤旋，激勵、祝福即將投身漫長征戰的我們。我們驕傲的情緒就像熔岩般火熱地湧上心頭，靈髮底下，熱淚濡濕了臉頰。一切都是愛。愛從胸膛滾滾滿溢而出。這是對世界的愛、對生命的愛、對人類的愛。這源源不絕的日留女大人的大愛、我的愛、我們的愛，怎麼能不分享給全世界的人？

我隨著伙伴離開靈髮殿，感覺到東方天際開始泛白了。萬里無雲的碧藍天空、凜冽的空氣……多清爽的早晨啊！是為了迎向出發的我們準備的、至高無上的黎明。心胸高聲跳動，燦爛的激動戰慄沿著背脊往上爬。

這時，一道駭人的破壞聲響徹清澈無比的清朗天空。回頭一看，靈髮殿翹起的屋頂被撕裂，日留女大人掰開那道龜裂，將黑龍般莊嚴的身姿展現在世間。破殼孵化的大髮人終於躍入這個等待救贖的濁世了。日留女大人徐緩振翅，她的巨軀猛地抬升，一眨眼便高高飛起，緩慢地盤旋著，以陶醉的神情瞭望遲早盡收掌中的沉睡世界。

日留女大人一面振翅，一面想像著世界燦爛的未來，將她的展望透過靈髮鮮明地分享給我們每一個人。我們接下來將下山，以目不暇給的速度增加數目，化為不知恐懼和疲累為何物的黑色軍團，從一個城鎮到下一個城鎮，一個不剩，以日留女大人的恩寵包裹不識真正幸福的可悲眾生。靈髮將逐一覆蓋蔓延全世界的都市文明，停止它們的呼吸，宣告輝煌的心靈時代到來。

日留女大人發出震撼天空的吼叫宣戰，與此呼應，大地彷彿歡喜地顫抖。我們每一個都感動至極點，同時揮起拳頭，朝天空發出整齊畫一的吶喊。髮即是神！髮即是神！日留女大人為我們降下了更多的慈雨。我們感覺到背部隆起，開始陸續生出了漆黑的美麗髮翼。每個人的心胸都幾乎被歡喜所漲裂，宛如迎接離巢時刻的雛鳥般開始拍動翅膀。只不過是拍動幾下，我們就明白自己已經知道如何飛翔。

有人說：起飛吧！眾人呼應：沒錯，現在就飛吧！好似落在平靜水面的革命小石子，一個黑色的身姿浮上大地。宛如漣漪擴散一般，眾人接續上去。我們在分秒變得更加湛藍的拂曉天空拍出喧鬧的振翅聲，同時起飛了。我們就像一條大蛇般長長地扭動著，朝向應該會成為傳說的第一個解放之城，勇猛突進。終於注意到我們誕生的天真太陽，彷彿受驚一般照亮我們凶猛振翅的背部。冷冽的拂曉晨風吹過靈髮的肌膚，使其緊繃起來。

我們很幸福，每一個都很幸福。獲選為黎明戰士的榮耀、參加初始之戰的至福，在垂目含羞的處女般的世界，我們靈髮覆蓋下的臉孔都無法自已地露出微笑。要如何讓人們看到這笑顏？要如何告訴他們，我們在漆黑的面具底下，全都笑容滿面地戰鬥著？眾人回答了我的問題。答案只有一個！世界也只有一個！以靈髮覆蓋一切！戰鬥吧！戰鬥吧！直到將這個國家、這個世界、這個地球、這個宇宙，以慈愛和救贖的靈髮覆蓋成一片漆黑的那天！

裸男與裸女

這陣子，通勤電車裡出現一張張「現代裸女展」的懸吊廣告，幾乎刺眼。廣告上說是在K市的縣立美術館展出，直到八月底。假設廣告屬實，從入口到出口，少說也有數十幅作品，然後每一幅都是裸女，一個又一個裸女，滿滿的裸女。

感覺美術館似乎很自豪：「如何？很棒的策展對吧？」但起初圭介很納悶，到底是什麼人會去看這種展？那完全是藝術作品，應該無法勾起男人的色心；而那些閒閒無事的歐巴桑們，只會對網羅了更有名作品的俗氣展覽感興趣。那麼，是年輕情侶約會順便看展嗎？或許很適合作為上賓館的前哨戰，只是對於還未經驗過彼此肉體的清純男女來說，感覺會有些尷尬。無論如何，最不可能的，就是一個落魄的三十多歲男人獨自去看展。想到這裡，一種作對的情緒躍入心胸：那麼我乾脆反其道而行吧！

實不相瞞，圭介自小的夢想是成為漫畫家，他在高中加入美術社，沉迷於牟侯和魯東，畫了許多脫離俗世的幻想畫作。儘管現在他任職於繪畫天分或技巧都毫無用武之地的嚴肅公司，至今仍對繪畫有自己的一套看法和見解。而且坦白說，懸吊廣告上有幅就像浮世繪與克林姆大打一場又和解般的奇特作品，讓他十分好奇。他上網查了一下，是一位名叫春日某人沒聽說過的日本畫家作品，無數裸女面露恍惚笑容，妖豔地扭動著肢體融為一體，宛如北齋筆下的波浪般起伏湧升並翻騰。作品名稱是《母親之海》，廣告上印刷的僅是局部，實物似乎相當大。既然會放在廣告上，應該是主打畫作。圭介上下班在電車裡看著懸吊廣告，漸漸覺得即使只有這幅作品，或許也值得一看。就擺出一副美術館本來就該一個人逛的清高嘴臉，下回休假走一趟吧！

圭介在M市的公寓獨居。除了放心不下兒子的父母偶爾寄來的糧食、土產以外，他沒什麼可以與人分享的。他和學生時期的幾個朋友現在仍偶有聯絡，但眾人都四散在東京、福岡或廣島，頂多只有年底尾牙才會碰個面。圭介本來就不是那種會帶頭歡鬧的個性，不太喝酒，在公司裡也被視為老實無趣的傢伙。高中畢業後，他完全沒再碰過畫筆，要是哪天被抓去相親問到興趣，感覺他會整個人詞窮，被相親場所莫名響亮的添水竹管敲擊聲搞得腦袋一片空白，暈頭轉向。休假的時候，他不是打電玩，就是看訂閱服務的電影戲劇或動畫，也會讀流行的懸疑小說，不過與其把這種消磨時間的活動說成興趣，倒不如裝老派，宣稱工作就是興趣，給人的印象肯定還比較好。

女人方面更慘，雖然這輩子他約會過兩次，但兩次都悲慘收場。圭介小學低年級學過一點鋼琴，然而在發表會時過度緊張，心生排斥而不學了。原以為他是害怕面對群眾，但其實只要觀眾裡有一個女人，就會讓他無法招架。面對喜歡類型的女人，他會手心狂冒汗，幾乎可以直接拿來抹桌子，說起話來也從頭到尾結結巴巴，不過只要拉開一段距離，又反過來目不轉睛地盯著人家看，簡直就像在自介名叫「形跡鬼祟」。回想起第一次約會的經驗，他心跳加速，呼吸急促，想起第二次約會，更是幾乎要令他刨開胸口，發出驚天動地的怪叫。

既然如此，花錢買女人找安慰呢？有一次公司前輩帶他去旅館找應召女，不出所料，他緊張發作，躺在床上活像具硬邦邦的木乃伊，下半身卻像條魷魚似的軟趴趴，時間就這樣一下子過去了。他表情緊繃地向小姐辯解他酒量差，一喝酒就會這樣，付了一萬六千圓，只換來了如大海般深深的憐憫眼神，以及痛切的回憶。

圭介是這種個性，因此獨自在休假出門是相當罕見的事。尤其他幾乎不曾一個人去美術館過。他很久以前和家人一起去看過縣立美術館的梵谷展，人山人海，擠得受不了，得到的收穫就只有很想穿越時空寄錢給生前的梵谷。但一想到「現代裸女展」，就覺得彷彿棺材般憋屈的世界稍微挪開了蓋子，光線射進來一般，總感覺心情有些雀躍。他甚至開始盤算，趁此機會養成逛美術館這種高尚的興趣，作為和普通人一樣謳歌人生的第一步也不壞。

然而實際到了當天早晨，總覺得身體不太對勁。回想起來，又不是遠足前一天，他卻在前晚異常清醒，怎麼樣都睡不著。時序進入七月，這陣子室溫都超過三十度，睡覺時他都開著電風扇，那風吹得皮膚陣陣發怵。他覺得也不是冷，但就是陣陣打顫發癢，皮膚莫名敏感。關掉電扇就熱，打開又發寒，他就這樣把電扇反覆開開關關，似乎在不知不覺間睡著了。然而也不是一覺香甜睡到早上，時不時幾乎就快轉醒，意識到自己的手正搔抓著身體各處。他猜想是被蚊子叮了嗎？被叮了這麼多包，他料定蚊子應該也知足不會再吸了，於是緊抓著不乾不脆的睡眠不放。早晨就在這麼拖拖拉拉之間到來了，鬧鐘致命一擊地響起，讓他不得不百般不願地起身。

圭介以為被蚊子叮得很慘，摩挲手腳，但奇妙的是皮膚沒有任何叮痕，卻有種微微的麻辣感遍布各處。他在窗邊晨曦下細細查看發麻的部位，沒有起疹子，一片光滑。有時候感冒會令人在奇妙的地方有痛麻感，但這也完全不是那種感覺。檢查腳和腰等所有檢查得到的地方，果然到處都有種麻感。目前不痛也不癢，畢竟第一次有這種經歷，心裡總覺得毛毛的。是吃到什麼壞東西嗎？回溯記憶卻毫無印象。他量了一下體溫，但就算撇除早上剛起床這個因素，溫度甚至比平常還要低。他懷疑是否某種過敏發作，上網查了一下，好像也不是。是因為想要養成什麼逛美術館的嗜好，自不量力，所以身體產生了抗拒嗎？

接著他漸漸發現，不對勁的不只皮膚發麻而已。這陣子他睡覺時都只穿汗衫和四角褲，是差兩步就全裸的狀態，這件事讓他有些在意。明明是汗衫，卻完全不貼合皮膚，總之感覺比平常更不舒服。他檢查是不是前後穿反或是裡外顛倒了，也完全沒有這種狀況。他也想過既然一個人住，乾脆全裸入睡好了，卻有一股呢喃在對他說：不可以踏進那邊的世界。這一定跟皮膚的麻感有關。皮膚變得敏感，即使只有汗衫和長褲，也受不了衣物的刺激吧。

但除此之外，他的身體沒有其他異狀。沒有頭痛，也不特別倦怠，因此可以按原定計畫去美術館。雖然沒什麼食欲，但一定是因為天氣太熱，加上睡眠不足。他吃著魚肉腸和麥片，納悶著有這麼難吃嗎？接著喝了咖啡，蹙眉有這麼苦嗎？舌頭和皮膚是相連的，所以味覺也失常了吧。

處理完各種雜務，離開家門時，已經是上午十一點半左右了。他打算在離美術館最近的一站下車，在附近先吃個拉麵果腹，再前往「現代裸女展」。

他在M站乘上電車。美術館位於K市沿海的海濱公園，急行列車到最近的K站約十五分鐘車程。如果是通勤時間不可能有位置坐，但幸好現在有一些零星空位，他勉強坐到胖大嬸和胖大叔中間感覺濕度很高的縫隙間，而且坐下之後他才發現，正面坐著一個年約二十五歲、感覺很不錯的女生。

圭介不擅長與人打交道，但從小就有忍不住盯著人看的壞習慣。由於雙向關係完全不行，所以容易投向單戀、偷窺這種單方面的關係。他在小學的畢業文集裡「將來的夢想」那一欄填寫「第一志願：漫畫家」，這雖然是認真的，但接下來就完全沒頭緒了，這時他忽然想到了「透明人」。如今他知道漫畫家是燃燒生命在創作，因此不嚮往了，但他到現在都還是滿渴望當透明人的。不只是可愛的女生，他想要偷偷尾隨在電車看到的好奇對象，親眼觀察對方過著怎樣的生活，然後發自肺腑地呢喃：「啊，這也是人性啊……」

眼前的女生讓他欣賞的地方，首先是在電車裡看書。這年頭的年輕人，絕大多數在電車裡不是滑手機就是聽音樂，或是同時做這兩件事。圭介自己也正用手機聽著搖滾樂團GLIM SPANKY的出道專輯。因此在車上看書的女生完全就是瀕危動物，而瀕危的事物總是美的。她手上的書包著書店送的紙書套，因此不知道是什麼作品，但內容是什麼都無所謂。不滑手機、不聽音樂，而是看文庫本，在這個階段，就形同證明了她的反骨精神是貨真價實的。其實圭介的背包裡也放著現在流行的北歐懸疑小說文庫本，他考慮若無其事地把書拿出來，展現自己也是雅好逐漸滅絕的書籍的優良青年末裔，但想到這樣會讓他無法觀察女生，便放棄了這個念頭。

女生戴了副樸素的黑框眼鏡，這一點也很棒。女生的眼鏡，可以說是與享樂生活的斷交信，她很有可能沒有男友。相反地，如果有男友，兩人的關係應該是堅若磐石，無機可趁。但是守身如玉，一旦接納對方就忠貞不渝，這就是圭介想像眼鏡女生的生活方式。她隨手紮起的馬尾分數也很高。只要是男人，沒有一個不愛女人的馬尾，但馬尾單獨的攻擊力實在太高了，回頭看到臉時的落差造成的創傷也極為驚人。馬尾雖然很受男人喜愛，卻不是人人都可以駕馭的髮型。從這一點來說，眼前的女生無可挑剔。膚色白皙，脂粉薄施，眼型清涼富知性，要是能跟這樣的女生一起逛美術館，一定會是一段金光閃閃的回憶。

正當他像這樣肆無忌憚地浮想聯翩，隔壁車廂忽然吵鬧起來，他感到奇怪，停下音樂摘了耳機。探出身體往左看，不停地傳來「嗚噢！」「呀！」等緊迫的叫聲。是有人吵架還是醉鬼鬧事嗎？他靜觀其變，結果整個人嚇壞了。一名男子猛地開門，從隔壁車廂衝了進來。他的年紀約四十左右，手腳細瘦，肚子卻像個水桶，體型醜陋。男子叉著雙腿站在門前，就像剛大鬧過一陣，肩膀上下起伏喘氣。那表情感覺也很不妙，兩眼暴睜，四處瞪視著愣住的乘客。見他腳步扎實，似乎不是喝醉了酒。男子開始用力搔抓上臂，但癢的似乎不只那裡，他的全身散布著一條條紅腫的抓痕。

若是警方詢問男子的特徵，一百個人裡面，應該會有一百個毫不猶豫地用一句話來形容吧。那就是「裸體打領帶」。男子赤身裸體，暴露出蒼白的皮膚，脖子上掛著一條鬆垮的鮮紅色領帶。如果女生全身赤裸只穿襪子，會散發出一種難以言喻的情色氣息，但圭介發現中年男子赤身裸體打領帶，散發出來的只有不可動搖的變態性。只是男子似乎也不是在這一輩子一次的風光舞臺上發情，懸掛在胯間的髒東西正可憐而無力地垂軟著。不管怎麼樣，如果男子以那副模樣在隔壁車廂闊步，應該會引發更盛大的慘叫才對，但人類驚駭過度時，一定會連聲音都發不出來吧。實際上在這節車廂，眾人也都啞然僵住，要不然就是默默地連忙和男子拉開距離。男子總不可能以這副模樣從家門口來到這裡，但既然沒看到最重要的衣物，也就沒有人試圖說服他穿上衣服。總覺得光是「裸體搭電車」，就是對文明的恐怖攻擊，是活生生的炸彈。

「你們！」裸男扯開嗓門，「要那副模樣到什麼時候！今後不是那種時代了吧！」

裸男的聲音異樣高亢走調，足以讓人懷疑他理智失常，但內容更是奇妙。不是那種時代，那你到底是從什麼時代過來的？

「每一個都那麼遲鈍！別再渾渾噩噩下去啦！」

男子叫聲剛落，張開雙手便往前衝。女人們終於發出尖高的慘叫，男人們則發出粗啞的驚叫。裸男跑過車廂，發出「呦呵呵呵」的奇妙吆喝，一個個觸摸四處逃跑的乘客。原以為他專挑女人下手，沒想到不分男女老幼，看到什麼人就摸什麼人。哇！他要過來了！圭介心想，但狹小的車廂裡無處可逃，頂多只能坐著身體後仰。男子並未持刀揮舞，因此要是眾人聯手壓制，應該並不困難，卻沒有人想觸碰這種變態。

這時，坐在附近的人似乎伸腳絆倒了裸男。裸男「嗚噢！」一聲，猛地往前撲倒，居然一頭栽向了圭介。圭介坐在位置上反射性地抬起雙腳，變成用雙手和小腿接住男子身體的姿勢。被裸男壓上來的瞬間，一股無以名狀的寒意竄過全身，他忍不住用雙腳踹開男子的身體。裸男往後失去平衡，這次從背後倒向對面的眼鏡女生。旁邊的人都在千鈞一髮之際逃離了，只有眼鏡女生被撞個正著，眼鏡從臉上掉落，她被裸男壓在座位上。而且裸男的頭還是肩膀似乎撞到了她的心窩，她彎折身體，痛苦扭動。

糟了！圭介在內心咋舌。原本圭介是個連隻蟲子都不敢殺的男人，但莫名其妙的寒意和裸男濕滑的皮膚觸感太噁心了，讓他反射性地推開了對方。圭介為自己做的事慌了手腳，連忙站起來，抓住裸男的肩膀，將他從眼鏡女生身上拖開來。碰到裸男的瞬間，又是一陣戰慄，但他忽略那觸感，探頭查看女生的狀況，勉力推開內心怕生的自己，關心地問：

「你還好嗎？」

另一方面，裸男似乎完全沒有受挫。他沒有對絆倒他的乘客或踹飛他的圭介表現出敵意，旋即站了起來，再度張開雙臂，逐一觸摸乘客，像一陣旋風跑過車廂，猛地打開車門，殺向隔壁車廂。

剛才那是怎麼回事？瞬間，一股尷尬而鬆弛的氣氛降臨。眾人都啞然無語，頻頻對望，苦笑或是低頭，為無法反應的自己感到羞恥，或厭惡地撫摸被男子碰到的地方。

圭介發現眼鏡掉在自己腳邊，立刻撿起來遞給女生，再次問：「你還好嗎？」疼痛似乎終於減緩了，女生皺著眉，虛弱地接過眼鏡說：「啊，謝謝……」摘下眼鏡的面容，就像褪去了一層肌膚，說不出地迷人，亂髮下蹙眉的表情也帶著憂愁，美麗極了。圭介出於平時的毛病，不小心直瞅著她看，同時不停地點頭：「真是對不起，都是我剛才踢了那個人……」

「不會，我沒事，」她大大地嘆了一口氣，戴上眼鏡，「總覺得嚇死人了……」

她似乎沒有生圭介的氣。不曉得是對道歉的男人毫無興趣，或是飛來橫禍仍讓她餘悸猶存，她沒有抬頭，再次摘下眼鏡，似乎很介意鏡腳的角度。「不好意思，眼鏡撞歪了嗎？」

圭介問，她也只是一直把玩著眼鏡，冷漠地說：「沒有，本來就常歪掉……」

看來不可能有趁此機會親近起來的浪漫發展，說的也是嘛，一般都是這樣的嘛……

圭介在內心嚥下人生的不如意，就要回到原本的座位，這時——

「喂喂喂，你在做什麼？」背後傳來緊迫的聲音。

是上了年紀的婦人聲音，像是在責怪什麼人。圭介也奇怪是怎麼了，跟著望向那裡，發現五、六公尺處的地方，有個年約二十出頭的高大男子，脫下了T恤上身赤裸，更接著解開皮帶，把牛仔褲褪到腳踝處。他脫衣服的模樣正大光明，就好像正準備去洗澡，接下來也毫不猶豫地脫下深藍色的平口褲，爽快地暴露出私處。他的表情不僅沒有絲毫扭捏羞恥，甚至是威風凜凜，彷彿在說之前居然穿得住那種東西。

其他乘客也騷動起來，望著那名新的裸男——稱他為裸男B好了——一邊和他拉開距離。每個人腦中想到的一定都是一樣的事：他該不會是被剛才的裸男A傳染了吧？搞不好是暴露狂集團的快閃活動，但總覺得真相更為可怕。就算是內心隱藏著淫穢欲望的暴露狂，也無法對他人的視線如此滿不在乎。這不是內在隱藏的性傾向這種微弱的事物，必須對脫光這件事具有更堅定的信念才辦得到。而假設這樣的信念真實存在，那已經不能稱為信念，一定會被視為瘋狂吧。就像現在裸露在眼前的事物，看起來完全就是瘋狂。那麼，儘管是難以置信的推論，但這表示無法不脫光衣服的瘋狂，從裸男A傳染給裸男B了。這麼說來，裸男A不就一邊跑一邊摸人，就像要故意傳染什麼一樣嗎？

不，等等，這麼說的話，我也被摸了。而且把他從眼鏡女生身上拖開時，還主動牢牢地抓住了他。又不是鬼抓人遊戲，要是被那種東西摸一下就會傳染，現在我也應該開始脫衣服，否則就說不過去了。其他乘客也有很多人被摸了，應該要像澡堂脫衣間那樣，一個個開始脫衣服才對。圭介這麼想，在車廂裡東張西望，但該說想當然爾嗎？除了裸男B以外，似乎沒有人開始脫衣服。沒錯。不可能有這種事。噯，什麼脫衣衝動會傳染，這想法太離譜了。那麼，或許這是為了賺取影片流量，奮不顧身的羞恥表演。喏，裸男B一定也是太想受到肯定，想要綻放出「赤裸的人類」這種最後的耀眼光芒而已。實際上，裸男B終於瀟灑地脫下運動鞋和襪子，益發神清氣爽地化身完美的裸男，屹立在車廂這個公共空間。話說回來，他的表情是多麼地滿足啊！

「啊，太爽快了！這種東西怎麼穿得住！」裸男B發出歡喜的聲音，「大家也脫了吧！回歸自然樣貌的時刻終於到來了！反正最後總是要脫的！」

他看起來好像很爽快，乾脆我也……一抹這樣的心思掠過腦際，圭介嚇了一跳。我怎麼會這樣想？他正納悶著，忽然傳來東西掉落的聲音，他忍不住望向那裡。是眼鏡掉在地上了。這不是剛才幫忙撿起來的眼鏡女生的黑框眼鏡嗎？是調不回來，生氣地丟掉了嗎？圭介的目光回到女生身上，頓時大受驚嚇。因為女生正抓住深藍色洋裝的衣領處，猛地往頭上拉，然後就這樣一口氣脫掉，宛如褪下舊皮一般，把衣服扔在地上。這要是換個地方，感覺一群男人會饞涎欲滴地圍上去，但現在不分男女，全都驚慌地離開她附近。不管理由是什麼，男人裡面總是有人想要脫衣服；但若是女人脫起衣服，問題就大了，是國安危機。真的有問題！電車裡面正發生了天大的怪事！

這時，車內廣播響起：

「下一站K站……停靠K站。K站的下一站——」聲音聽起來似乎也有些走了調。

或許這場風波也波及了車掌應該所在的最後一節車廂。廣播聲聽起來有些突兀，但並非徒勞。乘客們正為了突然發生的異常狀況，個個神情緊繃，這時「在接下來的K站下車就好了」這個再簡單不過的解決方法，就像傍晚的第一顆明星，在眾人的腦中閃耀起來。

另一方面，圭介看著女生果決的脫衣動作，悠哉地心想：多美啊！她的皮膚像肥皂一樣潔白光滑，不胖也不瘦，沒有橘皮，也沒有被蟲子叮咬的痕跡。雖然有一些小痣，但這些痣似乎更突顯了肌膚的白皙，賦予了健康的朝氣。圭介想著這些的期間，女生把手繞到背後，解開膚色胸罩的鉤子，氣勢十足地拋開了。男人們應該都想把還帶著體溫的它撿起來當成傳家寶，但可能是害怕脫衣衝動會間接傳染，或覺得男人在電車裡撿拾暖烘烘胸罩的畫面令人噁心，沒有任何人伸手。

胸部裸露出來了。不是禁慾的扁胸，也不是邋遢的巨乳，而是日本乳房協會的會長會說「這才是正確答案，全日本只有這一副」，從保險櫃裡取出來的、至高無上的逸品乳房。男人們全都硬生生嚥了口唾液。這些好色的目光絲毫沒有讓她畏怯，她傲然挺立起來，以行雲流水的動作褪下內褲。私處的陰影露出來了。蘊藉含蓄、毛流齊整，是嫻淑的陰影。它的美妙，就連大呼女人不需要陰毛的戀童癖，都不得不低吟服氣「這也有它的妙處」。男人們已經不知道還能嚥下什麼，只是張口結舌。女生以身經百戰的裸體模特兒般堂皇的站姿，昂然環顧乘客們。電車裡面有全裸的女人，這在痴漢A片裡是常有的情節，然而實際目睹，女人還同時頂著一副名為「裸體」的高級禮服的神情，甚至讓人覺得現實這個堅固的城牆破出了一個女人形狀的洞穴，從那裡開始崩壞。

電車速度開始放慢，這時另一邊的裸男B彷彿隨時都會做出大動作，像是揮動四肢，或是誇張地深呼吸，好確定褪去一身衣物讓身心變得有多輕盈。先不論這一點，裸男B不停地搔抓全身各處，這不是剛才裸男A也有的動作嗎？脫衣衝動和搔癢有什麼關聯嗎？想到這裡，圭介突然開始覺得自己全身也正微微發癢，但是在意識集中於癢感之前，裸男B

終於展開行動，乘客騷動起來。裸男B似乎也和始作俑者裸男A一樣，相信肢體接觸有某些意義，喊了一聲：「好啦，大家也快脫吧！」展開雙手，開始到處亂摸乘客。脫衣衝動是否真的會透過接觸傳染不得而知，但它讓兩人脫光衣服的實績不容忽視，這次眾人哇哇尖叫著，拚命在車廂裡逃竄。這段期間，裸男A衝過去的隔壁車廂有一個六十開外的大嬸裸女侵入這裡，加入戰局，狀況變得更加不可收拾，一時間天翻地覆，雞飛狗跳。不再是眼鏡女生的美麗女生見狀似乎也振奮起來，突然低下身，張開雙手，擺出戰鬥姿勢。因為圭介就在近旁，第一個與她對望了。咦？我嗎？就算是秀色可餐的裸女，圭介還沒有做好投身那邊世界的心理準備，忍不住後退。

電車滑入月臺，卻遲遲不停，惹人心急。快停車啊！圭介在內心吶喊，但就像從小就學到的，車子不會突然煞停。女生一副舔嘴咂舌的模樣，不斷逼近上來。不行了，正當圭介放棄掙扎，旁邊冷不防撲上來一個五十多歲的禿頭大叔，一把抱住了女生，兩人纏繞在一起倒在地上。大叔緊緊抱住女生國寶級的裸體，幾乎流涎地用下流的關西腔不停說：「我為你脫！我跟你一起脫！」似乎已經有了將一切奉獻給這瞬間快樂的覺悟。啊，要是我也能像他那樣——一抹欽羨掠過圭介的腦海，但大叔那猥瑣到極點的模樣，讓他決心「絕對不能放棄理智」，離開原地。

電車終於停了，車門打開來。乘客都已經擠到門前，門開的瞬間，就像土石流一樣衝出月臺。圭介也在其中，但離開電車的瞬間，旁邊的人失去平衡，和幾名乘客像骨牌一樣跌成了一團。他立刻爬了起來，環顧四周，電車每一道門都同時吐出陷入恐慌的乘客，到處都有人摔倒、掙扎、大叫、奔跑，造成了眼花繚亂的大混亂。最讓人驚訝的是，乘客當中，大概十人裡面有一人的比例，摻雜著男女老幼的裸體人，正凶猛地追逐著穿衣服的人。這表示第一個出現的裸男A成功地縱斷每一節車廂，讓脫衣衝動蔓延到整班列車了嗎？不過裸人第一號是打哪來的？是從某個車站光溜溜地上車的嗎？還是突然接收到全裸神的天啟，在電車裡開始脫衣的？

不，不是研究這些的時候。當務之急，必須先逃離這裡。K站是高架車站，驗票閘門在樓下。階梯應該有四座，每個人都衝向最近的階梯，裸人們也窮追不捨，見一個摸一個。裸人似乎在誕生的瞬間就具備了某些本能衝動，其中之一就是到處摸穿衣服的人。好像是要藉此達到擴大脫衣衝動的目的，但圭介已經和裸男A接觸了兩次，至少在當下，他還沒有想要脫衣的欲望。應該也有許多乘客碰到裸男和裸女了，但都還幾乎穿著衣服。那麼，不是因為被碰到而感染了脫衣衝動，這果然是暴露狂集團的集體行動嗎？那個眼鏡女生也是，乍看之下清純值屬於前段班，其實是長年來壓抑著暴露欲望的女鬥士，和網路上號召的同志一起在今天上街，盛大脫衣嗎？

不，仔細觀察就知道，不可能是這樣。圭介邊跑邊掃視周圍。對面有個約小學高年級的赤裸男生，那麼年輕就開始裸奔，就算是變態，也未免太早熟了。自動販賣機旁邊，連彎腰駝背的八旬老太婆都暴露出皺巴巴的裸體，她總不可能會想要以那麼駭人的形態綻放衰敗的花朵。最關鍵的是對面階梯旁的站員，或許是剛才電車裡的車掌，他就像回到家的上班族大男人老公一樣，邊走邊脫下衣物左右亂扔。這些人不可能是暴露狂集團的成員，圭介應該也不是目擊了據說過去風行一時的裸奔慶典。結果他完全不明白發生了什麼事，但逃到看不到裸人的地方，絕對不會錯。圭介做出這個結論，和其他還穿著衣服的人彼此推擠，吵吵嚷嚷地跑下階梯。

穿過K站驗票閘門後到現在，已經過了快三小時。圭介現在人在海濱公園所在的國道對面，一棟三層樓高、紅磚風格的商業大樓頂樓。這裡除了圭介以外，還躲藏著幾十名穿衣服的人，曝曬在三十五度高溫的炎熱灼烤中。圭介旁邊，是年紀都一大把了還穿著鬆垮動畫T恤的五十多歲男子小島，還有髮型像牛郎、年紀和他差不多的高倉，以及自稱古著店店員的短金髮女生吉田等人，他們偶爾小聲交談，懷著絕望的心情，等候來自仍未放棄衣物的文明世界救援。

圭介先前一廂情願地認定脫衣衝動蔓延的震央就是自己搭乘的電車，但他大錯特錯。一走出驗票閘門，便目睹了應該由理性與秩序所支配的車站周遭，也如同電車和月臺一樣上演裸人製造出來的極度混亂。不，不僅如此。裸人的比例在車站周圍還更高，不管往哪裡看，都有穿衣服的人無序地東逃西躲，地下街傳來重重慘叫，天橋上也上演著壯烈的追逐戰。最後，好比多如牛毛的活屍電影結尾，活屍反而變得健康起來，遺忘了追殺人類的初衷。圭介躲躲藏藏，拚命逃亡，在途中跑到這棟商業大樓前，這時穿動畫T的小島從屋頂伸出頭來，招手像在叫他上去，因此他在快一個小時前窮途末路地爬上了這處穿衣者的屋頂綠洲。

這棟大樓的一樓是一家時髦的咖啡廳，但應該已經遭到裸人攻陷，店內一片混亂，沒有半個人影。二、三樓有幾間事務所，可能因為是假日，一樣沒有人在。通往屋頂的門把上有旋鈕，轉動應該就能打開，只是推了也打不開，是敲門之後才有人讓他進去頂樓。躲在屋頂的人從一樓咖啡廳搬了張桌子上去，當成頂槓卡在金屬門上，就像反叛軍的倖存者一樣據守在這裡。頂樓約有三百平方公尺大，完全足以容納許多人，但沒有任何遮蔽頭頂烈日的東西，熱得要命。照道理來想，躲在建築物裡可以避暑應該比較輕鬆，但似乎是排斥一起關在室內的想法，讓眾人最終流落此地。雖然難以解釋為什麼，但圭介也是一樣的心情，比方說，光是想像躲在樓下的事務所，這就讓他感到呼吸不過來。他猜想有可能是害怕被裸人攻擊時淪為甕中之鱉，但就算躲在頂樓，要是門被攻破一樣無處可逃，所以不是這個原因。只能推測，是一股不知其來何自的生理直覺，讓穿衣人選擇了這處開放的屋頂作為要塞。

然而狀況卻是不斷惡化。眾人偶爾從頂樓探頭窺看，裸人的比例愈來愈高，感覺現在已經有八成都是裸人了。而且這前所未聞的異常現象，不只發生在K站周邊而已。如果手機陸續收到的消息為真，那麼儘管難以置信，但全日本——不，全世界的每一個都市，似乎正同時多點發生裸人的大起義。甚至已經出現結合裸體「nude」和流行病「pandemic」的新詞「nudemic」，這熱燙燙的新詞化成毀滅世界的意外災禍之名，席捲了整個網路。

「以前有個類似都市傳說的『第一百隻猴子』，」動畫T小島以獨特的急躁口吻說了起來，「在某個猴群裡，有一隻猴子開始把地瓜洗過之後再吃，其他猴子見狀，也紛紛模仿，當模仿的猴子數量超過一百隻，全世界的猴子都同時開始洗起地瓜來……」

小島戴著油膩膩的眼鏡，臉頰凹陷，長相窮酸，儘管處在這種狀況，整張臉卻莫名地神采奕奕，說起話來也眉飛色舞。也許他是認定了人生早已深陷谷底，就算現在再被脫成一絲不掛，人生也不可能壞到哪裡去。

「你是說，某個集團有人開始脫衣服，模仿的人超過一百人，結果一口氣擴散到全世界？」圭介說。

「那其實是瞎掰出來的啦。是動物學家萊爾・華生亂講的，以前流行過一陣這種的，是叫共時性去了嗎？」小島髮際後退的額頭狂冒汗，「可是如果不這樣想，實在無法解釋……」

小島接下來也說了一堆圭介沒聽說過的詞彙和人名，提出各種假說，但他的模樣總有些喜不自勝，彷彿見證全人類回歸原始裸身、顛覆一切價值觀的大異變，讓他感覺到近似歡喜的興奮。

「我覺得還是有類似免疫的東西，」牛郎髮型的高倉插嘴，「我在錄音室團練，突然跑進一個光溜溜的大叔，嚷嚷什麼『不是穿衣服的時候』，到處亂摸我的團員。我跟貝斯手沒事，可是一陣子後，另一個吉他手和鼓手開始脫衣服，我就想天哪不妙……我跟貝斯手也被大叔摸了好幾下，但現在也不會想要脫衣服，所以我就算被他們抓到應該也不會怎樣……」

「應該有類似潛伏期的時差吧？」圭介怯怯地說，「我本來在搭電車，被他們摸到的人裡面，只有兩個馬上就開始脫衣服。可是現在在底下徘徊的人幾乎都脫光了。或許只要被摸到，遲早都會想脫衣服……」

「是啊，一定是這樣……」小島的口吻就像已經舉白旗投降了，「你也在電車裡被摸到了吧？我也在路上被摸了。只是時間的問題。在這裡的我們，或許最後也都會脫光。唔，或許這樣就好了。從今天開始，人類全部被重設。上帝一定是這麼打算的。在古時候是引發大洪水，將世界重設，但這次別出心裁，讓八十億人類全部脫光……」

先不論這一點，坐在圭介左邊的金髮女生吉田，從剛才就不停地搔抓全身各處，彷彿遭到跳蚤大軍攻擊，全身冒出被抓出來的紅條。每個人都隱約察覺這是極為危險的徵兆，是裸人獨特的動作。

「你抓得好厲害。」圭介說。

「就是啊，從昨天晚上就一直很癢……」吉田說。

圭介一陣心驚。自己也是昨晚睡覺期間，就全身癢得要命，害他醒來好幾次。而且現在像這樣躲在這裡也到處發癢，讓他忍不住要抓。除了癢感以外，各處輕微的麻感也從早上就一直持續，他總覺得兩者的來源是一樣的，內心忡怔不安。循著這癢和麻回溯，是不是就會找到脫衣衝動的源頭？圭介如此擔心，不著痕跡地觀察躲在頂樓的十幾人，發現每個人或多或少都不自然地或抓或摩擦身體。現在似乎正肆虐全世界的裸疫，和昨晚神祕的發癢一定有關。

「這麼說來，脫光的人裡面，有時候摻雜了一些奇怪的人呢，」圭介對眾人說，「就像皮剝了一層下來一樣，只有那部分白得古怪……」

「啊，有呢，」高倉說，「我看到有人坐在地上，就像在做巴西除毛那樣剝自己的皮。是手肘的地方，剝下皮之後的部位，就像馬桶一樣又白又光滑，嚇得我心想：哇，媽啊，有病！」

「我知道了！」小島刻意壓低了聲音說起來，「美國不是有十七年蟬還是十三年蟬嗎？就是在某個時刻，同時爬出地面大爆發的蟬……我們人類也跟那一樣，以某個時間點為界，同時開始脫皮。我們現在正在羽化！」

「先別管那個，那人是不是怪怪的？」吉田搔著手臂，指著小島的背後。

圭介回頭看那裡。一個看上去約二十五歲、穿著白色高爾夫球衫，體格壯碩的年輕人額頭一片汗涔涔，猛地站了起來，一臉茫然地環顧眾人。旁邊六十開外的男人抓住年輕人的手，拉扯勸阻說：「坐下啦！會被抓到啦！」然而年輕人看也不看他，輕易甩開那隻手，以彷彿要彈飛腦門的高亢聲音開口：「咦咦咦，我怎麼會這樣呢……？」

不妙——每個人應該都這麼想——終於來了。不出所料，年輕人以準備萬全的氣勢開始脫起高爾夫球衫。年輕人平日應該有在健身，肌肉線條分明，而且曬得恰到好處，流利的脫衣動作就宛如帥氣脫衣賽的老練選手。事已至此，再也無人能夠制止。眾人都半貓著腰，悄悄地遠離年輕人身邊。或許應該放棄這處頂樓，另覓藏身處，但年輕人剛好就站在塔屋門前擋住出口，無法靠近。小島掩著嘴巴，悄悄話似的對圭介說：「果然沒錯，有潛伏期。」

「我有個好點子！」高倉神情開朗地說，「乾脆我們也脫光怎麼樣？這樣一來，他們就會把我們當成同伙，不會來動我們了。不是說藏樹於林嗎？」

「那你自己先脫啊，」吉田冷冷地頂回去，「我的身材見不得人，打死我都不脫……」

徹底擁抱脫衣衝動的年輕人轉眼就脫得精赤條條，發出宛如大寒冬浸泡在熱澡盆裡的陶醉呻吟：「嗚噢吔……」他要來了！眾人都屏著大氣，全神戒備。年輕人一定會跟其他裸人一樣，開始強迫別人脫衣。眾人都這麼預期，沒想到並未如此。年輕人手叉著腰，仰望斜上方的天空，用一種天空蔚藍得刺眼般的神情瞇起眼睛，自言自語地說：「噯，可惡！沒時間了！可是交給我吧！」

接著他轉身向眾人展示精實的背部，挪移卡在門上的桌子後拋開，離開頂樓了。

好半晌之間，頂樓半空中漂浮著大大的問號，眾人一臉怔愣地對望。提心吊膽地往下一看，看見跑下樓的年輕人踩著啪噠響的赤腳，一心一意朝車站直奔而去。「沒時間是什麼意思？交給我是在說什麼？」吉田提出天經地義的疑問，但其他人當然啞口無言，只是搖頭。

然而到最後，穿衣人完全沒有倖免於難。年輕人離開祕密基地短短十五分鐘後，數量驚人的裸人便徹底包圍了大樓，讓他們陷入不是四面楚歌，而是四面裸歌的困境。高倉第一個發現剛才的年輕人泰然自若地摻雜在裸體大軍其中，大喊：「果然是那小子！那小子帶同伴來了！」

圭介忍不住嘆息，仰望清澈得不合時宜的天空。世界即將迎向終點，不是應該烏雲密布，鋪天蓋地，為地面上演的慘劇極盡悲嘆之能事嗎？怎麼會是一片美到虛假的藍天呢？就宛如上天容許這場啟示錄災禍的到來。

圭介站在頂樓邊緣的混凝土隆起處，膽戰心驚地俯視。底下是一片駭人而古怪的光景，簡直就像是另一個世界。大樓前面的大馬路上，現在全是一片肉色，水洩不通地擠滿了一絲不掛的男女老幼。馬路約三百公尺的範圍內都是裸人，而且現在這一刻仍不斷有增援逼近。裸人全都神情陶醉地仰望著這裡，看不到什麼具攻擊性的凶惡。仔細回想，在電車裡第一個遇到的裸人也是，雖然面色潮紅地興奮到極點，但沒什麼渴望暴力的危險氣息。從眼鏡畢業的眼鏡女生也是，雖然一副隨時要撲向圭介的樣子，卻也是一種想要從不聽話的倔強孩子手中沒收危險玩具的態度。

下一秒，群眾當中一個四十多歲、體格特別壯碩的裸人揮舞著拳頭叫囂：「解放！解放他們！新的時代到來了，不能讓他們被拋下！我們絕對不會拋下伙伴！必須團結一致，盡快解放他們！」

呼應他的話，放眼所及的所有裸人都同樣高舉拳頭呼喊：「解放！解放他們！解放！解放！」

他們的大合唱震撼天空，震動大地，猛地竄上圭介的背脊。穿衣人裡面，原本也有人已經放棄希望頹坐在地上，現在都跳起來怯怯地俯視著，就像在窺看地獄。

帶頭發出吶喊的裸男，就像身先士卒的衝鋒隊長，分開群眾猛地往前衝。眾人奇怪他要做什麼，探身窺看，只見裸男緊緊地貼在大樓外牆上。其他裸人也效法他，接二連三貼到牆上。以他們的肉體做為墊腳石，又有更多的裸人往上爬，攀附在更高一些的地方。以前圭介在動物節目上看過棲息於叢林的行軍蟻的恐怖行軍，即使是一隻螞蟻無法通過的難關，行軍蟻也會將無數個體結合起來形成橋或梯子，讓群體團結為一來跨越。行軍蟻就這樣勇往直前，捕捉一切碰到的獵物，將之啃蝕殆盡。現在擠在眼下的裸人們，正要做出一樣的事。他們形成人體長梯，攀上三層樓建築物的屋頂，試圖征服這座城市最後的穿衣人堡壘。

裸人的梯子寬達十公尺，高度也不斷增加。不，這與其說是梯子，更像是建築古夫金字塔時應該也搭建過的巨大斜坡。這樣下去，大量的裸人會一口氣攻上頂樓，然而穿衣人卻只能束手待斃。要是屋頂有岩石，早就往下丟了，但不可能有這種東西。若是有滾水，也往下澆了，只是同樣不可能有。頂多擠得出尿來，然而裸人感覺早已將衛生觀念連同衣物和羞恥心拋開了，即使對著裸人小便，也形同對青蛙小便*，毫無作用。

穿衣人一步步退後，彼此對望。他們已經說不出話來了。這是成千上萬名裸人的喧嘩聲圍繞中，唯一一小撮令人窒息的沉默……雖然每個人都有衣服蔽體，心卻形同裸露，絕望、不安、恐懼、死心等情感，彷彿五顏六色混雜在一起成了灰色，使每個人的臉都變得同樣面無表情。倘若那面無表情的背後還有什麼話要說，那或許就是：「結束了……」

實際上也真的完了。裸人們化成洶湧怒濤，翻越混凝土，爭先恐後地殺上頂樓。第一

---

* 這是日文的一句諺語，對著青蛙小便，青蛙也滿不在乎，比喻恬不知恥。

波化成一團，團團包圍穿衣人，擺出架勢，隨時都要撲上來的樣子。大半的裸人身體都有部分皮膚剝落，露出底下蒼白光滑得不像人類的肉。圭介眼前一個約三十上下的褐髮裸人，臉部左半邊直到側頭部整個脫了皮，完全是披著人皮的別的東西了。望向其他裸人，他們也大同小異，不是一整條手變白，就是軀體前面整個脫了皮，遲早全身的皮膚都會脫光吧。說到底，裸人們不僅是衣物，他們正逐漸脫掉身為人類這件事。

不，都到了這地步，也不能說裸人怎麼樣了。現在這一刻，圭介也感覺到左肘的部位強烈地發癢。要是能盡情摳抓，皮膚是否會從那裡剝開，露出神祕的新皮組織？追根究柢，穿不穿衣服只是旁枝末節。如此根本的變化，不可能一朝一夕發生在人體。為了這一天，應該老早以前就在祕密蘊釀，最後時機成熟，以脫衣衝動這樣的形式爆發出來罷了吧。換句話說，已經太遲了。身體知道這個事實。這裡剩餘的穿衣人們只是內心尚未察覺，新的生命早已開始在皮膚底下鼓動起來了。頂樓已經充斥了裸人。穿衣人周圍勉強還剩下一塊甜甜圈狀空間，但除此之外的地方都填滿了裸人。

「快！沒時間了！不快點動手，**它**就要來了！」

一名裸人呼喊，就宛如號砲一般，膚色與白色的無數肉體化為一體，同時蜂擁而上。無數隻手伸了過來，拉扯圭介的衣物各處，把他朝前後左右推搡拉扯，T恤一眨眼就被撕成粉碎。很快地，一名裸人從背後勾住他的脖子，另一名裸人抱住他的腳，將圭介仰向拽倒。萬事休矣。

這時，一名看起來很年輕的裸女騎到他的肚子上，咬上他的耳朵似的細語：

「別害怕……沒事的。不會有事的……」

那名裸女抬頭，圭介吃了一驚。裸女的臉從額頭到左頰的皮膚都脫落了，露出光潔的白肉。她不是那個丟掉眼鏡的眼鏡女生嗎！前眼鏡女生嫣然露出深深的微笑，俯視著圭介。暴露在那甚至稱得上慈愛的眼神中，圭介心底僅存的最後一丁點抗拒似乎一下子蒸發殆盡。這女生果然好美啊！圭介想。既然都要被脫，我寧願被這個女生騎著脫光、在她的守望下被扒光。這段期間，其他裸人的手解下他的皮帶、褪下牛仔褲、拔掉皮鞋、抽走襪子，一眨眼之間，圭介就變成剛出生時一絲不掛的模樣了。

然而，只是被強迫脫下衣物，真的能說成了這個女生、這夥人的同伴嗎？這些人都是主動脫光的，打從骨子裡就是裸人。但我不是，即使外表一樣，我的心一定還穿著衣服。不，真的嗎？剛才右腳的襪子被拉下來的瞬間、名符其實變成全裸的瞬間，我是不是覺得身體忽然一陣輕鬆？就如同他們說的「解放」，我是否對全世界感受到一絲豁然開朗的解放感？我是否其實一直想要這麼做？會不會懊悔應該更早脫光的？

「來了！」有人放聲喊道，「**它**終於來了！」

到底是什麼？剛才也有人說**它**來了什麼的。圭介正在疑惑，坐在肚子上的女生站了起來，瞇起眼睛，露出遙望的神情。不只是她而已，先前包圍穿衣者的所有裸人，每一個都站了起來，臉對著同一個方向。每張表情都帶有一絲緊張，卻也有些陶然，不管要來的是什麼，裸人們似乎都不害怕他們口中的**它**。

圭介也站起來了。小島、高倉、吉田……穿衣人似乎都被扒光了倒在地上，但現在也都站了起來。他們面面相覷，片刻間尷尬地對望，但現在不管往哪裡看，都沒有半個人身上有任何衣物蔽體，與其說是對裸身感到羞恥，更像是對衣物的執著讓他們感到內疚。

大家在看什麼？圭介分開擁擠的裸人，朝眾人觀望的方向前進。他來到頂樓的邊緣，望向眾人注視的前方，卻也沒有什麼意想不到的光景。大樓前有國道行經，另一頭是一片處處生長著椰子樹的盛夏海濱公園。右邊蹲踞著應該是今天目的地的縣立美術館，掛在外牆的「現代裸女展」垂幕在風中擺動。但眾人的視線看得更遠。是在看天空嗎？還是在看海？

天空一樣出奇地藍，一片清澈。就彷彿早已失去的藍天在記憶中被雕琢得更加高貴美麗，呈現在腦海裡。水平線上飄浮著幾乎像是從棉花糖撕下來的小巧雲朵，底下是一片沉穩群青色的大海。如鏡的海面反射著夏日豔陽，潔白刺眼地閃耀著，是無比美好到儼然不曾存在的日子。自己雖然每天搭乘通勤電車行經K站，但從這座城市望出去的大海竟是如此美麗嗎？圭介身在裸人群中，耽溺於不合時宜的感慨。話說回來，這片景色裡面究竟有什麼？不知不覺間來到圭介身旁的女生彷彿讀出了他內心的疑問，抬起優美的手，指向遠方說：

「你看水平線……」

圭介凝目細看。從右角到左角，水平線一帶的藍似乎有一條直線變得深濃。但這又怎麼了呢？有些日子，因為光線的關係，大海看起來會是這樣吧。但腦中傳出尖銳的細語：不對。那才不是**光線的關係**。那是具有確鑿實體的**東西**。而且是足以支配放眼所及的水平線的巨大**事物**……那**東西**現在仍在遠方，規規矩矩，泰然自若，但它的安閒就宛如蘊含著絲毫不需要誇示的巨大力量。圭介突然心跳加速，太陽穴陣陣鼓動。他直盯著，看得出那條藍線正逐漸變粗，就像在靜穆地靠近、湧近。

「那是什麼……？」圭介說。

「是新世界，」她說，「我們全都要在新的世界活下去。以這身新的姿態……」

宛如以她的話為信號，站立的裸人全都驀地從彼方轉開目光，再次行動。眾人就像猴子理毛那樣，把手伸向身邊之人的身體，開始剝下人類殘餘的皮膚。剝皮的時候，眾人都發出輕微的呻吟，但與其說是在忍受痛楚，音色更像是帶著歡悅。女生也將手伸向圭介的左手。咦！圭介驚訝地看向左肘，已經有手掌大的皮膚脫落，露出蒼白光滑的肉。似乎是被脫下衣服的時候，推擠磨擦之間自行剝落的。那裡被碰到的瞬間，一股歡悅的漣漪隱約擴散全身，接著**身上黏附著人類皮膚這件事**，忽然讓他感到一陣窒息般的不舒服。果然如此。我也已經是裸人了。

她的指頭開始溫柔地撕下圭介的皮膚。風吹在新的皮膚上，有股說不出的舒服，隨著舊皮撕下，他知道自己朝著世界展開了。圭介慢慢地把手伸向她的臉，輕輕捏起浮在形狀姣好的鼻梁上的皮膚。

「我要動手囉？」圭介說，她露出略帶嬌豔的笑容，說：

「幫我脫。全部脫下來……」

* * *

就如同全世界絕大多數的城市，K市的街道很快地被高聳入天的巨浪所吞噬，沉入海中。許多的建築物、結構物和交通工具都在巨浪的威猛下，毫無招架之力地被破壞，化成大大小小的瓦礫沖向山區，化為浪頭尖兵，不分市街或大自然，全數予以撼動、破壞、輾壓。圭介等人在頂樓據守的三層樓建築物勉強逃過全毀，但現在也沉陷在陽光照耀不到的深邃海底，化為無數文明的墓標之一，進入永無終點的沉眠。

大海侵的怒濤讓不少裸人失去了性命，但仍有許多人倖存下來。極盡破壞與暴虐的大海長達數週都是一片混濁，但漸漸地，彷彿盛怒逐漸平息，混濁也慢慢轉清。三個月過去，人類昔日在全世界打造的城市，已經成為種類繁多的大海生命的棲所，開始呈現出萬紫千紅的熱鬧景象。

其中也有裸人的身姿。到處都可以看到有人拿著像魚叉的工具悠游尋找獵物，也有成雙成對、嬉戲般游泳的情侶。有大小數人像家族般和睦游動的一群人，也有搬運文明遺物的裸人。裸人們絲毫沒有遺忘曾是人類的記憶，他們知道必須重新學習自己過去打造的文明與歷史，盡可能將其刻畫在記憶當中，傳承給不知道多久之後的遙遠未來。

在這當中，一對男女十指交纏，相依相偎，游往接近過去海岸線的三層高偌大建築。那棟建築物是過去稱為縣立美術館的地方。前庭當時設置了許多現代風格的鐵製雕刻作品，但大部分都被巨浪連根拔起，只剩下一座模仿人類面容的巨大作品，頂著逐漸被藤壺及海藻覆蓋殆盡的表情，持續為日漸廢絕的藝術命運悲嘆。一樓入口原本應該是玻璃門，現在連一片玻璃也不剩，洞開著黑暗空虛的大口，永遠等待著已然滅絕的來館者。

進入一樓大廳，這裡已經照射不到任何陽光，盡是一片濃密的黑暗。但是在這當中，突然亮起了兩團光。是兩名裸人的肉體開始散發出夜光蟲般的蒼白光芒。光線微弱，但足以幽幽地照亮兩人周圍。兩人看見大海侵造成大量土石流灌入，逐漸腐朽的各樣雜物散亂一地。魚蟹受到突來的光線驚擾，轉身逃跑或藏身起來，從暗處看著兩人的探索。

籠罩著幽朦白光的兩人身影，就像帶著火種的水藍色蠟燭，那種美麗，有著彷彿自幽世誤闖而來的靜謐。他們沒有任何體毛，皮膚宛如陶瓷般光滑。手指腳趾間長著蹼，全身起伏著用來泅泳的肌肉。儘管如此，兩人的知性與知覺，不僅完全如同還是人類那時候，絲毫沒有衰退，還變得更加敏銳，只是靠近彼此就能心心相印，直接以心聲交流。

他們在電梯旁找到階梯，兩人對望點頭，游向了二樓。裸露的混凝土牆上，還殘留著印刷有「現代裸女展」的板子。下面畫了指向右邊的箭頭，右邊確實有貌似入口的地方。兩人從那裡進入展示間。白色壁紙鬆軟浮起的牆上仍到處殘留著寫有作品名和作者名的牌子，但最重要的作品本身應該都被湧進來的水流沖走，或是前後翻倒，腐朽散落一地。兩人偶爾撿起那些畫作，靠著自身發出的光芒，欣賞也能說是藝術家們夢之遺跡的許多裸女。

兩人看完二樓，前往三樓，很快地來到一處格外寬敞的展示間。最惹眼的地方掛著一幅巨大的繪畫。進入這棟建築物以來，這是他們第一次看到經歷大海侵之後仍掛在牆上的作品。兩人屏息，不由自主地對望，提心吊膽地靠近這幅畫。其他作品一幅不留，全都掉落了，卻不知為何只有這幅畫，就好像只是進入短暫的沉睡般，巨大的背部牢牢地貼在牆上，宛如沉浸在海中的巨人，泰然瞑目。兩人看了作品的說明板。作品名稱是《母親之海》，作者名叫春日五郎。尺寸為三・四九公尺×七・七七公尺，完成年分為二〇〇一年，畫材是油畫、合板……

兩人讓身上的光綻放到最強，將臉靠近那幅畫開始欣賞，連一寸也不放過。現實性與裝飾性渾然一體，無數的夢化成浪濤的形狀，在渾沌之中推擠翻騰。應該是因為沉沒在海中三個月之久，各處都有顏料浮起或剝落的狀況，但是它的色彩在這處陰暗的廢墟懷抱裡，顯得鮮豔奪目。

電車懸吊廣告上印刷的，僅是這幅畫中央的一小部分而已。應有數十名的裸女融為一體，化成一團掀湧的大浪，它的左邊，則是眾多裸男渾然一體，化為另一道大浪，宛如求愛一般，隨時都要覆上裸女大浪。更左邊，有形形色色的魚類形成的大浪，在其之上則是色彩繽紛的無數鳥類形成的大浪。其他還有鯨魚、海豚、牛、豬、大象、獅子、龜與蛇……

一切生物皆化為豐饒的大海，在木製畫板上水洩不通地起伏、湧升，幾乎要飛躍出來。

很快地，兩人在裸女與裸男的大浪右邊發現人類嬰兒歡欣嬉戲的小浪，忍不住對望。嬰兒們面對拓展在眼前的無盡未來，都綻放出光輝燦爛的笑。兩人看著這一幕，臉上也不知不覺間湧現出笑容。

兩人不約而同地伸手交握，拉近彼此。他們摟住對方的背，腿腳勾纏，索求彼此的嘴唇。兩人綻放的光益發明亮，照亮了守望這幕性事的《母親之海》。他們身體交疊，心想：這是生命。這幅畫是大海的肖像，也是生命的讚歌。大海侵造成眾多生命喪生在海中，耗費數千年打造的文明也在轉瞬間潰滅。稱得上靈魂結晶的眾多智慧消失，成就與暴虐、喜悅與悲哀的歷史，亦逐漸沉入遺忘的深淵。

不過，才剛開始而已。新的生命、新的文明即將從這裡誕生；新的智慧、新的歷史，即將從這裡開始編織。兩人合而為一，在歡喜和欲望中顫抖著、互訴愛語、談論希望，化身黑暗中的微渺燈火，在整個寬闊的展示間裡，無止盡地舞蹈悠游。

禍 わざわい

作者｜小田雅久仁
譯者｜王華懋
副社長｜陳瀅如
總編輯｜戴偉傑
責任編輯｜涂東寧
行銷企劃｜陳雅雯、趙鴻祐
封面設計｜IAT-HUÂN TIUNN
內頁排版｜宸遠彩藝

出版｜木馬文化事業股份有限公司
發行｜遠足文化事業股份有限公司
（讀書共和國出版集團）
地址｜231新北市新店區民權路108-3號8樓
電話｜(02)2218-1417
傳真｜(02)2218-0727
Email｜service@bookrep.com.tw
郵撥帳號｜19588272木馬文化事業股份有限公司
客服專線｜0800-221-029
法律顧問｜華洋法律事務所　蘇文生律師
印刷｜呈靖彩藝有限公司
初版｜2023年10月　初版3刷｜2024年7月
ISBN｜9786263145047
定價｜420元

歡迎團體訂購，另有優惠，
洽：業務部(02)2218-1417分機1124

國家圖書館出版品預行編目(CIP)資料
禍／小田雅久仁作；王華懋譯．-- 初版．-- 新北市：木馬文化事業股份有限公司出版：遠足文化事業股份有限公司發行，2023.10
336面；14.8×21公分　譯自：わざわい
ISBN 978-626-314-504-7(平裝)
861.57　112012081